FIC CPS-
GON

MW01349326

```
FIC          Gonzalez Suarez,
GON            Mario, 1964-

             Marcianos
               leninistas.


$28.95                   31140030052473
```

DATE		

CPS – NORTH GRAND HIGH SCHOOL
CHICAGO PUBLIC SCHOOLS
4338 W WABANSIA AVENUE
CHICAGO, IL 60639
07/28/2004

BAKER & TAYLOR

MARCIANOS LENINISTAS
Ludibrium

colección andanzas

MARIO GONZÁLEZ SUÁREZ
MARCIANOS LENINISTAS
Ludibrium

1.ª edición: junio de 2002

© 2002 Mario González Suárez

Fotografía de la página 339: *Wilde-eye* © Egmont Contreras, 1999.

Parte de este libro se escribió gracias al Programa de Intercambio de Residencias Artísticas México-Canadá, convocatoria 2000.
Mario González Suárez es miembro del Sistema Nacional de Creadores desde 2001.

Diseño de la colección: Guillemot-Navares
Reservados todos los derechos de esta edición para
© Tusquets Editores México, S.A. de C.V.
Campeche 280-301 y 302, 06100, Hipódromo-Condesa, México, D.F.
Tel. 5574-6379 Fax 5584-1335
Fotocomposición: Quinta del Agua Ediciones, S.A. de C.V.
Aniceto Ortega 822, 03100, Del Valle, México, D.F.
Tel. 5575-5846 Fax 5575-5171
Impresión: Grupo Sánchez Impresores
Av. de los Valles 12, 54740, Cuautitlán Izcalli, Estado de México
ISBN: 970-699-061-5
Impreso en México/Printed in Mexico

Para Margarita porque despertamos de Plutón

Autobiografía revelada

Para Luana y Julio

Vine al planeta a principios del único año en que mis padres se quisieron. Eran felices porque después de dos niñas al fin habían tenido un hijo varón. De mis primeros años conservo en la piel el polvillo verde de la atmósfera dramática que creaba la presencia de ambos en una misma habitación. Me producía alergia y desde la mañana empezaba a estornudar.

Aunque no tardaría en emanciparme de su influencia directa, sus almas ratoniles y la tacañería de sus afectos marcaron mi carácter, proclive a la soledad y la melancolía. Quizá esta disposición anímica era mía desde siempre, desde capítulos anteriores de mi autobiografía. Del que hoy cuento puedo decir que algo tuvo de huida. Aún no me aclaro si este mundo es un callejón donde me perdí o una estación obligada antes de continuar el siguiente episodio.

No sé a quién agradecer que me hayan bautizado con el nombre del santo del día en que nací, y no con el de Jesús, el de mi padre o el de algún tío o antepasado de esos cristeros o con nombre de Papa que hubo en mi familia paterna. Porque en la rama de la familia de mi madre maduraron dos personas que para mí han sido el punto de referencia obligado cuando trato de entender o adaptarme a las cosas de la vida.

Mi tío Arturo y su esposa la tía Susi eran el blanco cotidiano de las inclinaciones incestuosas y la insidia de mi madre y sus hermanas. Como la abuela había desplazado el sentido de sí misma a la contemplación de los actos de su hijo Arturo, al principio se inventó una rivalidad con su nuera. Nunca tuvieron hijos y yo me preguntaba por qué no habían sido ellos mis padres.

Yo era muy pequeño para comprender o siquiera participar del entusiasmo de mi tío Arturo cuando los norteamericanos llegaron a la Luna. Repetía como una consigna revolucionaria la frase del comandante Neil Armstrong: Un pequeño paso para un hombre, un paso enorme para la humanidad. Mi padre le hacía burla en serio, le decía que aquello era más ridículo que creer en la virginidad de María –como él–, que nadie puede llegar a la Luna. Luego lo tildaba de incoherente, porque mi tío comulgaba con ideas socialistas y cada vez que traía a cuento algo encomiable se refería a la Unión Soviética. Mi tío Arturo, según me reveló Susi al final, buscaba en cada individuo los signos de la especie, y no dejaba de sentir su parte de culpa por las tropelías que otros hombres cometían en las distintas naciones. Admiraba a John Lennon y de entre sus recomendaciones vitales me gustaba aquella de Nunca te cases con una japonesa. Había estudiado economía en la UNAM pero trabajaba en la oficina de contabilidad de una fábrica de refrescos.

A finales de los años setenta mi padre, que había nacido para trabajar y nunca ser rico, se compró un coche gringo, de esos nacos grandotes y con molduras de espejo, del que hablaba en cada sobremesa como si de un amigo suyo se tratara. El carro nos apantallaba a todos, pero mis hermanas, mis primas y yo no tardamos en rehusarnos a salir a pasear en él porque mi padre era muy atrabancado y casi siempre lo detenía algún oficial de tránsito, y a nosotros nos daba miedo, creíamos que nos iba a matar, como contaba mi tía Susi que el ejército había matado a mucha gente años antes.

Luego vino la época en que los obreros de la empresa donde trabajaba mi tío Arturo se fueron a la huelga; él no sólo perdió el empleo, también cayó en la cárcel, por haberle dado la espalda a sus patrones. Entre la abuela, mi papá y mi tía juntaron dinero para pagar su libertad; lo tenían en la treceava delegación de policía, por el rumbo de nuestra casa. El aspecto que traía mi tío Arturo cuando lo soltaron era el de un hombre que se ha caído en un pozo o lleva muchos días de juerga. Por las noches venía gente que se encerraba en la casita de mi tío y Susi. Teníamos miedo y no sabíamos qué hacer. Yo creo que mi papá era el único que alcanzaba a ver de qué tamaño era la bronca. Las mujeres no entendían nada. A mi pobre abuelita le terminaron de salir todas las canas. Al poco tiempo mi tío desapareció. De esto recuerdo más las conversaciones de los mayores que los sucesos concretos. Y también de oídas supe que a mi tío se lo habían llevado a Cuba y de allí a Centroamérica. Las mujeres condescendieron dolorosamente, convencidas de que allá estaría más seguro que en México. Mis padres tuvieron insufribles discusiones a causa de los actos de mi tío. Él veía en su conducta las consecuencias de la malcriadez, de la indulgencia hacia los caprichos de alguien que nunca había trabajado de veras. Y yo creo que también le tenía celos, porque mi tío Arturo era el centro de la casa –el hombre de la casa–, y por supuesto mi madre defendía a su hermano. El paradero de mi tío era un misterio que alternativamente les causaba orgullo y tristeza. Creo que mi abuela, la tía Susi y mi madre evitaban hablar del tema porque la conversación terminaba en unos silencios como lápidas.

Cierta tarde mi tía Lina deslizó un comentario cizañoso sobre el paradero de mi tío Arturo: que no había sido ningún ejemplo a seguir, que todo el mundo sabía que era un putañero. La tía Susi le respondió con una mirada de rayo láser que la desintegró. Tardaría años en descubrir la fuente de poder de ese rayo.

En una sobremesa la abuela dijo –y hay que reconocer que no enfrente de su nuera– que aunque el inmueble donde vivíamos lo había testado a nombre de Arturo, la heredad pertenecería a sus nietos porque la tía Susi no era legalmente su esposa ni tenía descendencia. Que nunca se hubieran casado era un pecado que la abuela le había echado en cara sólo a Susi, porque Arturo podía hacer lo que le diera la gana.

El ninguneo de mi abuela duró hasta que desde algún lugar de México le enviaron por correo a mi tía Susi una moneda de aluminio o cierta aleación muy ligera que no era sino la medalla que el alto mando le había concedido al combatiente Arturo Suárez Barrientos, caído en acción. Por un lado estaba acuñado el rostro de Augusto César Sandino, por el otro una estrella y el nombre de mi tío. La condecoración venía envuelta en una hoja de papel donde algún comandante había estampado su firma al calce de la promesa de canjearle al deudo esta medalla por una de oro en cuanto se ganara la revolución. Lo de Sandino es una suposición mía porque yo tenía doce años cuando mi tía recibió la moneda. A los quince, en la vitrina de una de las casas numismáticas que sobreviven en el Centro, me encontraría un par de monedas muy parecidas a la que guardaba mi tía Susi, pero los rostros troquelados en ellas correspondían a Bakunin y Giordano Bruno respectivamente.

Con la medalla, mi tía vino a hacerse la hija preferida de mi abuela. Es importante el hecho de que vivíamos en la propiedad de ella, que ocupaba un predio considerable en la vieja colonia Lindavista, ubicada al norte de la ciudad. En la casa central vivían mi abuela y la tía Lina, una señora flaca, siempre en chanclas y casi sin tetas. Nosotros vivíamos en la casa de atrás, entre unos pirules. Y este era el principal tumor del mal talante de mi padre: odiaba vivir en casa de su suegra pero se lo tenía que callar sólo porque se lo mandaba mi madre, pues él ganaba lo suficiente para pagar una vivienda propia. Como la tía chica, Elvirita, se había ido con su esposo –un cabrón dizque agente de viajes, según Lina– y sus hijas a otra colonia, la tercera casa, una casita hermosa que parecía chalet suizo y que nada tenía que ver con las otras, se había quedado para Arturo y Susi. Y ahora la tía Susi vivía sola. Tal vez no tenía adonde ir, aparte de que mi abuela nunca le hubiera sugerido siquiera que desocupara el inmueble, que se veía como me imagino que ella se sentía: la casita estaba ladeada, justo de la mitad del tejado bajaba hasta el piso una grieta, parecía partida por un rayo pero la verdad es que la habían tronado las raíces de un colorín. La tía Susi visitaba a la abuela con frecuencia, se hablaban de tú a tú ya permanentemente unidas por un dolor que las hacía hermanas. Pero había un detalle del que logré percatarme por encima de las apariencias. La verdadera viuda parecía mi abuela, y le hacía creer a sus hijas que se compadecía de Susi pero era al revés. Mi tía Susi permanecía en un silencio enigmático, más propio de la preocupación que del duelo.

Creo que en realidad a nadie le importaba lo que sufría mi tía Susi. Yo tenía la impresión de que la actitud de mi madre y mi tía Lina equivalía a un mensaje velado de: ¡te lo mereces, maldita, por haberte cogido a mi hermano! Pero para callarles su holanuda bocota, llegaron tiempos difíciles de los que no hubiéramos podido salir sin la solidaridad de mi tía. El negocio de mi papá estaba a un tris de la quiebra, casi no había entradas en la casa, mi mamá se dedicaba a cuidarnos, la tía Lina ya tampoco tenía empleo, si así se le puede llamar a la venta a domicilio y por catálogo de cosméticos y vajillas de plástico. La tía Elvirita vivía con su marido y su estabilidad no dependía tanto de nosotros. Mi tía Susi trabajaba en una tienda de fotografía. Esa vez que estábamos tan jodidos, mi tía Susi puso su cámara y su tripié personales para llevarlos al monte de piedad. Mi abuela tenía unos ahorros intocables, y ella siempre se refería orgullosamente a ellos como el patrimonio de mis nietos. Esa lana, me contó mi papá un día, había salido del marido de la abuela, que sin embargo no era mi abuelo. Nosotros no sabíamos si ese señor se había muerto o se había ido, y ni esperanzas de saberlo porque la vida de mi abuela constituía un tema peor que tabú. Mi mamá y mis tías la admiraban incondicionalmente, se le sometían y en todo seguían sus consejos. Mi abuelita tenía voz de mujer joven, era una señora regordeta, severa pero siempre sonriente. A mí me costaba trabajo aceptar que la muchacha que aparecía en la foto grande que estaba en el comedor era la madre de mi abuela.

    Las aventuras de mi tío y las intrigas de las mujeres más que un motivo de sobresalto, me significaban una entretención placentera y pretendidamente inofensiva. Eran esa mengambrea emotiva que mantiene el interés en las telenovelas. Porque mi verdadero dolor –lo que, bien mirado, era la fuente de mis desequilibrios– se hallaba en las continuas desavenencias de mis padres. Sin saberlo, yo estaba harto dolido con ellos. Cuando mi padre volvía a casa por la tarde me mordisqueaba la angustia porque seguramente mi madre le haría un reproche; lo cargaba con culpas que a él lo ponían de mal humor o triste, lo cual redundaba en evitar que en la noche tuvieran relaciones sexuales. Yo esto lo sabía con un instinto como de perro que sabe por el olor qué hembra anda en celo. No se piensa, se siente. Se disgustaban a diario; pero lo más desesperante no era eso sino la reconciliación. Cada vez que hablaban se ponían muy serios, era como si estuvieran cuchicheando de un crimen o de que no existe Dios o que ya se va a acabar el mundo. Cada reconciliación en realidad era una promesa de que ya nunca jamás se iban a pelear. Al principio, escuchar esta promesa me tranquilizaba, porque en mi cabeza de niño creía que ahora sí se iba a cumplir. Pero se cumplía pura chingada. Finalmente, me resultaba un enigma por qué ellos no podían estar juntos, si se veía que mi papá quería a mi mamá, si trabajaba duro para mantenernos, si también mi mamá lo quería, si yo me acuerdo que frente a sus hermanas y sus vecinas, incluso ante la abuela, mi mamá siempre decía cosas buenas de él. Yo creo que la cuestión era justamente el sexo.

A la tía Susi desde luego no se le consideraba de nuestra familia. Mi tío Arturo se la había encontrado. Ella me contó que se habían conocido en una fiesta de disfraces, en casa de una de las amigas de Arturo. Dice mi tía que desde el principio le gustó mi tío, y que ella a él. En alguna ocasión mi madre comentó que la familia de Susana era del norte, del estado de Sinaloa, de Mazatlán o Guamúchil. Y que aquí en México no tenía a nadie. A sus hermanas y a mi abuela las tomó tan de sorpresa la aparición de esta chava que nadie protestó de que viviera en la casa. Susi le había caído bien a mi abuela y no le pareció mal para su hijo, y también porque pensó que una mujer haría un poco menos fácil que Arturo se metiera en desmadres, lo tendría más aterrizado. Yo digo que su presencia, la de mi tío Arturo y mi tía Susi, le hacía bien a la casa, vigorizaba el jardín. Ellos cogían diario.

Cuando esto pasó yo aún no salía de la infancia. Creo que mi adolescencia la inició el hecho de que volví a ver a mi tío Arturo una vez. Ocurrió a finales del primer año de la escuela secundaria; la detestaba por su obtusa disciplina de uniformes, corte de pelo a la *brush* y honores a la bandera. Esta era la norma en las escuelas del gobierno, a la cual asistía por disposición de mi madre, que repetía como perico las ideas de mi tío y en todo contrariaba a mi padre. Y aunque seguía a mi tío en eso de que yo tuviera una educación popular, en lo tocante a la educación de mis hermanas se mostraba más bien partidaria del catolicismo de mi padre, pues amén de que las había inscrito en el colegio Tepeyac no les permitía maquillarse para ir a las fiestas, vigilaba religiosamente el nivel de la bastilla de sus vestidos y nada de novios...

Yo no era particularmente problemático, o no a la manera común de los estudiantes rijosos o incumplidos. Me gustaba andar solo y decir entre mis compañeros mis opiniones acerca del director o los profesores, por lo cual éstos se vengaban sometiéndome a tareas injustas como pintar los enrejados o excluirme de los juegos de baloncesto. Pienso que por eso me quedé así tan flaco, pues relacionaba los deportes con la frustración. En aquel tiempo, las escuelas secundarias daban un documento que se decía indispensable para ingresar al bachillerato o para conseguir empleo en caso de no continuar estudiando: la carta de buena conducta. No me costaba demasiado esfuerzo pasar las asignaturas, y a ese respecto con nada podían amenazarme. A los meses, convencido de que aquella puta carta no era sino un espantajo, me decidí a irme de pinta. Me presentaba puntualmente a la escuela, pasaba la primera lista y me saltaba la barda, lo cual volvía a hacer a la hora de la salida pero para ingresar y decir presente en la lista postrera. Yo lo hacía para evitar que les mandaran un reporte a mis padres, aunque estaban muy ocupados en sus disputas y no me pelaban.

Evadirse de la escuela no tenía nada de asombroso, pero a mis compañeros les resultaba un despropósito que yo me corriera la pinta solo. ¿A quién se le ocurre meterse solo al cine, ir como un perro a Chapultepec, entrar sin amigos a las salas de billar, donde sí podía resultar peligroso no aparecer acompañado? Mi conducta atrajo la curiosidad de otros vagos y así me hice muy amigo de un chavo locochón que tenía todos los discos de los Beatles y nos aficionamos al trago. Cierta vez se nos ocurrió colgarnos de las escalerillas que antes tenían las pipas de Petróleos Mexicanos en la parte trasera. Es sabido que los choferes de estos vehículos los maniobran cual autos deportivos. Cuando la pipa tomó una vía rápida, lo que al principio fue emoción comenzó a tornarse miedo. De pronto vimos aparecer otro camión tanque que aumentó la velocidad para emparejarse al nuestro. Yo supongo que el conductor del segundo camión trató de avisarle a su colega que llevaba dos moscas en la escalerilla, y también supongo que nuestro chofer tomó el alcance y los bocinazos de la otra pipa como una provocación a las carreras porque aceleró hasta adquirir el apremio de una ambulancia. Yo iba asido con tal fuerza a los tubos de la escalerilla que los brazos se me entumecieron, también apreté sobremanera los párpados para no mirar el vertiginoso paso del asfalto, invitación a rodar como un animal atropellado. Ya bien avanzada la autopista a Querétaro el camión hizo alto en un cruce del ferrocarril. Ni mi amigo ni yo nos podíamos bajar cuando la pipa se detuvo. Me sentía como disecado pues tenía los ojos abiertos y no podía ver. No recuerdo cómo regresamos a la ciudad, pero la siguiente imagen que tengo en la memoria ocurre en casa de mi abuela, donde pensaba refugiarme hasta que se me pasara el susto. Parado bajo el follaje del pirul, me quedé pensando en lo que diría mi madre si yo me muriera. No había nadie en la casa, seguramente habrían salido a la carnicería o a traer las tortillas. La soledad de la casa no hizo sino dar pábulo a mis pensamientos fúnebres y casi me desvanezco cuando mi tío apareció por el otro lado del patio, junto al colorín. Me solté a llorar por la rareza de mi estado de ánimo que confería al ambiente un halo de ultratumba, reforzado por el hecho excepcional de que no estuviera ni mi madre ni mi abuela ni la tía Lina en casa. Mi tío me abrazó; por debajo del excitante olor a camionero que despedía, alcancé a percibir rastros del perfume de mi tía Susi. Sin palabras, con una intuición en bruto, supe que la había venido a ver a escondidas. Llevaba una pequeña maleta con el escudo de un equipo de futbol. Me invitó un cigarrillo, que siempre fumaba a escondidas, pues entre las fijaciones de mi familia, fumar en presencia de los padres era tan imperdonable como que lo vieran a uno fornicar.

Yo no dije nada porque sentí que esto que había visto era sólo para mí, además de que no encontraba la manera de que alguien en la casa se interesara por lo que a mí me sucedía. Vagamente vislumbraba que vivir bajo la férula de mi madre y su madre era una garantía de naufragar en la casa, en mi propio cuerpo, en una vida que en el mejor de los casos podía transcurrir en un estado de placidez animal.

En el periodo entre mi salida de la escuela secundaria y mi ingreso al bachillerato me dio por vagar en las calles, como buscando algo o más exactamente a alguien, quizá a mi tío... Qué triste todos dicen que soy, que siempre estoy hablando de ti... A veces salía a caminar por el bosque que había al costado de la avenida Insurgentes, donde empezaba la carretera a Pachuca, y me iba de aventones hasta donde los choferes de los camiones cargueros me quisieran llevar o hasta donde sentía que ya me había ido muy lejos y me daban ganas de volver. Allí conocí a Enrique, el Quique, que era el conductor más rápido de la ruta México-Laredo. Me producían asombro esos tipos solitarios, de barba hirsuta, que oían canciones rancheras. Si nos dejan, nos vamos a querer toda la vida... No deseaba ir a ningún lado, sólo viajar con ellos. Allí, a bordo de esas rugientes máquinas, que apestaban a pies, se movían demasiado, hacían sudar, me quise alejar por primera vez de la influencia de mi familia. Pero no tardé en regresar a la casa, y con la sensación de haberme vomitado encima. Topaba a mi amigo Quique una vez a la semana, cuando retomaba el camino hacia el norte. Yo siempre andaba tan ridículamente limpio que usaba pantalones blancos. Quique se burlaba un poco de mí, me llamaba pollito, huevo de mamá gallina. Esa última vez que lo vi detuvo el camión frente a un conjunto de fondas al lado de la carretera. Comimos y luego dijo que debía medirle el aceite al radiador o algo así. Se veía como un cíclope asomado al motor del vehículo. Terminó lo que estaba haciendo y saltó a tierra; me pareció muy grande y peligroso. Estaba asquerosamente sucio de grasa y sudor. Era chocante el contraste entre su figura y mi aspecto de niño de colegio en uniforme de lunes. Se me acercó con un gesto que nunca le había visto. Empezó a reírse. Yo lo miraba sin parpadear; entonces se hincó frente a mí y pasó rápidamente su dedo por mi brageta. Me dejó allí una mancha negra. Sentí que esa era una marca y me dio mucho miedo y ya no quise continuar el viaje.

Como no soportaba estar en casa, busqué a mi amigo el de las pintas y durante un mes anduvimos recorriendo las sierras de Hidalgo y Puebla. Con suerte porque aunque no traíamos dinero siempre comíamos y pernoctábamos bajo techo. Ya entonces sólo usaba pantalones vaqueros. La amistad con mi amigo derivó en un noviazgo con su hermana. Esta fue una relación perturbadora porque mi novia se parecía a mi amigo y no nos entendíamos bien en lo referente al sexo. Ella era medio santurrona y yo muy tímido para esas cosas porque al respecto no había tenido más educación que los esquemas de los aparatos reproductores del hombre y la mujer de los libros de la secundaria y las conversaciones puñeteras de mis compañeros. Y como nuestra iniciación sentimental corría a cargo de las canciones de José José, mi imaginación erótica estaba muy poco evolucionada. ¿Y cómo no, si el sexo, esta sola palabra, era para mis padres como un cadáver insepulto que apareciera en medio de la sala? Yo era tan silvestre que ni siquiera me daba curiosidad el tema, no sé qué operaciones había efectuado mi cerebro para relegarlo, para evitarlo más por olvido que por prohibición. Así que la mayor parte de mis ideas la fueron acaparando unos libros de física que mi tío Arturo había dejado en la casa, y el cerro de revistas *Duda* –casi una publicación extraterrestre– que coleccionaba mi tía Lina. Esas lecturas me producían tristeza y una desolación intergaláctica. Comencé a ambientar mis emociones en esos espacios descritos con logaritmos, veía planetas arrasados y gente muy sola en una oscuridad vacía sin fin ni Dios ni nada.

Una tarde encontré a mi tía Susi con unos amigos en su casa. Yo no me acercaba cuando estaban ellos, que venían una vez al mes, porque se callaban apenas aparecía. Se me hace que fumaban mota y se sacaban de onda con mi presencia. Yo estaba a mediados del bachillerato, mi tía era quince años mayor que yo y no teníamos muchos puntos de contacto. Pero esa tarde sus cuates se fueron temprano y me animé a buscar a mi tía. Estaba un poquito borracha. Me asomé por la ventana; de las paredes colgaban retratos de mi tío Arturo que ella misma había hecho. Había una fotografía que me gustaba particularmente: él estaba sentado; miraba arrobadamente a la cámara o más bien a Susi. Se veía contento. A sus espaldas se distinguían niños jugando, parejas abrazadas, una fuente. Mi tía nunca quiso regalarme ni una foto.

Estos años cruciales de mi adolescencia los viví sin saber si mis actos dependían de mí o si yo era sólo el traje o el disfraz de alguien que tenía cosas que hacer. Ya estaba en su apogeo mi necesidad de acercarme a Susi, que me inspiraba más confianza que mi abuela o mi hermana la grande. Me urgía tener un punto de referencia para saber cosas de mí. Con el propósito de llamar su atención, le dije a bocajarro que había visto a mi tío.

—¿Cuándo lo viste? —me preguntó, crispada.

—No hace mucho.

—Mentiroso... ¿Qué te dijo?

—Que te extraña, tía, que nos extraña —su reacción me llenó de regocijo—. ¿Cuándo va a venir por ti? —lo dije para terminar de sondearla.

Me atrajo hacia su pecho y comenzó a pasarme la mano por el pelo. Yo casi ronroneaba de caliente, pues deseé que a partir de entonces nos uniera una secreta complicidad, aunque no supiera en qué traducirla. Me declaré su incondicional cuando me dio las gracias por estar con ella y tener esperanza. No me atrevía a preguntar de qué.

—Se me adelantó —dijo tristemente.

Yo preferí quedarme con la duda de si esta frase era el lugar común para referirse a alguien que ha muerto, o si mi tía aguardaba encontrarse con Arturo, vivir con él, tener una familia. Pensé en eso porque a mi tía le gustaban las canciones de Leonardo Favio, esas donde hablan mucho y pasan ambulancias. Todas las cantaba pero con más ganas esa que dice: quiero aprender de memoria con mi boca tu cuerpo, muchacha de abril, y recorrer tus entrañas en busca del hijo que no ha de venir... Oírla me parecía un privilegio, acceder a los secretos de lo que le pasaba en la vida.

La amistad con ella me tornó un poco extrovertido y me dio por inventar que era un enviado de otro mundo, y a quien quisiera oírlo podía decirle dónde había dejado estacionado mi platillo volador. Mi tía Susi era la única persona que me seguía la corriente. Me interrogaba para que confesara de qué planeta venía, cómo vivíamos allá, si los amores duraban. Entonces yo le describía el Planeta Rojo, sus urbes flotantes, detallaba que sus habitantes habían desarrollado una especie de membranas entre los dedos, tenían manos de pato, para ir de un lado a otro de la ciudad. ¿Con esas manos se acarician? Susi conseguía que mis historias se volvieran pícaras cuando indagaba cómo hacíamos el amor en Marte. Entonces yo me quedaba mudo, de gusto y placer, porque esas descripciones le tocaban a ella. Nos divertíamos hasta las carcajadas...

Aunque cierta vez uno de nuestros juegos terminó en llanto. Me había pedido que la acompañara a comprar los regalos de Navidad para mi abuela y las sobrinas pequeñas, las hijas de Elvirita, la hermana menor de mi madre. Fuimos a Plaza Universidad; por aquella época acababan de instalar las primeras máquinas de refrescos. Mi tía Susi sacó del monedero la condecoración de mi tío Arturo. Me hizo un guiño para obtener mi complicidad en un homenaje secreto a su desaparecido esposo. Empujó la medalla por la ranura y me cedió el honor de elegir la marca del refresco. Cuando oprimí el botón de la Coca-Cola los dos nos reímos, como si la elección significara algo más que eso y le diera un énfasis a nuestra burla contra no sabíamos quién. La máquina se tragó la moneda, sin escupir la botella... Absorbidos por la inercia que nosotros mismos habíamos creado, le dimos a este hecho un significado ominoso que pareció confirmarlo la inmediata aparición de un gendarme cuando comenzamos a golpear la máquina para que nos devolviera la moneda o nos entregara la mercancía. Le lanzó al policía una mirada láser al tiempo que se le salían las lágrimas. Yo sentí como si mi tío Arturo se hubiera salido de la nave, y que se quedaría cayendo eternamente para arriba hasta que una estrella lo cremara...

Mi papá, que ya no vivía con nosotros, cuando venía a la casa se iba lo más pronto posible porque mi mamá lo acosaba con reproches y exigencias de dinero. Y yo digo que en ese tiempo no me quería, le encabronaba que yo me ciñera tanto a mi abuela y que tuviera mi cuarto lleno de juguetes. Mis dos hermanas habían hecho alianza con mi madre en contra de él y yo me fui sintiendo cada vez más solo, y casi desamparado cuando en el bachillerato llegó la hora de definir qué materias cursaría durante el último año, con miras a ingresar en la universidad. Ya había decidido estudiar física, pero ese año la escuela me valió una chingada y me dediqué a la vagancia y a chupar con mi cuate éste que ahora era mi cuñado. Puede sonar extraño que confiese que hubo un tiempo en que si no me despertaba crudo sentía que estaba desperdiciando mi vida.

Mi padre más o menos se dio cuenta. Me ofreció irme a vivir con él, inscribirme en la facultad de estudios que quisiera. Yo no podía, por más esfuerzos que hacía, sacar las manos de los bolsillos. Mi padre me daba pena y miedo. Era grande, fuerte, tan velludo que los pelos se le escapaban por las fosas nasales y las orejas, pero se veía todo apachurrado, andaba con la camisa sin planchar, los zapatos gastados...

–¿Te vienes a vivir conmigo?

Yo no tenía ninguna certeza y a todo le respondía con mi estúpido silencio.

–Allá tú –dijo finalmente.

Su venganza sería no volver a darme dinero, y eso me entristecía más por él que por mí. Porque su habilidad para largar vendedores, buhoneros y mendigos, esa tacañería intransigente que nunca le permitió el trato con un buen sastre le facilitó en cambio la simpatía por unas arpías horrendas como monjas que vinieron a venderle exitosamente una cripta a perpetuidad en el sótano de la iglesia de la colonia Industrial.

Un sábado en que mi papá había venido a visitarnos, mis hermanas se estaban arreglando porque a las seis pasarían sus amigos por ellas; mi mamá ya había comenzado a pensar en un partido para Lorena, la mayor. Mi papá traía un martillo o una herramienta en la mano, porque seguramente andaba reparando algo. La abuela estaba con sus nietas y mi mamá. Susi había comido con nosotros, y continuaba fregando los platos en la cocina. De pronto se abrió la puerta, y quizá no nos hubiéramos percatado de ello si no es por la violencia con que aparecieron un par de tipos en la casa. Ver a esos energúmenos en la sala, faroleando la pistola que cada cual traía en la cintura, nos tenía alelados.

–¿Dónde está Martín? –ese día me enteré que éste era el segundo nombre de mi tío–. ¡No se hagan pendejos! –se veían muy enojados y también nerviosos.

Dijeron que eran de la policía judicial y nos amenazaban con groserías. El peligro era concreto y al mismo tiempo vago. ¡Qué querían estos fulanos! ¡Qué pensaban hacernos! Yo tenía los antebrazos en la mesa. Mi abuela sostenía entre los labios los rizadores con que se peinaban mis hermanas. Mi papá, con expresión de cura indignado, acomodándose los lentes con la mano, les dijo que esas no eran formas de entrar a una casa o algo así.

–Mi hijo está muerto –mi abuela se interpuso entre ellos y mi papá. Tal afirmación, que nunca se había pronunciado en la casa, nos volvió a la realidad–. ¡Lárguense!

Sin perder la pose retadora, nos miraron detenida y silenciosamente. Mis hermanas se veían guapas. Mi mamá estaba entre ambas. Yo tomé el peine que mi abuela había lanzado a la mesa y me lo puse enfrente de los ojos: los veía a todos como presos tras unos barrotes.

Por la mente me pasaban imágenes rapidísimas, como de película muda en que los malos atan a la bonita a las vías del tren y el galán se demora mucho en salvarla. Entonces me acordé de mi tía Susi. Justo en ese trance me vino la primera revelación, por llamarla de alguna manera. Me pareció que lo que tenemos ante nosotros y en nosotros es la pronunciación de un relato que no se verbaliza con palabras sino con nuestra vida. Sin pensar –literalmente– me levanté de la silla y me dirigí hacía la puerta, con la intención de salir al patio. Me veía a mí mismo como si estuvieran mis ojos en el techo, incluso, como si todo esto y el mundo estuvieran pasando sólo en mi cabeza. El caso es que enseguida sucedió lo que inconscientemente había calculado. Los tiparracos esos se salieron detrás de mí. Mi abuela los siguió. Su actitud había cambiado y ya en la calle, del otro lado de la cerca, por lo que le preguntaron a mi abuela me di cuenta que antes de irrumpir en la casa se habían metido a la casita de Susi y seguramente también habían husmeado en la nuestra.

–Allí vivía –dijo mi abuela señalando hacía el colorín–. En la otra casa vive una de mis hijas con su esposo.

Yo me regresé a la cocina, a abrazar a Susi, que estaba pálida y no podía ni hablar. Desde los catorce años ya sentía rico acercarme a ella. Daban ganas de abrazarla, sobre todo si uno era chico, porque hacía falta tener cierta talla para mejor aprovechar las formas del cuerpo de la tía...

El punto culminante de esta pasión pueril llegó poco tiempo después de que mi abuela muriera. Enseguida mi tía Susi comenzó a distanciarse de nosotros. Se fue a vivir a otro lado y la extrañaba... Además de la soledad, siempre me punzaba la sensación de no saber lo que estaba pasando. La realidad me resultaba algo indefinible, un amasijo de emociones, una piedra que sangra. De este oleaje de sentimientos sólo pude darle coherencia a una serie de oraciones acerca de la compasión y lealtad que mi tía Susi había tenido con mi abuela.

Porque nunca me pareció justo para mi abuelita que mi tío se fuera de esa forma. Ella se quedó con el sentimiento trágico de su desaparición y eso finalmente la mató. Vi entre la neblina que mi tía Susi se alejaría definitivamente porque ella no era de nuestra familia, no tenía hijos ni verdadera amistad con sus cuñadas; además –y esto pesaba más de lo que suponía– nunca se había casado con mi tío Arturo, habían vivido en unión libre: eran compañeros, como decían ambos.

Mi desolación adquirió proporciones abismales cuando mi noviecita me cortó. En complicidad con mi memoria empecé a urdir la versión de que mi novia me había dejado por un hombre rico, lo cual me permitía no ver la verdad... Considero que el desencuentro amoroso es el distintivo de la vida de mis amigos y amigas, todos son divorciados por lo menos una vez, o desahuciadamente solteros. O abandonados, como mi tía Susi, que había quedado ante sus cuñadas más como una amasia dejada que como una viuda.

Con el corazón hecho un trapo me atreví a llamarla por teléfono a la tienda de fotografía donde trabajaba. No sabía exactamente qué decirle, sólo que quería verla. Para aguzar el dolor que me había causado mi novia, me había peleado nuevamente con mi madre y mis hermanas, empeñadas en dirigirme la palabra sólo para criticarme. Ya no platicábamos porque mis pobres hermanas, televidentes empedernidas que se hicieron feas de tanto sentirse bonitas inalcanzables, se simbiotizaron con el lado más antisocial de mi madre y se la pasaban cuchicheando del prójimo.

El enojo contenido me dificultaba conservar a mis camaradas y las chicas que se interesaban por mí acababan sintiendo miedo de alguien tan imprevisible. Esto lo supe después, porque en ese entonces yo no me daba cuenta de nada, ni siquiera de que odiaba a mi familia.

Quedamos de vernos en la cafetería del boliche Lindavista. Nebulosamente había tramado chantajearla un poco, sacarle unos apapachos. Sin ningún pudor le dije que había vuelto a ver a mí tío Arturo.

−Me estuvo esperando a la salida de la escuela...

−¿Cuándo vas a crecer? −respondió ella, molesta−. Me duele que seas cruel conmigo. ¡Cállate! No sabes lo que dices y no te imaginas lo que está pasando. Vámonos de aquí... Tengo que hablar contigo...

En ese momento se me ocurrió pensar que a mi tía Susi debían de resultarle más que cargosas las acometidas de un adolescente calenturiento, y que por eso dijo lo primero que le pasó por la mente para desembarazarse de mí.

−Tienes que ayudarme −puso sus ojos en tal posición que me hizo pensar en una vampira, en alguna de esas mujeres que salían en las películas que daban en el cine Venus−. Me quedé sin trabajo. Hoy fue mi último día... Pero eso me facilita las cosas...

Salimos a la calle y paramos un taxi, lo cual me obligó a pensar en algo grave. Estábamos a comienzo de los años ochenta y muy pocos podían darse el lujo de pagar un carro de alquiler. Mi tía le ordenó al conductor que nos llevara al Centro. Para mí, desde siempre el Centro fue el sitio más importante de la ciudad. Allí se compraban los muebles para la casa, en los cumpleaños de la abuela íbamos a comer a la Hostería de Santo Domingo, allí estaban las cantinas que frecuentaba mi tío, el gobierno decía las más grandes netas, se ubicaba la catedral para oír misas de veras, y también allí estaban las casas de empeño. Mi tía no habló en todo el camino, se había sentado lo más lejos posible de mí. Nos apeamos en la calle del Cinco de Mayo, junto a una tienda donde vendían cinturones, pañuelos y sillas para caballos. Caminamos unos cuantos pasos y nos metimos al café La Blanca. Yo pedí una cerveza y ella encendió un cigarrillo frente a su café negro.

–Esto que te voy a decir es muy serio. Tu tío no está muerto.

Me imagino la carota de pendejo que yo puse. No cabía del estupor de no poder comprender cómo había hecho mi tía para sacarme de la jugada. Las imágenes cachondas que tenía en la cabeza se me cambiaron por las de los largos pasillos del Pentágono. Mi tía Susi me estaba diciendo que su marido, mi tío Arturo, trabajaba para la CIA. ¿Cómo es ese pedo?, me quedé pensando. Yo no sabía bien a bien lo que era la CIA, pero tenía muy claro que eran unos ojetes que andaban desapareciendo gente en México.

–¡Conque la *cía!* –dije.

–Pero no es como tú te figuras.

Un cigarro prendía al siguiente. Pues sí, que mi tío Arturo se había dejado reclutar en Nicaragua, pero sólo para infiltrarlos. Que la primera parte de su misión había consistido en identificar a los más radicales de los comunistas. Era preciso evitar que los gringos hallaran el pretexto para darse el gusto de bombardear la Ciudad de México. No era un chiste.

Luego me dijo que mi tío había desertado... ¿Cómo? ¿De qué?

Yo había repasado varias veces la leyenda que hicimos de mi tío Arturo. Estaba convencido de que a él lo había jalado el destino. Él no era militante de ningún partido, no era líder ni tenía intereses personales en lo que fuera obteniendo el movimiento ése en que él andaba. Era algo que estaba en el aire, ni siquiera era una bronca de partidos o personas concretas, definidas. Eso estaba en el ambiente desde mediados de los años sesenta y no había forma de evitarlo, además ya se había acabado, pues según yo las actitudes subversivas se esfumaron por completo con el comienzo de ese aputarramiento colectivo que fue *Saturday Night Fever*.

Mi tía no me dejaba hablar, porque pasó a contarme que en medio de ese desmadre, mi tío había dado casualmente con una salida a un lugar que las potencias querían ocultar mediante la violencia en las calles. A decir de mi tío, sólo era cuestión de estar atento para saltar a ese sitio cuando se abrieran las puertas, lo cual sucedería durante la próxima prueba nuclear. Había encontrado el paso franco a la catafixia, y eso es lo que él había venido a decirle a Susi. Le prometió a mi tía que se rifaría a fondo, que no importaba qué tuviera que hacer ni con quién juntarse para conseguir que ellos dos pudieran escapar. Que ese lugar en algo se parecía al de la foto preferida de mi tía.

Llegados a ese punto sentí que alguien murmuraba. Entonces sucedió: la voz pronuncia con contundencia nuestros actos. Verbaliza –materializándolo, cumpliéndolo– cada detalle sobre textura, olor, temperatura, las ideas fugaces que cruzan nuestra mente. Es una voz andrógina, pronuncia pausadamente y con dicción perfecta. Siento su respiración en la nuca, en la espalda, en la palma de las manos, las axilas. Su boca es todo el espacio, la lengua el tiempo y no hay manera ni voluntad ni deseo de evitar que suceda lo que sale de allá dentro.

–Necesito dinero. Sólo tengo lo de mi liquidación del empleo y no me alcanza... Debo hacer un viaje... No preguntes... ¿Vas a ayudarme? Tú tío acaba de comunicarse conmigo, me está esperando. Debo irme cuanto antes.

Obviamente pensé en los ahorros de mi abuela, que habían sobrevivido a las vacas flacas. Pero este dinero ahora lo custodiaban mi tía Lina y mi madre y no había manera de darle ni un pellizquito. Si esto lo hubieran sabido mi madre y mis tías, habrían dicho que Susi era una lagartona que quería sablearme, y de haber sido yo una persona maliciosa hubiera pensado que mi tía Susi quería irse con un hombre o huir de algo. Me avergoncé al pensar por un instante que me estuviera engañando... Era mejor creerle porque para mí eso significaba que ella y mi tío lograrían lo que nadie había logrado en mi familia, lo que nadie que yo conociera había logrado. La angustia y la ansiedad de sus gestos eran reales, y sus emociones tan intensas que me pareció que esa misma tarde, ante mi presencia, se estaba efectuando un cambio en ella, que se hacía una mujer más nervuda, mayor, y con esa belleza esplendorosa que aguarda a ciertas mujeres en la madurez, cuando cuajan por completo y parece que han vivido sólo para llegar a esta cúspide en que son más deseables que cualquier beldad veinteañera. Algo también cambió en mí, alguna pieza acabó de acomodarse entre mi alma y mi cuerpo. Creo que fue la enigmática atracción hacía mi tía lo que rompió finalmente las amarras: el nebuloso deseo que en varias ocasiones me había despertado se convirtió en identificación, en ganas de emularla, en una admiración como la que una niña puede sentir hacía una madre dominante y dueña de sí.

Por supuesto que debía ayudarla. Repasé mentalmente los rostros de las personas a las que podría pedir un préstamo, y me sentí incómodo y cagado cuando el fichero se detuvo en mi padre. Hacía mucho que no lo visitaba en su casa, seguíamos emocionalmente distanciados por las guerras subterráneas que continuaban entre él y mi madre. Ya me había dado cuenta que a mi padre le dolía que yo viviera atenido con pasividad infantil a las voluntades de mi madre y sus hermanas. Cuando llamé a su puerta entendí que mi padre me reprochaba no que prefiriera vivir con las mujeres sino que no hubiera logrado hacer valer mi masculinidad, que no compartiera con él las cuitas y preocupaciones de todos los adolescentes cuando empiezan a ser hombres. Al percatarme de la gustosa perplejidad que le causaba mi visita, me asaltaron unos impulsos muy cabrones, una sensación de poderío oscuro capaz de manipularlo; me sentí como una bruja.

Siempre había tenido el deseo de que mis actos alcanzaran la misma fluidez que mis pensamientos. Antes creía que yo era inteligente porque podía percatarme de cómo son las personas, pero luego pensé que era sólo malvado porque aprovechaba esa información para conseguir cosas que no eran importantes y además me hacían estúpido y frívolo.

Yo quería cambiar o más exactamente dejar de ser lo que no era. ¿Cómo vivir sin que los actos y los minutos sean sólo una acumulación de datos biográficos? O sea

¿cómo convertir la acción en un método para despojarnos de lo que no somos, lo que no nos pertenece, y así, quitándonos de encima capas de existencia parásita, sedimentos de los minutos que se acumulan en nosotros, dar con quien realmente somos? Esa tarde comencé a desear que la vida no fuera una acumulación de cosas sino una danza en que cada paso significara soltar un lastre.

Me miró de pies a cabeza y pareció complacerle que trajera puesta la chamarra de cuero de mi tío Arturo, que me quedaba grande. Mis botines de charol y el suéter de cuello de tortuga me ponían fuera de la moda al tiempo que me daban un aire rebelde y original. Del mueble de la cocina mi padre sacó una anforita de tequila, una botella de cuarto de litro del ponzoñoso tequila Sauza blanco. Ver que mi padre no se atreviera a comprarse una botella como Dios manda me produjo una mezcla de enfado y desprecio. Me sirvió una copita de su chingada marranilla, seguramente creyendo que yo me sentiría importante por compartir un trago como dos machos en una cantina.

Mi desasosiego –potenciado por su aspecto descuidado, los restos de comida sobre la mesa, el piso pringado, el insoportable olor a humedad y rancio que emanaban las paredes, empiojadas con imágenes de santos y un cuadro de la virgen de Guadalupe–, mi padre quiso tomarlo como la gran oportunidad para hacer algo por mí y ponerme de su lado. Mis padres tenían en común el ego carcomido por un orgullo que les dejaba imaginarse que la gente del mundo se dividía entre los que estaban a su favor y los que estaban en su contra. Yo en verdad no estaba del lado de nadie, simplemente me quedaba en el lugar donde me sentía más cómodo, donde podía ser débil y perezoso sin que nadie me molestara.

–¿Qué te pasa? –el tono de su pregunta me hizo fantasear que él era un fraile y yo un pobre indio sin alma. Pensé que esa imagen le hubiera gustado, que mi padre necesitaba sentir que poseía atributos que él admiraba: autoridad y benevolencia.

No perdía de vista que mi prioridad era ayudar a Susi. Sin esfuerzo me apachurré en una silla, con las manos en los bolsillos, soltando un suspiro de desamparo.

–¿Qué te pasa?, dime. Yo puedo ayudarte.

–Dinero... Necesito dinero... –el tono de mi voz le facilitó a mi padre colocarse donde quería estar.

–¿Para qué lo quieres?

–No puedo decirte... Además no me vas a creer, no lo vas a entender.

–¿Por qué no habría de entenderlo? Anda, dime...

–No puedo, papá –me levanté teatralmente de la silla. Mientras me acomodaba el cuello de la chamarra me miré en el espejo roto frente al cual se afeitaba mi padre–. Lo necesito, de veras...

–¿Se puede saber cuánto...? ¡Ah!, ya sé –por un momento temí que fuera a decir que mi madre me enviaba, pero su rostro se iluminó. Me tiró un golpe exultante al hombro–. Embarazaste a una chava, ¿verdad, cabrón?

El chasquido que su palma hizo en el cuero de mi chamarra reverberó en mi mente de tal manera que vi una luz: era claro que le importaba más el pito de su hijo que todos sus crucifijos y bulas papales juntos. Me llevé una mano a la mejilla para comprobar que estaba yo realmente allí, de pie en medio del absurdo. Moví ligeramente la cabeza y él pareció más feliz porque interpretó mi silencio como una afirmación a su pregunta. Hoy en día podría considerarse ridícula la suma que me dio, pero entonces era un dineral.

Al llegar a la calle comencé a correr hasta que se me olvidó adónde iba. Miré mi reloj, que era el de mi tío Arturo. Susi ya debía de estar esperándome en la central de autobuses del norte. Traía una maleta pesada, sus zapatos de tacón. La acompañé a los andenes. Me dio un beso cuando le entregué el dinero. Vi que el autobús iba hasta Matamoros, Tamaulipas, y no me aguanté las ganas de preguntarle a mi tía adónde exactamente se dirigía.

—Al Planeta Rojo —me dijo, y convirtió su conato de lágrimas en una carcajada.

Me demoré en el abrazo y no quería soltarla. Espera, aún la nave del olvido no ha partido: me vino espontáneamente a la memoria la letra de mi canción favorita —por alucinada— del Príncipe.

—Dale un gran beso a mi tío.

En la escalerilla del autobús el revisor le pidió el boleto. Ella se volvió a mirarme un instante. No había querido verbalizar la despedida ni preguntarle si nos volveríamos a ver, quizá porque sentí que era yo quien se iba. Tampoco lloré, porque me dio mucha alegría darme cuenta que mi tía llevaba su cámara de fotos.

Qualia

Los martícolas, habitadores de un globo material, deben ser en parte materiales; y solamente pueden hacérsenos material y sensiblemente conocibles. ¿Cómo pues será posible que nuestro espíritu solo, determinado a no sentir cosa material sino por los órganos corporales, mientras no se separe totalmente del cuerpo, conozca aquí sensiblemente lo material? Si nosotros, pues, que viajamos en compañía, y mentalmente nos hablamos, no podemos en el viaje vernos ni oírnos sensiblemente, ¿podrás creer por cosa posible que sensiblemente veamos y oigamos a los martícolas? Refrena los curiosos e inquietos ímpetus de tu mente, si quieres descubrir si en Marte hay o no hay población. Este descubrimiento se hace solamente con la mente abismada en el sosiego, y no con ver los martícolas en caso que aquí los haya.

Lorenzo Hervás y Panduro, *Viage estático*, 1793

En russkii

Un día se encontraron el minotauro y la sirena. Aquello fue en la ciudad de kiv. Yo venía de méxico huyendo de mi madre. Ella no se daba cuenta y yo tampoco de que nos rondaba la muerte y francamente éramos muy desdichados. En la penúltima de las múltiples escalas que hizo el vuelo, el avión estuvo a punto de estrellarse. Los de aeroflot eran unos avionzotes como de troncos, iban muy rápido y brincaban como el carajo.

Yo viajaba entre un grupo de becados por el gobierno del país anfitrión. Según los burócratas los elegidos eran gente especial, y los estudiantes lo creían abiertamente. La beca no era mía: yo estaba suplantando a mi amigo alejandro chapca. A este maldito, o sea yo, lo habían mandado a cursar una licenciatura en el extranjero, pero ya en maskvá los rusos no encontraban mis documentos. Una señorita uniformada de gendarme me dijo que tuviera paciencia, que la confusión se debía a la existencia de dos expedientes a nombre de alejandro chapca. Cuando trajeron ambos para que yo señalara cuál era el mío, vi que a uno lo acompañaba un oficio con letras muy chiquitas de la secretaría de gobernación dirigido a la de relaciones exteriores: una recomendación puntual añadida a la solicitud: enviar al becario a la taiga a estudiar ciencias médicas. Al segundo le darían un boleto de tren para que se marchara sin confidencialidades a kiv, con los sellos y firmas que le autorizaban el ingreso a la escuela politécnica. Las sargentas rusas me miraban sin pestañear. La más joven y pétrea me apuró con una frase en su lengua, que sonó como un gorgorito. Pronuncié en mi idioma y puse el índice sobre el expediente: éste. Al punto me tomó del brazo un tipo que me acechaba y me ordenó que subiera al autobús que iba a la estación de trenes. Al principio era difícil reconocer a cada uno de estos prefectos: todos llevaban un traje de color muy similar e idéntico modelo de zapatos. Con disparatada diligencia, entre un chofer y dos oficiales habían llenado un autobús con las maletas, mochilas y bultos de los recién llegados: por las ventanillas todo se veía revuelto, como si hubieran agitado un frasco con insectos. Y en otro autobús habían amontonado a la gente que tendría que ir repartida en dos.

Llegamos tarde a la estación. Los prefectos iniciaron su gallinácea alharaca y se miraban acusatoriamente. Como mal pudimos regresamos las cosas a los autobuses y nos fuimos a pie al hotel de la universidad. Nadie pudo explicar por qué pasamos seis horas en la entrada. Cerca del amanecer me aventaron a un cuarto del doceavo piso donde ya estaban instalados dos huéspedes. Uno era vietnamita y el otro un cubano que se hizo el dormido. Miré por la ventana la noche plúmbea: brillaban sólo las invictas estrellas rojas de los edificios del partido. Abrí los ojos cerca del mediodía. Me percaté del minúsculo tamaño de la habitación y de que los muchachos ya se habían ido. Pasé entre la multitud de desconocidos que aún aguardaban a la entrada del hotel. Un tufo espeso emanaba de la mezcla de negros, asiáticos, latinos... Al cabo de un trecho crucé la avenida para internarme en un bosquecillo. El otoño es la mejor estación del año porque sus días alternan la brisa más dulce de la primavera con el sol más luminoso del invierno. El otoño no es alegre sino concentrado como una pasión callada. Caminé durante horas por maskvá, solo, con ganas de llorar, con hambre.

Si nosotros pintáramos nuestras casas con los colores que usan los rusos, nuestros pueblos y ciudades parecerían de merengue, adorno pastelero. Esos azules, amarillos y verdes calizos y ligeros hacen sentir el cielo más bajo y la ciudad más suspensa, dan la sensación de que rusia se extiende infinitamente en la lejanía. Maskvá es como un barco en el que fuéramos abandonando el planeta.

Por la tarde los soviéticos decidieron que debía pasar a inspección sanitaria, según la traducción del prefecto en turno. En el último piso del hotel universitario, iluminado con lámparas infrarrojas –para empezar a despiojarnos–, nos agolpamos en el pasillo no menos de cien jóvenes. Sin consideraciones ni preguntas de por medio nos sacaron sangre y nos revisaron la cola. De los supuestos médicos sólo veíamos los ojos pues estaban enfundados en unos burdos guardapolvos blancos. Aunque de la tenebra roja salí a la una de la mañana, no me permitieron volver a mi habitación hasta pasadas las tres; me habían entregado un formulario que no me llevó ni cinco minutos llenar pero el comisionado que debía recogerlo y firmarlo se encontraba en una reunión urgente del komintern latinoamericano. En el ínterin alguien me convidó un trozo de pan negro y unos pepinillos en vinagre, mi única comida del día. Ya en el cuarto, al igual que la noche anterior, encontré a dos personas durmiendo, cubiertas por completo con la manta.

Era impresionante lo difícil que resultaba a los prefectos organizar a la gente, cuánta demora para pasar de un piso a otro, completar un trámite, verificar un pasaporte, salir del hotel, subir al autobús, bajar de él, entrar a la estación... Dos prefectas llamaron a una docena de muchachos, nos llevaron a un andén y nos ordenaron aguardar allí. Cuando llegó el tren nos dimos cuenta que nos querían remitir a bakú, pero un joven español que sabía ruso intervino a tiempo para evitar tal despropósito. Cambiamos de andén y abordamos el expreso maskvá-kiv a la media noche.

El café era una de las cosas que más extrañaba en kiv: tomar varias tazas con mi madre, conversar apenas: yo así lo prefería porque de hablar hubiera caído en el tema de mis proyectos truncos, y me pondría agresivo al pasar al de mi pasión abstrusa. La vida se consumía fieramente, como el sol que naufraga en el cielo. Me quería ir y mi decisión se precipitó porque una noche desperté y deseé que mi madre estuviera muerta. Por entonces a mi amigo alejandro chapca le habían concedido una beca para estudiar en la unión soviética. Aquello era algo codiciado y difícil y quizá por eso alejandro tuvo miedo. Como en broma dijo que me regalaba la beca: nuestros rostros se confunden: aunque él es diez centímetros menos alto que yo. Siguiendo el juego le tomé la palabra. Acabé de creerlo cuando me despertaron las lágrimas de mi madre el día de la despedida.

En kiv nos inscribieron en el instituto de lenguas para que aprendiéramos ruso. Por razones que descubrí luego, el gobierno soviético daba la beca casi a cualquiera que la pidiera, y su primer gran problema a resolver con estos jóvenes venidos de todo el mundo, porque hasta gringos había, consistía en enseñar el ruso para transmitir sus gigantescos propósitos. Después de un año en la escuela de lenguas pasaríamos directamente a la educación superior, a las universidades soviéticas. Sus títulos no los reconocían fácilmente las autoridades de los países latinoamericanos pero tenían su halo de prestigio. Entre los estudiantes más convencidos de su superioridad menudeaban comentarios cicateros sobre una condición que no se debía cuestionar: ¿por qué a los extranjeros les restringen el ingreso a los institutos de investigaciones avanzadas de energía nuclear, al instituto parasicológico de siberia y a la universidad del espacio exterior oculta en magadán? Las interrogantes al respecto tambaleaban a los funcionarios pues tenían prohibido abordar el tema y contestar provocaciones. Pero lo verdaderamente secreto de los soviéticos eran los experimentos con seres humanos que habían comenzado durante las purgas de estalin. Existía un informe confidencial de que el ejército rojo había compartido los resultados de estas masacres con algunos países de latinoamérica, particularmente con méxico. De esta información científica las policías locales tenían en alta estima la que enseñaba a propiciar las adicciones entre los ciudadanos, los espacios de crimen y aprovechar la predisposición psicológica para la violencia expedita. Se dice que los soviéticos sí llegaron a acumular fuerza suficiente no sólo para ganar sino para sobrevivir a una guerra total y aun al apocalipsis.

Ni siquiera a veinticinco grados bajo cero llegué a padecer frío. Me gusta esta temperatura y además mi cuerpo comenzó a desarrollar vellosidades en el pecho, los brazos y la barba. Yo sufría por la comida, incluso más que por el trago. Me empecé a juntar con un chileno, un tal melitta. Rápidamente me enseñó los restaurantes clandestinos donde vendían carne, guisos antiguos y vinos de odessa: caros y cobraban en dólares. Creo que los lituanos eran los amos de este giro. Y como en todo el mundo: era mentira que había poco trago: cada madrugada las botellas liquidadas de vodka cubrían las aceras como la nieve. Yo estaba muy paranoico e irascible. No conseguía amigos, las mujeres me huían y los prefectos me tenían fichado además de castigarme con la mitad del estipendio: ochenta rublos que no sostenían a nadie y menos a un soberbio. Creo que mi enrevesada conducta era producto del terror a que descubrieran que yo no era alejandro chapca ni el otro.

Yo guardaba unos dolarillos conmigo y por encima de mis miedos y tristezas decidí pasármela de turista con el melitta. Íbamos a los monumentos, a la ribera del niéper, a los lugares donde vendían piva y a visitar a los insufribles camaradas chilenos de mi amigo. Todos se creían espías, consentidos de la ka-ge-be y de los suecos. Me despreciaban porque tachaban de tibios a los revolucionarios mexicanos; pero su natural delirio los indujo a sospechar que yo era un agente secreto de mi país y de los soviéticos. Al fondo de la habitación se instalaba un viejo rabioso: era un médico retirado y se empeñaba en ir vestido con un mono de cirujano ennoblecido con medallas de héroe. Usaba un abrigo blanco de astracán. Su bastón era un palo de alerce. Contradecía con sagaz gangoseo: que los túneles del metro eran refugios antiatómicos, lo filtraron los mismos satélites soviéticos. Los soviéticos nunca construimos tales refugios porque no creemos en ellos. Nuestras armas almacenadas reclaman la guerra. Yo acompañaba a melitta porque en esas reuniones aparecían mujeres muy bonitas. Me enamoraba de todas y yo a ninguna le gustaba.

Cuando se nos empezó a acabar el dinero, justamente para navidad, nos dedicamos a recolectar botellas de piva en la residencia, en la calle y los basureros. Parecía un trabajo ligero, pero no con la nieve, la ventisca y el espantoso tufo emanado de las botellas de cerveza soviética, que venden cruda y si no se consume al poco tiempo se descompone. Pero eso aquí nunca pasa. Con las kopéicas recaudadas nos compramos un pollo, una bolsa de papas con tierra y media botella de vodka. Los de los otros cuartos, incluso los musulmanes, organizaban fiesta el día de navidad, que es una fecha a la que los bolcheviques en realidad nunca vencieron. Nadie nos invitó a su komnata. En tanto cocinaba el pollo en la estufa me bebí un vaso de vodka y comencé a sentirme desolado. Melitta estaba en el cuarto arreglando la tetera. Como lo había pensado: nos faltó ánimo para acabarnos el pollo y ya habíamos ido por otra botella de vodka. Melitta prometió que vendrían sus amigas. Aunque no le creí, comencé a impacientarme porque no llegaban. Aparecieron después de las doce: eran seis, todas ukranianas.

Melitta les metía la mano, les daba vodka en la boquita y a ellas les fascinaba su acento exagerado. Yo permanecí sentado en la cama, con una jeta huraña hija de la envidia y la timidez. Después de un rato y varios vasos de vodka conseguí diferenciar los rostros de las chicas. Sus voces agudas y zumbonas me producían ansiedad y ternura. La penumbra y el desorden de la komnata eran una invitación a los abrazos. Una de las jóvenes se acercó a mirarme con descaro, en ruso le preguntó a las otras ¿de dónde ha salido este papanatas?, y tornaron a reírse de mí. Yo entendía sus palabras pero por una invencible rebeldía o por inatendidos sentimientos de insignificancia me quedé en mi laberinto psicológico y no lograba articular ni un saludo o un insulto. Otra de ellas me tiró del brazo y me obligó a bailar sin música: las risas no paraban y ya todos cogidos de la mano comenzamos a girar en la komnata. Melitta dio en silbar una melodía cosaca, lo cual excitó aún más a las muchachas y a mí casi me arranca una sonrisa. Súbitamente nos soltamos y melitta aprovechó el impulso para arrastrar a dos de ellas hasta su cama. Tardé en darme cuenta que la única chica que no se alejó de mí hablaba en español. De no haber sido por esta generosidad jamás me hubiera relacionado con valentina. Salimos a los pasillos de la residencia a beber piva y brindamos con vodka incluso con los africanos. Creo que hasta la bábushca y las encargadas de las ropas de cama andaban ebrias. Valentina me contó que había estado casada con un nicaragüense; un par de años atrás había vivido en centroamérica comisionada en una cuadrilla de adoctrinamiento. Había sido maestra del instituto de lenguas y se emborrachaba sin parar porque en breve la enviarían a azerbaiyán o a turkmenia y allá no hay trago ni amigos y las mujeres no cuentan... Saltamos a la noche kivita. Lo más jodido de la vida en la residencia no es la precariedad sino la falta de privacía. Esa noche nadie nos iba a prestar su komnata ni dos minutos. Valentina era la más bonita y no tenía novio porque enloquecía a los hombres. Su marido el nica se había ahogado en celos y alcohol, me contó ella misma. Después de muchos besos bajo la nieve valentina dijo que me llevaría a un lugar secreto. Caminamos más de una hora para llegar al instituto de lenguas. Sin adivinar las intenciones de valentina tomamos la calle empinada a un costado del edificio y de pronto nos detuvimos ante una minúscula puerta que yo nunca había notado. Abrió pero no me dejó pasar. Con una voz extremadamente meliflua me dijo erres muy varronil. Me acariciaba mi barba recién estrenada, estirando el brazo entre el marco y la puerta. Retrocedía y la oscuridad ya se había tragado su cuerpo. Toma: me dio una llave y agregó que volviera la noche siguiente. Me abatió pensar que sólo me había utilizado para que la acompañara hasta su casa. ¿Alguien la esperaba? Era improbable que viviera sola. ¿Se arrepintió al último momento porque había algo que no quería que yo viera? Supe aguardar.

Avancé por un largo pasillo que como camino de ratón se quebraba absurdamente y al final de unas escaleras terminaba en una puerta de hierro que abrí con la misma llave. Había un rumor eléctrico que dejé de oír en cuanto entré al apartamento: sólo dos piezas y el cuarto de baño, lo cual es demasiado en este país, además de ilegal. Cada vivienda la registra escrupulosamente el estado, y nadie puede vivir sino en los sitios asignados por él. Encontré a valentina tendida en la cama: la cabellera suelta, cubierta apenas con una bata, a punto de servir dos tazas de chay. El vapor que escapaba de la tettera aligeraba un poco el aire reseco. Alejandrro: no quierro encularrme de ti. Metí las manos bajo su bata, oprimí sus senos, y como no sabía ni ella quiso decirme cómo se llamaban en ruso, les diré tetomaikas. Del buró sacó un frasquillo y vertió un par de gotas violáceas en cada taza: extracto de belladona.

Se valía de un castellano un tanto gramatical y salpicado de palabrejas que de seguro había aprendido de su exmarido el nica ése. No paramos de hablar ni dormidos ni despiertos. Y valentina en mis manos y mi boca fue la comunión de la palabra y la carne. Sin costura ninguna llevábamos el goce de la vigilia al sueño y de regreso. Amanecí despierto y con verdadero buen humor después de muchos meses amargos. Corriendo por la nieve volví a la residencia para contarle a melitta que valentina me había pedido que volviera por la noche. Se me había acabado el dinero y tuvimos que descender a una estalóbaya de los tabárichi ubicada a unos pasos de la estación del metro krásnaya ploshad. Aquella estalóbaya fue como una premonición. Iba decidido a no permitir que las compotas frías y viscosas, las albóndigas hediondas ni la sopa ácida indigestaran mi alegría. En ocasiones la comida de las estalóbayai alcanzaba una fetidez cadavérica: toda vida es carroñera, se burlaba el melitta. Yo me conformaba con el chay y un huevo cocido. En eso estábamos cuando se nos acercó una prepadabátiel del instituto de lenguas. Nosotros habíamos dicho que estábamos enfermos y la profesora nos exigió presentar la respectiva esprafka. Uno podía encontrarse verdaderamente grave pero si no se tenía tal documento la autoridad correspondiente no accedía a justificar la ausencia escolar. Pero también se podía estar sano y faltar desfachatadamente al trabajo o a la escuela si se poseía una esprafka: ese era nuestro caso: melitta había conseguido en el mercado negro un talonario de incapacidades selladas y firmadas. De manera legal ninguna represalia emprendería contra nosotros la prepadabátiel. La mandamos a lavarse el culo pero ella nos lanzó una mirada muy marxista de ¡los voy a denunciar, cabrones!

En efecto: haber abandonado las clases atrajo de nuevo la atención de los funcionarios hacia mí y en breve descubrieron quién no era yo. Cuando llegaron a detenerme, esa es la palabra, los prefectos iban acompañados de un oficial de la militzia, que se mantuvo impávido durante el tiempo que duró la lectura del oficio y la alegata. El gobierno soviético no me negaba la posibilidad de vivir en kiv, pero cualquier solicitud, trámite o permuta tendría que realizarla sólo en el sitio de mi asignación: la tundra: oficialmente yo no residía en kiv y no podía dar curso a ninguna gestión. Me concedieron veinticuatro horas para empacar mis bártulos y entregar las sábanas a la bábushca de la residencia. El oficial de mármol regresaría para conducirme a la estación de trenes.

Y en esta situación desesperada vine a descubrir que valentina me amaba. Me ocultó en su refugio y fue a buscar la ayuda de gente que no quiso nombrar. Por la noche salimos a reunirnos con unas enfermeras de la policlínica lenínina. La conversación corrió animadamente sin referirse nunca a mí hasta que llegaron tres sujetos que más que médicos parecían carniceros con los mandiles manchados. El más viejo me miró como a un caballo que fuera a comprar: me revolvió el pelo y le preguntó a valentina si yo sabía conducir. Ella me miró y con un movimiento de cabeza le contesté que sí. Las gruesas enfermeras parecieron alegrarse: me dirigieron palabras mimosas con su voz chillona y llena de gorgoritos. El hombre volvió a tomar la palabra para decirle a valentina que yo no debería hablar con nadie de esto, que mañana a la una lo buscara en la policlínica, y me entregó las llaves de la ambulantzia que querían que manejara.

Recibimos una llamada de urgencia: un defenestrado en la lomonósova, que era el mayor conjunto de edificios destinados a los estudiantes. Ése fue el primer sitio donde caí cuando llegué a kiv. Mi residencia era un edificio oblongo de cinco pisos, exclusivo para varones. Los baños, ubicados en la planta baja, tenían diez regaderas y sólo una servía: en idéntico caso estaban los retretes, que no pasaban de ser meros boquetes en el piso, permanentemente inundados y debían servir a casi quinientos hombres. Gobernado por un instinto clánico, cada edificio, como cueva de diablos, albergaba rencores y disputas por el espacio. Cada taifa constituía un ejército: los negros contra los árabes, éstos contra los latinoamericanos y todos contra el mundo. Había temporadas en que los negros acaparaban los odios: los soviéticos racistas los detestaban no tanto por su color sino porque se aferraban a liarse con las mujeres blancas. Y nunca faltaba la finlandesa vengadora que se liga-

ba a uno de estos azules, así les decíamos de tan negros. Los árabes podían ser muy violentos y hasta ellos mismos se golpeaban. Y los latinoamericanos eran unos ladinos, cabrones mañosos con buena movilidad entre las mujeres y aliados llorones de los soviéticos. Dimitri romanov había decidido que jamás volveríamos a la lomonósova. El herido casi siempre era un árabe, sobre todo por la vodka y las noches de sábado. Los amigos de la víctima agredían a los camilleros, amenazaban hasta a los vietnamitas y no los podía tocar la militzia. Dimitri romanov era el médico de la ambulantzia, se peleaba con facilidad sin privarse de repartir trompadas. Llegó a suceder que los heridos le cobraban miedo y no querían que se los llevara. Pável y serguéi, mucho más jóvenes que él, lo admiraban. Había sido su maestro en tibilisi, donde les enseñó cirugía, medicina forense y trasplante de médula. Los subcomisarios lo habían descubierto traficar con codeína y ejecutar ensayos quirúrgicos con los pacientes. Dimitri romanov se cagaba en el partido: les gritaba traidores: cumplan lo que me prometieron. Su mayor humillación fue que los dirigentes no lo enviaran a la cárcel: no lo desconocieron y lo congelaron en un puesto en la central de ambulantzias: sigue trabajando, eres de los nuestros. Sin aceptar su amargura, dimitri romanov comandaba su ambulantzia. No se metía conmigo porque le conducía con firmeza el vehículo y porque maliciaba que yo tenía su vida en el volante. Muy bien, tabárich: me felicitaba sin dobleces al salir de una curva imposible, cruzar un puente congelado sin destrabar el freno, no atascarme en el fango, saber pisar la nieve reciente en una carretera con baches.
  Lo peor de esta malhadada ambulantzia era que la

habían donado los ingleses a la cruz roja de kiv después de la guerra. Pienso en dos cosas raras: por alguna soviética razón, aquí la cruz roja estaba pintada de azul. Y la otra es que se me facilitaba meter la ambulantzia en tamañas cabriolas precisamente porque me resultaba muy difícil hacer los cambios de velocidad con la mano izquierda e ir manejando en el lado del copiloto.

Cuando íbamos por la avenida krishátik, dimitri romanov contestó una segunda llamada. Hay que brincar el niéper, me advirtió. Consultó con serguéi la dirección exacta. Yo no conocía el rumbo y me limité a seguir sus instrucciones. La ciudad es la suma de pequeños laberintos: cuando se abandonan las ciclópeas avenidas principales ya uno va a su suerte. Eran las cuatro de la tarde, estaba a punto de oscurecer. Me metí por la calle que dijo el médico y nos desconcertó ver gente en la nieve, un coche del crematorio y unos músicos. Es allí: me detuvo. Pero esto es un sepelio, le contesté. Me miró con odio al bajar de la ambulantzia y apuró a pável.

Me quedé en la ambulantzia, con la frente recargada en el volante. Apagué la sirena porque en nada me reconfortaba. Más que la velocidad, los aullidos de la sirena solían evadirme de lo inmediato, con gran vividez recordaba momentos dichosos de mi vida como si volvieran a pasar. La música me animó a bajar la ventanilla. No me había dado cuenta que estábamos en un barrio judío: oficialmente no existen pero tienen rabinos, casa de estudios hebraicos y respetan el shábat. En kiv tanto judíos como soviéticos le tocan música a los muertos. Es muy reconocida la pertinencia de los músicos: entre los rusos se origina en una antigua tradición guerrera, pero ahora creen en los héroes de las películas de la revolución: la madre, por ejemplo. En cambio, la llana tristeza de la música judía, el desconsuelo por la muerte irremediable de la carne, aplasta las marchas de guerra. Me vinieron ganas de llorar e imaginé a la viuda del hombre que exequiaban: había sufrido un síncope cuando miró llegar el coche del crematorio. Pável iría directo a la mesa por el samovar. Serguéi husmeó en los cajones y dimitri romanov abrió el ropero en busca de anillos, alhajas y dinero.

La pobre anciana judía llegó viva al hospital. A dimitri romanov nada le arredraba: si logro que mis heridos sobrevivan por lo menos hasta la puerta del hospital, me estarán agradecidos y no denunciarán que les he robado. Y si mueren, ¿a quién le importa?

Sólo porque en los simulacros no me lo avisaron, la primera vez que manejé la ambulantzia para atender una llamada de verdad abandoné la cabina para ir detrás del médico y los practicantes, con la idea de que en algo podría ayudar. Recogieron a un obeso que había resbalado en el hielo. No se trataba de una contusión seria pero serguéi y pável aturdieron al herido con una inyección y dimitri romanov clavó su mano confiscadora en el abrigo del gordo. Cuando vio que lo veía, le dio un porrazo a pável, culpándolo de que yo hubiera salido de la ambulantzia.

Luego habló conmigo para aclararme que me habían contratado sólo para conducir la ambulantzia y que por ningún motivo debería alejarme del volante, es peligroso, ¿entendido?

Kaniechna o, por supuesto, que es lo mismo: obedecer y callar. Al final de la jornada sin horario, dimitri romanov, con la vista en cualquier lado, introducía un par de billetes arrugados en el bolsillo de mi casaca. Nunca más de cinco rublos, que gastaba con valentina. Mi princesa oficialmente vivía con su padre y la abuela y un hermano suyo había caído en afganistán y el otro daba clases en san petersburgo o leningrado. Luego me enteré que el apartamento donde vivíamos se lo prestaba un diplomático menor del gobierno cubano. En la urss había recursos y espacio más que suficientes para dotar de una vivienda a cada individuo. Si se lo proponía incluso podía dar una dacha a cada familia. Pero la gente del partido eliminó el derecho a la vida privada: doblegaron a la población mediante el hacinamiento, que vivieran todos con todos, que todos se espiaran.

Me daban celos y me burlaba de sus historias de espionaje. Valentina había nacido en ukrania pero su madre era china y su padre gitano. Ella también conocía al viejo médico mentor de los chilenos, afán afanásiev. Este hombre había servido como jefe sanitario de las minas y los campos de trabajos forzados en kolymá. Odiaba sinceramente a los norteamericanos, mascullaba estrategias que revelaría a los dirigentes para que ya se decidieran a someter a china, escupía desprecio a los países africanos y comulgaba con la estrategia soviética de levar extranjeros para convertirlos en células revolucionarias, y creo que por esta razón no se atrevía a criticar que acompañara a valentina. Yo no podía creer la naturalidad con que ella me presentaba en todas partes como su prometido. Cierta vez un tabárich del instituto se quejó de que los estudiantes extranjeros apañábamos a sus mujeres y que a las nuestras no les interesaba demasiado casarse con ellos. Emperrado, decía que los extranjeros eran basura y que ningún mérito teníamos en conquistar a una mujer soviética porque ellas anhelaban casarse con nosotros sólo para salir del país rojo y buscarse luego un hombre verdadero en europa. Yo lo contradije y casi nos sonamos a golpes: valentina me adoraba. Y el muy cabrón de melitta, a pesar de que era mi amigo, me contó que el verano pasado había ido a una playa del niéper con valentina y se la había tirado. Este era el segundo año de melitta en el instituto de lenguas, situación por completo anómala entre los estudiantes. Melitta quería estudiar psiquiatría en un instituto del cáucaso vedado a los extranjeros, pero aún no concluían las negociaciones de los jefes chilenos en torno a la admisión de melitta.

Tenía conciencia de que mi actuación era insostenible mas no imaginaba de qué forma acabaría. Mediante trámites corruptos dimitri romanov me había hecho pasar por practicante. Él me ocultaría a cambio de mis servicios voluntarios y de mi complicidad tácita... En caso de ser descubiertos no dudaría en darme un salvoconducto para manejar otra ambulantzia aunque fuera en tibilisi o realizar actividades secretas para alguno de sus contactos... Yo era hombre de confianza y además... Melitta no daba pábulo a ninguna de mis fantasías de escape y se hizo el desentendido cuando le pregunté si alguno de sus camaradas podría interceder por mí ante las autoridades en maskvá. Él no escatimaba insolencias con los prefectos: había aprendido ruso, que era la suprema misión de éstos. Se defendía silogísticamente: estaba en kiv en contra de su voluntad porque los soviéticos no le franqueaban la entrada al instituto psiquiátrico como se lo habían prometido. Sin embargo, esta misma promesa ataba a melitta de alguna manera y por eso no se atrevía a tanto.

Había sido una tarde muy tranquila. Tres días después de una helada las calles se habían enfangado hasta dar a kiv la consistencia de un pantano. Incluso dimitri romanov había transferido una llamada a la ambulantzia de los komsomolski –las juventudes comunistas, unos cabrones que odiaba–, aunque ello le significara pérdidas. Dimitri romanov no soportaba el lodo. Serguéi, pável y dimitri romanov me dejaron sentado en la ambulantzia y se fueron a jugar a las cartas al salón de las enfermeras. El aburrimiento, más que el frío, me estaba licuando el seso. Nada pasaba y me costaba trabajo evocar con claridad el rostro de valentina gozando en la cama. Había oscurecido cuando de pronto llegó un automóvil con un viejo enfermo. Una mujer, al parecer su hija, y el chofer del carro alquilado hablaban muy alto mientras sacaban de la cajuela la silla de ruedas del viejo. Por supuesto, a este cochecito se lo iba a comer el fango. Miraron en rededor y me encontraron a mí: ¡tabárich, tabárich!, gritaron. El conductor del carro no quería ayudar a la mujer para no enfangarse. Si dudé en el primer momento fue sólo porque recordé la orden de ¡no bajar jamás y por ningún motivo de la puta ambulantzia! ¡Que se vaya al carajo dimitri! En tres zancadas llegué al coche, desplegué la silla del viejo, lo acomodé en ella y entre la mujer y yo lo llevamos en vilo hasta la sala de urgencias. La mujer estaba muy asustada y me acomedí a indicarle cómo llenar los formularios de la policlínica. ¡Qué va a ser de nosotros!, insistía. Era mucho más joven de lo que aparentaba. La abracé un rato hasta que me pareció prudente volver a mi puesto. Corrí por el pasillo hasta la explanada trasera. ¡Ya no estaba la ambulantzia! Quise pensar que había habido una llamada de urgencia y que pável había tomado el volante al no encontrarme... Seguramente dimitri romanov se atrevería a abofetearme por mi negligencia. Se me ocurrió regresar donde la mujer afligida. Tardé en decidirlo y cuando finalmente comencé a cruzar el pasillo escuché la voz de los médicos. Habían bebido y continuaban jugando cartas con las enfermeras. Me aturdí al punto. ¿De modo que siguen dentro? Se abrió la puerta y vi pasar a serguéi hacia el baño. Me presenté ante dimitri romanov y le dije que la ambulantzia... había desaparecido... Parpadeó varias veces: hasta soltó la botella. Su artística voz de ogro convocó a todos. Serguéi, pável y las enfermeras se aprestaron de inmediato. Buscaron en los alrededores y después de muchas vueltas llamaron a la militzia. Los agentes no tardaron en responder, tomar datos y abocarse a encontrarla. Cuando aquí se roban un coche no es como en méxico. La militzia lo localizó enseguida y capturaron al plagiario. No ignoraba que por un delito de éstos aquí te podían considerar enemigo del pueblo. Dimitri romanov no me golpeó porque demasiado temía que se dieran cuenta que yo no era el practicante asignado a ese puesto y que delatara la naturaleza de sus socorros.

De cualquier forma, dimitri romanov no pudo evitar que me llevaran a juicio. El gran día me sentaron al centro pero en el punto más bajo de uno de los ingentes tribunales del estado. Mucha gente vestida de verde, un nutrido grupo del komsomol, autoridades académicas, los prefectos y dimitri romanov. Los hechos: iván ivánovich tortelier, conserje comisionado a la policlínica lenínina –lo cual era tan ínfimo como ser bábushca de residencia de estudiantes–, desatendió su puesto, robó un vehículo oficial categoría prioridad uno y con éste dañó una parada de los tranvías del estado, en complicidad con aleksánder shapka. Además enfrentan cargos de terrorismo por negarse a confesar qué oscuro provecho pensaban obtener de la ambulantzia.

En realidad el pobre viejo había tomado la ambulantzia para ir a comprar una botella de vodka, por el lado de la lomonósova, cuajada en fango: y allí cualquiera choca si no posee una pericia como la mía. En los interrogatorios, con toda naturalidad declaró que yo era el conductor de la ambulantzia.

Aleksánder shapka, impostor del ayudante voluntario del médico socorrista vladimir ílich dimitri romanov, desatendió su puesto, atentó contra el programa de educación del estado y no es el aleksánder shapka que dice que es.

Gabaritie pa-russkii, niet ispanskii: me gritaron casi a coro los jueces cuando quise defenderme. Dije que no sabía hablar ruso y nadie volvió a interpelarme.

Mientras evolucionaban las alegatas me entretuve mirando a la profesora –que reía al último–, el áureo perfil de lenin acunado en ingentes laureles, la bandera de cada una de las repúblicas soviéticas y a dimitri romanov. ¿Cómo había logrado librar las consecuencias de que descubrieran el trámite espurio mediante el cual me hizo su asistente? De seguro llegó a un acuerdo con el instituto de lenguas y yo era su rehén.

Me dieron a escoger entre deportarme o asistir a la escuela en la taiga. Yo no debía regresar a méxico, me negaba a salir de kiv y ¿qué iba a pasar con la vale? Valentina había prometido que me seguiría, pero como ella no tenía permiso para salir de la urss le dije a los jueces que me iría a estudiar a la taiga. Por lo menos podríamos iniciar cualquier trámite para casarnos y regresar a kiv. Por iniciativa de la prepadabátiel y los prefectos, no se me concedió la libertad inmediata para volver a la residencia por mis maletas y tomar el tren de la noche. Me lanzaron al calabozo y comisionaron a dos ujieres para traer mi ropa, comprar el boleto de tren y depositarme personalmente en la estación. Pero estos imbéciles burócratas, quizá porque ya no vivía en la residencia, tardaron cinco días en cumplir la misión. Sólo por ser estudiante extranjero custodiado por el partido, nadie me agredió en los calabozos del tribunal. Me permitían transitar de un lado a otro de la pequeña prisión y la puerta de mi celda permanecía abierta.

Acorralado, después de dos noches determiné confesar que yo no soy alejandro chapca. Sólo conseguí que los ukranianos me cambiaran de celda, al lado oculto de la prisión. Durante la madrugada siguiente me despertó un enviado de la cancillería mexicana. Con ese humor de perros que alimentan el desvelo y el frío, como si fuéramos rusos, me leyó de pie un oficio plagado de amenazas: firmado por el cónsul. Y que no olvidara que era de suma trascendencia para la nación la beca que se me había otorgado. Al punto comprendí que esto era una farsa, un teatro como el que me habían montado con el juicio. Querían intimidarme, pero no sabía para qué. A pesar de su extensión, el documento no especificaba si me dejarían en kiv o qué cosa. Lo mandé al carajo. Mi mayor desconsuelo surgía del hecho de que la vale no venía a visitarme. Los otros presos recibían a sus amigos y mujeres.

Al cuarto día apareció en los calabozos afán afanásiev acompañado de un militar. Por mero instinto quise esconderme. Se me ocurrió que quizá venía por mí. Pero se dirigió a una celda que se ubicaba junto a la lavandería. Allí tenían a un hombre que hablaba francés. Un vendaje de trapos le cubría los dedos mochos de ambas manos y permanecía encogido para ocultar las manchas azules de su rostro: oprobiosas mordidas del frío. Su conversación transcurrió entre murmullos y carcajadas del médico. Al cabo de una hora afán afanásiev logró que el preso en cuestión tomara unos pliegos y los firmara, aunque no podía sostener la pluma. Para demostrarme su infalibilidad, antes de abandonar la galería cumplió un mañoso periplo con la intención de toparme de frente y darme un mensaje de valentina, según dijo. Con la mano en alto y una mueca de impaciencia atajó mis preguntas: ella espera una prueba de tu amor, camarada, y desea que sepas apreciar las confidencias que te hizo acerca de las titánicas conspiraciones que minan nuestra unión de repúblicas socialistas soviéticas. El tono de afán afanásiev me recordó el que usaba valentina para hablarme de sus secretos. Y éstos me resultaban tan fascinantes como cierto sonido que a veces brotaba de la sirena de la ambulantzia, especialmente cuando nevaba. Al cabo de unos segundos de encender la sirena, caía bajo los efectos de un fenómeno que me permitía evadirme de la angustia originada por mi falsa identidad, de los cargos de conciencia que me reportaba ser el chofer de dimitri romanov y sus secuaces, de mi desesperado amor por valentina... Bajo el ulular de la sirena yo alcanzaba a percibir una voz apaciguadora que me infundía vagas esperanzas de felicidad, de participación en los misterios del mundo y la pasión.

Afán afanásiev se acomodó en uno de los bancos de concreto adosados al muro. Suavizó el gesto y con su bastón dio un par de golpecillos en el piso para indicarme que me acercara. Adoptó una actitud tan paternal que creí que me sentaría en sus piernas. Con algunas variantes, repitió algo que yo ya sabía por valentina. Un grupo intocable de san petersburgo era el comité lenin. Los burócratas y los dirigentes del partido temían a sus fundadores porque habían recibido las enseñanzas secretas de lenin. Gozaban de grandes contactos en parís y en argentina. Ayudados por chamanes, gurús de la india y tibetanos desarrollaron la teoría de que mediante ciertas frases matemáticas se llega a los límites de la materia y puede ésta atravesarse conscientemente. Su orgía materialista derivó en el paradójico anhelo de alcanzar el espíritu o enérgeia, como ellos le denominan. Los pedagogos del comité dedujeron que era necesario encontrar la forma suprema de abandonar el cuerpo. No hablaban de la muerte de los individuos sino de la masacre de la humanidad, que muriera toda al mismo tiempo para liberar su energía y brincar a la eternidad desprendidos de la carne. Ni boris brézhnev se permitió levantarles la mano: estaba clara la importancia estratégica de las ideas de tales enemigos. Lo que podía llamarse el departamento de inteligentzia del partido –comandado por un militar tártaro– descubrió que el comité lenin planeaba un arma absoluta: incluía epidemias psíquicas, infecciones virales y plagas marinas. El coronel nicolái lérmontov investigó que las armas realmente fueran eficaces. Y vislumbró que si no estaban en poder del ejército rojo, los del comité las usarían y se acabaría el mundo. Por lo tanto, nicolái lérmontov ideó deshacerse de las cabezas del peligroso comité. Los oficiales del ejército rojo tendrían bajo su arbitrio las armas y administrarían racionalmente la destrucción. Querían acabar con todos los países y nomás quedar ellos –un anticipo del llamado bombardeo quirúrgico de los gringos–, pero como no sabían en quién confiar se mataban unos a otros. Las instituciones no lograban regentar cual pretendían porque muchos de sus miembros eran campesinos o hampones colocados en posiciones de jerarcas. Y creo que tú, como nosotros, sabes de los sacrificios que debe hacer un verdadero revolucionario para que se cumplan los programas del partido. No me malinterpretes: nuestra misión está incluso por encima del partido. ¿Y valentina? Afán afanásiev cerró los ojos, meneó ligeramente la cabeza cual si tratara con un chico de escaso entendimiento y se marchó.

Reapareció, esta vez por la tarde, el funcionario mexicano. Sin necesidad de documentos me informó que mi conducta había causado más de un desaguisado entre la embajada de méxico y la dirigencia suprema de los soviets. Me llamó malagradecido, traidor y juligán, que en russkii quiere decir delincuente. Amén de ello, haber negado que yo soy alejandro chapca originó una purga entre los responsables de la misma embajada. ¡Se castigan mucho los errores en los documentos y aún más en la identificación de los estudiantes! Y a mí qué me importa, pensé. Pero por la infinita magnanimidad del embajador, me aclaró, se ha conseguido un acuerdo con la diplomacia soviética. Dijo que el gobierno mexicano había traído a kiv a la madre de alejandro chapca a fin de que me identificara. ¿La madre de quién?, inquirí. No se haga el loco, la suya: concluyó el funcionario. Inferí que la madre de mi amigo alejandro chapca no vendría hasta acá por la sencilla razón de que su hijo estaba con ella. Entonces ya saben quién soy yo, columbré. Enseguida me vino la imagen de mi madre: sentada en alguna oficina soviética, con un abrigo nuevo expresamente comprado para venir a verme, hablantina, guapa y con un cigarro apagado. Nunca lleva encendedor, para propiciar que los hombres se le acerquen. Pero si la mujer que habían traído no era mi madre, entonces era la madre del otro alejandro chapca.

Qualia

Ayer se me ocurrió lo siguiente: podemos enviar un voluntario, con experiencia previa, a cumplir una misión en alguna ciudad de los Estados Unidos, por ejemplo. Dejarle apenas el dinero necesario para que se mantenga durante un mes, plazo durante el cual deberá procurarse un medio de subsistencia, una habitación, los elementos indispensables que le permitan residir en ese lugar en las mismas condiciones que la mayoría del resto de la gente, de tal forma que pase inadvertido.

Debo apuntar que no existirán objeciones respecto a la actividad ejercida por el agente, pues ya sea que elija ser científico, líder religioso, delincuente, empresario –incluso dedicarse a la milicia o al contraespionaje–, desde tal posición tendrá que realizar las operaciones pertinentes a la misión que ha elegido. Agregaré que se puede casar, tener descendencia. Podrá actuar con absoluta libertad en lo ateniente a cumplir la misión específica que haya asumido.

Este hombre no se reportará con ningún superior; de hecho no los tendrá. No recibirá allá sueldo ninguno ni tendrá contacto con nosotros, que, sin embargo, no dejaremos de estar al tanto de sus movimientos.

Cuando termine el plazo que él mismo haya solicitado, indefectiblemente volverá aquí. Él solo decidirá si acepta cumplir una nueva misión o irse a vagar por la estepa descargado de todo compromiso.

No sobra aclarar que quienes deserten, mueran antes de tiempo, se suiciden o desatiendan sus obligaciones serán dados de baja.

Un caso del doctor G.

Acabo de enterarme que Hugo Rainer Votta ha sido nombrado asesor del Consejo de Defensa Nuclear. Él contaba con 16 años cuando lo conocí. Llegó a mitad del atardecer de un cinco de enero. Desde la ventana lo miré acercarse a la Clínica; me llamó la atención porque no llevaba abrigo y bajo el brazo traía un lechón. No me sorprendí cuando la señorita Berenice dijo que un joven me buscaba. Permanecí con las manos cruzadas a la espalda y con la vista en el arrebol. El olor del cerdo comenzaba a invadir la atmósfera, pero había decidido que no me volvería antes que el muchacho pronunciara la primera frase.

Era un chico rubio, fornido, sano. Nadie de su familia había estado en prisión y menos en un sanatorio psiquiátrico. El joven granjero quería que lo «encerrara y tratara durante siete días», pues sabía que estaba próximo a «caer poseído por demonios» y que mataría a su hermana, a su madre y a su abuela; quizá degollara a los caballos, luego olvidaría todo y el horror sería el sello de su vida. Aunque no reconozco una relación obligada entre la insania y la violencia, tomé puntual nota de que este jovenzuelo hablaba en serio; no me convenció su aplomo «criminal» sino la elaboración del motivo.

Llamé a Berenice y le pedí que preparara un cuarto de aislamiento, una dosis de válium y un expediente para el recién llegado. Justo cuando le iba a preguntar al chico por el cerdito, me explicó que con el animal pagaría mis honorarios, si yo no tenía inconveniente, pues por obvias razones había evitado pedir dinero a su madre, quien lo creía en casa de uno de sus tíos en la ciudad. El abrigo lo había vendido en la estación, para comprar su pasaje y un bocadillo. Acepté el pago y le prometí mi discreción.

Lo del medicamento fue una exageración de mi parte, sólo lo mencioné para dar a entender al chico que le creía. Esa noche, después de acompañarlo unos minutos para repasar su aspecto y actitudes, reflexioné si llegaría el momento en que fuese ineludible poner sobre aviso a su familia.

Por la mañana, como de costumbre, visité a cada uno de mis pacientes antes del desayuno, excepto al de nuevo ingreso. Hacia el medio día le abrí la puerta y lo llevé a la sala de los médicos pasantes. Les encargué practicar los tests preliminares que se hacen a cualquier paciente o aspirante a serlo. Francis Mite, cuyo principal talento es la agudeza diagnóstica, me lanzó una mirada de enfado mientras se cruzaba los labios con su pluma. De pronto, como si yo no estuviera, y sin intentar siquiera dominar su endiablado carácter, ordenó a sus compañeros repetir las pruebas. La reacción de la doctora me dio algunas pistas acerca de la mente de Hugo Rainer Votta. La novicia Francis se desesperó porque el paciente había solucionado sin titubeos y a la perfección cada una de las incógnitas que le planteamos. Una persona digamos «normal» y palmariamente lista nunca satisface las pruebas más allá del ochenta por ciento, y es precisamente esta «imperfección» lo que en muchos casos permite determinar la salud mental de un individuo.

Por la tarde hubo un debate entre mis discípulos. Evaluaron el expediente e intentaron identificar las particularidades del caso. Excepto Francis, los residentes aceptaron la hipótesis de que el «paciente» Hugo Rainer Votta estaba fingiendo. César Maguir, que nunca conseguiría curarse a sí mismo, argumentó que nuestro paciente no era sino «un espía disfrazado de rústico», un enviado de la Facultad Metropolitana que venía a tomarnos el pelo.

Racionalmente nada justificaba la conducta de Hugo Rainer Votta, si es que estaba fingiendo. Pensamos en dinero, en juegos iniciáticos o apuestas de muchachos. Otto, aquel que se especializó en niños, interrumpió el simposio para indagar qué pensaba yo hacer con el cerdito. «Un sacrificio», le contesté. Nos reímos y luego, ya sin broma, dije que me lo cenaría. Volvieron las risas. Al final, Francis me preguntó si en verdad daría de alta a Hugo Rainer Votta al vencimiento del plazo que él había fijado. Me llevé la mano al mentón para atajarme una risa nerviosa. «Francis», dije después de una pausa, «usted cree que la única forma que tenemos de saber si este adolescente dice la verdad, es mandarlo a su casa. Al rato, Francis, va a entregarme un informe donde explique brevemente qué haría usted si fuera el paciente.»

En la sesión de la mañana se habló de la responsabilidad de la Clínica. Entonces yo era sólo jefe de sección. Carlos Vals era el director, desconfiaba de mis alumnos y protegía su puesto llenando nuestras actividades con trámites burocráticos. Decidimos aceptar el caso sin reportarlo oficialmente. Pasamos al tema farmacológico. La droga coadyuva a la terapia sólo cuando el paciente, el susceptible de sanación, la toma voluntaria y conscientemente y aprende a percibir y aprovechar sus efectos. Pero Hugo Rainer Votta no disponía de tiempo para comprobar mi tesis.

Durante la visita lo encontré en óptimo estado físico. Pulso, pupila y salivación normales. Expresión coherente. Actitud sosegada. Quise observar qué impresión le causarían los verdaderos locos: que contemplara las repentinas convulsiones de un cuerpo en reposo, las bocas babeantes, los gestos de angustia, la mirada de los posesos. No debería evitar ser un poco cruel porque esta experiencia me confirmaría que el paciente no estaba fingiendo.

Se impresionó positivamente y optó por hablar de su familia, como para convencerme que no necesitaba una camisa de fuerza. Me informó que su padre había muerto a los dos años de nacer él. Su madre viuda quedó al amparo de la abuela y los cuñados. A pesar de la ausencia del padre, la figura paterna estaba en su sitio. Lo interrumpí de súbito y le pregunté si pensaba tener hijos. Su reacción casi femenina me dejó saber que disponía de su confianza, que contaba además con un buen margen de autoridad para ejercer presión, incluso intimidación.

Por la tarde lo invité a beber un refresco en la cafetería de la entrada, del lado de la consulta externa. Luego comenzamos un paseo: lo llevé al jardín principal, pasamos por un puesto de vigilancia y salimos de la Clínica. Sin referirme jamás a este hecho, gocé de nuestra conversación sobre perros, cometas de papel y diversiones en el campo. Cuando volvimos a la Clínica íbamos muy animados a pesar del frío. Nos instalamos ante una mesa en el invernadero de los pacientes internos y le mostré las manchas de Rorschach. En mi sistema, su eficacia radica primordialmente en que son una buena fuente de ideas para el terapeuta. Aunque existen protocolos bien establecidos, se debe relacionar la respuesta del paciente con lo que en ese momento le sugiera al médico la plancha en turno. En atención a esto, la prueba deberá realizarse en un ambiente cálido, amistoso.

Hugo Rainer Votta se percató de la coloración, invisible para algunas personas, de la plancha VII: descubrió un hombrecillo de piedra abandonado en un sótano. No tenía rostro, pero en la punta del falo le brillaban unos ojos que lo miraban amenazantemente. «¿Quién es?», le pregunté. «El demonio 88» –con el índice trazó la cifra en el aire–, «un guardián de los números.» En esta ocasión yo también pensé en un motivo fálico, como una potencia arcaica, no de índole sexual. Entonces lo interrogué acerca de qué daño le habían causado las mujeres de su familia. «Ninguno...» Le acometió una emoción intensa que lo llevó a tartamudear. «Son los *diablúmeros* que quieren sacarme de la cinta métrica.»

Hugo Rainer Votta era alumno de la escuela rural. Los granjeros sólo esperan de ella que enseñe a sus hijos a leer y a contar, que no les sean ajenos la Biblia ni los rudimentos del comercio. Imprevistamente, las ecuaciones básicas despertaron en este joven un «anhelo de infinito». De inmediato descubrió que existía una profesión dedicada a los números y que era factible estudiarlos a profundidad. A través de la biblioteca local consiguió libros de álgebra y cálculo. Cuando comenzó a revisar obras de físicos modernos, Hugo Rainer Votta recibió las primeras visitas de los «diablúmeros». Lo acosaban en el bosque, en la biblioteca, en los establos, en el sueño, al grado que dejó los estudios.

Durante la subsiguiente época de ocio sucedió que una tolvanera hizo volar los anuncios de los comercios del pueblo, y a Hugo Rainer Votta le pareció que aquellas láminas volando en la plaza ocultaban un aterrador «combate entre demonios». Aquí «supo» que peleaban por él: unos le impedían el paso y otros luchaban por franqueárselo. Para lograr ya fuera una cosa o la otra: «estaban moviendo estrellas». Por visiones semejantes descubrió «el despeje» que los demonios fraguaban para «destruir su vida» y así evitar que penetrara el «secreto de los números», pues al descubrir su «posición en el espacio», el joven los «gobernaría». Hizo la curiosa aclaración de que el «conflicto» en realidad era de los «demonios», no de él. La perplejidad de las personas que reciben directamente mensajes del inconsciente se traduce en una especie de gnosis infusa y autosuficiente que se apodera de su voluntad. Asimismo, el dato proporcionado por el paciente me orilló a imaginar que él era sólo el «sitio» donde se debatían fuerzas que trascendían su biografía personal.

La doctora Francis se encargó de la sesión de hipnosis. Descubrió que los tormentos de nuestro paciente habían empezado hacía poco más de un año. Súbitos impulsos violentos, inopinados deseos de sangre –que la doctora llamó «primer menstruo masculino»– se atravesaron en la relación del joven con las mujeres de su familia. Cuando el paciente comenzaba a caer en un acceso de pánico, Francis lo despertó. No dejó de llamarme la atención que a la doctora Francis nada le mencionara de sus números y sus demonios. Finalmente, la doctora derivó la conversación hacia un tema que le permitiera saber qué tan consciente era Hugo Rainer Votta de su atractivo físico. Su misma timidez le permitió conjeturar que el paciente no desconocía el placer de mirarse desnudo al espejo.

En su análisis, Francis puntualizó que había en Hugo Rainer Votta una poderosa carnalidad que en primera instancia, por «compulsión endogámica», se dirigía a su hermana, su madre y su abuela. Evidentemente él era inconsciente de esto, pero el carácter terrible y amoral de tales deseos activaba mecanismos de «compensación». Nuestro adolescente, apuntalado por sus valores morales, logró formarse la idea, la visión de que mataría a estas tres mujeres, pues el hecho cruento le resultaba menos insoportable que el de someterlas a su virilidad.

En la cuarta jornada, Hugo Rainer Votta me relató que había tenido una pesadilla: se soñó afilando una hoz y, en vez de chispas, del filo del metal saltaban gotas de semen. «Y eso qué te recuerda», le pregunté. «Otro sueño.» Enseguida me contó que hacía pocos días soñó que iba caminando por el campo, muchas hojas caían de los árboles, todas tenían forma de algún arma blanca. Después vio caer hojas de un calendario, números. Y luego comenzaron a llover páginas de la guía telefónica. Por el par de hojas que Hugo Rainer Votta recogió del piso, supo en qué semana cometería los crímenes y en qué sitio debía buscar ayuda. Yo supuse que cabía pensar que después de esos siete días

Hugo Rainer Votta, hubiese cometido la infamia o no, quedaría «libre».

El discurso oral del paciente se mantuvo en el terreno de lo predecible durante el quinto día. Pero por la noche le acometieron fiebres, tensión muscular y dolor en las articulaciones. Entonces ya no contestó a mis preguntas y ni siquiera habló para indicarme que apagara la luz: con un bufido señaló la lámpara.

La mañana del sexto día de su reclusión voluntaria, Hugo Rainer Votta yacía en el camastro en tal posición que parecía no tener esqueleto. Durante la noche había pintado con crayón cifras en la pared del cuarto, dentro de un círculo, y en su propio cuerpo. Sus largos decimales me sugirieron que no eran cifras sin sentido. Posteriormente, el doctor Valmi me hizo notar que se trataba de «múltiplos y submúltiplos del número Pi». Había también un pentágono formado por otra serie de guarismos, que mi colega no supo interpretar, pero después lo relacioné con lo que el paciente dijo que constituía su «amuleto de números primos».

A las seis de la tarde recuperó el habla y me suplicó que cerrara la puerta perfectamente, que pusiese guardias y que, de ser necesario, lo abatiesen si intentaba escapar. Pensé en esas leyendas en que el protagonista de pronto se hace consciente de su «parte oscura» y se teme a sí mismo. Cierta versión del «hombre lobo», por ejemplo, en la cual el licántropo se aherroja durante las noches de luna llena.

Después de acceder a sus peticiones le pregunté si podía ayudarlo de alguna otra manera. Noté la emoción que le causaba mi disponibilidad y se me ocurrió que Hugo Rainer Votta me pediría un poco de mi sangre. En voz clara me indicó que por la noche, a las 11:13, me cortara las uñas de las manos y los pies, menos una, que con ellas formara un círculo en la tierra y escupiera en el centro, que mis «fuerzas lo librarían de las ataduras de los diablúmeros».

Cerca de la hora que me indicó Hugo Rainer Votta, me pregunté si en verdad realizaría el «rito». Él no había pedido presenciar la ejecución de «los pases mágicos» ni pruebas ulteriores: ¿por qué no limitarme a mentir que lo había efectuado? No obstante, siendo consecuente con mis ideas, era mi turno de mover piezas en el tablero.

Aquí es necesario hacer una glosa sobre la importancia de aprender a utilizar lo irracional. He visto que muchos médicos de mi especialidad realizan «inconscientemente» una serie de pequeños ritos o cumplen ciertos actos cuya única justificación parece ser la superchería. Y para no pocos pacientes es fácil vislumbrar las posibilidades de la «magia», totalmente verídica en términos psíquicos. Yo practico un par de fetichismos; uno atañe al calzado femenino, el otro a los libros antiguos, y respeto el tabú de no copular con los pacientes. Y todos estamos de acuerdo en que un hombre completamente racional, si esto es posible, es un desequilibrado.

No logré determinar por qué razón tan funestos sucesos debían de cumplirse justamente en esa semana; quizá algún astrólogo o experto en numerología pueda entenderlo. Con el paso de los años llegaría a preguntarme si haber evitado que Hugo Rainer Votta cometiera aquellos imperdonables crímenes era preferible a facilitarle el desarrollo de su carrera y la subsecuente creación del arma que ahora pende sobre nuestras cabezas. Quizá, la incipiente «locura» de Hugo Rainer Votta era un síntoma particularizado de un trastorno general.

Creo que los individuos, al obrar colectivamente en el tiempo, al convertirse en familia, sociedad, Historia han de cometer cuantos actos sean posibles en el mundo. De tal forma que no quedará crimen, redención o libro sin ser cometido. Si está en la posibilidad de los hombres manipular su código genético, lo harán. Si es posible detonar al mismo tiempo todas las bombas, se hará. Si es posible sobrevivir se sobrevivirá.

Le había pedido a la gente de vigilancia que «liberaran» a Hugo Rainer Votta al medio día y lo condujeran a mi consultorio. Detrás de él entró una empleada de intendencia. Soltó una frase temblorosa. En primer lugar me irritó que una persona ajena al pabellón llegara hasta aquí y de esa manera tan abrupta. En segundo, que no pudiera hacerse entender. Me levanté del sillón, le puse el brazo sobre los hombros a la muchacha y la saqué al pasillo. Muy agitada, me dijo que alguien había destazado al cerdito, que para entonces ya se había convertido en la mascota de mis alumnos y los empleados de la Clínica. Del raudal de pensamientos que me inundó en ese momento sólo recuerdo aquel sobre que ya no sería posible cenar lechón el próximo sábado ni invitar a la doctora Francis. Enseguida, Hugo Rainer Votta, a quien había olvidado por un instante, pasó a decirme que durante la noche había logrado conjurar a los diablúmeros mediante una iluminación mental que le había permitido reunir el *cero* y el *uno*, «los puntos extremos de la mente abstracta, que traducidos al nivel de la vida del hombre, respectivamente, equivalen a la *soledad* y el *suicidio*. El uno busca anular su absoluta y única soledad. El cero, quizá el único representante de la nada en la Tierra, es la fuente de donde brota el primero de los números, cuya multiplicación conforma la estructura del mundo».

En la sesión previa al alta del paciente sopesamos varias hipótesis acerca de lo que a continuación haría. Aunque no con idénticas razones, me inclinaba por apoyar a aquellos de los residentes que estimaban conveniente retener por lo menos otra semana a Hugo Rainer Votta. Francis argumentó en mi contra: «Si le creyó cuando le dijo que estaba poseído, ahora le tiene que creer que ya no lo está». Nada respondí porque la doctora se apresuró a puntualizar que tanto la «curación» del paciente como su «enfermedad» habían sido obra de él, que en nada lo habíamos auxiliado nosotros.

Qualia

La técnica consiste en aturdir a los pacientes con un golpe y, mientras están bajo el efecto del «anestésico», introducir con fuerza un picahielo entre el globo ocular y el párpado a través del techo de la órbita, hasta alcanzar el lóbulo frontal; en este punto se efectúa un corte lateral moviendo el instrumento de una parte a otra. Lo he practicado en ambos lados a dos pacientes y a otro en un lado sin que sobreviniera ninguna complicación, excepto en un caso un ojo muy negro. Puede que surjan problemas posteriores, pero parece bastante difícil, aunque ciertamente es algo desagradable de contemplar. Hay que ver cómo evolucionan los casos, pero hasta ahora los pacientes han experimentado un alivio general de los síntomas, y sólo algunas de las nimias dificultades del comportamiento que siguen a la lobotomía. Incluso son capaces de levantarse e irse a casa al cabo de más o menos una hora.

Walter Freeman, neurólogo norteamericano,
creador del la lobotomía transorbital, 1940

El espacio exterior

Tal transparencia alcanzaba la lente de la atmósfera cuando la barría el viento sideral, que se podían ver los meteoritos o las bases satelitales. Me gustaba imaginar que iba conduciendo no un camión sino el planeta. Aceleraba sin temor a volcarme en la recta soledad de los llanos de Suavia, como si viajara por el cielo tripulando un cohete. Cerca del amanecer vi pasar un cometa y al seguir su estela me encontré con la propela de un barco cuya proa agitaba las estrellas. Pero yo sospechaba que eso no era real y que la vida y su sentido se me tendrían que revelar en algo menos fugaz. Así que de nuevo presenté la renuncia a mi empleo como conductora de los camiones cargueros del Estado. Para que el trámite se completara era preciso que surgiera una vacante en algún área de la industria o de la administración. La verdad es que gracias a un soborno y a la intervención de mi hermana Nadia aceptaron mi solicitud.

Desde mucho antes me habían advertido que durante el actual gobierno y el siguiente no habría ningún puesto en la rama que por mis estudios me correspondía. ¿Cómo creer las respuestas oficiales si a la vista es obvio que hacen falta arquitectos y mucho personal para la construcción de viviendas? A mí me dicen que ya todos los proyectos están asignados; a la gente le contestan que faltan expertos, no sólo en mi área sino en las fábricas, la agricultura, la medicina.

Era muy improbable que consideraran mi petición. Pero llegó al fin la llamada... cuando ya casi me había convencido de que me haría vieja en el carguero, con alguna enfermedad de ovarios o la columna vertebral. En la antesala del buró de empleo estuve pensando en qué cambiaría verdaderamente mi vida... Me informaron que me habían propuesto como candidata a una vacante en el Ministerio del Interior. El ofrecimiento no tenía qué ver con lo que yo buscaba, pero me encandilaron la buena paga y el solo hecho de que hubieran aceptado mi solicitud, lo cual equivalía a un reconocimiento de mi existencia. Decidí que no les anticiparía la noticia a mis padres, que además de su triste vejez tenían que cobijar en el mismo apartamento a su yerno y a mi chocante hermana Iria –cada vez peor porque no puede tener hijos– y a mí, que había aprendido a hacerme invisible, a comer de pie frente a la nevera y a dormir en un sillón, porque en el sofá ronca la tía Valia, viuda, hermana de mi madre.

Conmigo pasaron al salón cinco chicas; yo iba con la ilusión de encontrarme a Nadia, pero no la veía por ningún lado. El lugar parecía un estudio de televisión. En una poltrona acondicionada como trono se balanceaba un tipo denso que nos hablaba como si fuera el príncipe del espacio. Las predestinadas, según él, cumpliríamos con un especialísimo servicio al Estado si resolvíamos satisfactoriamente él último cuestionario; ya nos habían hecho el examen de lenguas. Sus elogios al Ministerio los cortó la irrupción de una empleada gorda que gritó mi nombre: Almis, venga para acá. Creí que me habían descalificado, además de que ni siquiera había tenido oportunidad de mirar el formulario. Me pidió que le mostrara las manos, se fijó mucho en mis uñas y me ordenó que fuera al piso de arriba a reportarme con Soda, una mujer plana, en uniforme militar. Entonces descubrí lo que había sucedido y cuál había sido el método de selección. Había una ventana que del otro lado era un espejo. Soda observaba las cualidades y la apariencia de las que escuchaban al tipo de abajo, y elegía. Retuvo mi mano entre las suyas durante un tiempo que me pareció excesivo. Enseguida apareció un tipo que me condujo a una cabina y me colocó una diadema con cables conectados a una caja. Me pidió que concentrara mi atención en una espiral que giraba. Soda y la gorda algo miraban en un monitor. Temí que me rechazaran pero la gorda sonrió cuando Soda le dijo es tuya.

Seguí a la gorda hasta un salón muy confortable, donde estaba mi hermana Nadia entre otras chicas. Al verla tuve una sensación de triunfo como nunca había tenido en la vida. Nos dieron de comer y entró una costurera a tomarnos medidas.

De las frases de sargento de la gorda saqué en claro que había que obedecer y acudir sin dilación a los sitios donde nos comisionaran. Después reconocería que en ese instante no quise entender qué se me pedía que hiciera. Debíamos trabajar en parejas. No tenía ánimo de preguntar, dudar o cuestionar ninguna instrucción; estaba arrobada por el hecho de que trabajaría con Nadia. Al fin se me cumplía un sueño que nunca me hubiera atrevido a contar... Quería volver corriendo a casa para decirle a mi padre que me habían contratado en la Suboficina de Turismo del Ministerio del Interior, que había conseguido una plaza en el principal ministerio del Estado.

Al salir a la calle acompañada por Nadia me sentí feliz como cuando éramos chicas y mis papás nos miraban andar en bicicleta...

Era época de amanecer, en el horizonte comenzaba a encenderse la luz. Nadia me dedicó esa sonrisa con que siempre la recuerdo. No le oculté mi regocijo, incluso le dije que ahora podría pagar un apartamento para Iria, su esposo y yo, que al fin dejaríamos tranquilos a mis padres... Me dolió que en ningún momento me preguntara por ellos. Nadia se había ido de casa días atrás, peleada irreconciliablemente con papá y mi hermana la grande. Durante un tiempo no supe de ella hasta que me la encontré a la salida del teatro, del brazo de un hombre; yo iba con René. Entonces se dio cuenta de lo mal que me había ido con mi carrera, de que había fracasado desde antes de ejercerla; y sin que yo lo buscara su amigo y ella prometieron ayudarme. A René no le cayeron bien.

Invité a Nadia a tomar un vermut, un pernod o lo que hubiera. Aceptó la invitación después de resistirse un poco. Me estuvo hablando de sus maestros de la escuela de teatro. Luego hablamos de política como dos desconocidas. Ya cuando se relajó y la sentí menos a la defensiva, corté el tema. Le pregunté si estaba a gusto con su vida. Llevo medio día trabajando allí, contestó. No le agradaba mi curiosidad, así que preferí abordar algún asunto que la hiciera sonreír. Bromeamos a costa del idiota aquél que recibía a las candidatas y de la gorda. Disimuladamente la fui poniendo al tanto de lo que había sucedido en casa, del matrimonio de Iria, la desaparición de Alex, la muerte del tío Andrei, René... Por temor a irritarla, no deslicé ni la mínima sugerencia de que nos visitara, y mucho menos quise indagar su domicilio. Sólo al final le dije que papá había cambiado con la jubilación, que se veía fuerte, sereno. Me respondió con una sonrisa a medias, conmiserativa. Nadia era muy guapa. No le faltarán galanes, pensé.

Acudí al Ministerio cuando me llamaron. Entonces no vi a Soda en el edificio, ni al que se creía rey, ni candidatas. Sin dirigirme la palabra, Nadia caminó directamente al salón de los casilleros. Allí nos dejaban las instrucciones, en un sobre blanco colocado en el número respectivo. Me fijé que el de Nadia era el 23, lo cual me sugirió que llevaba más de medio día en el empleo. El mío era el 81.

Abrimos los sobres. Su contenido era idéntico: una dirección y un minuto. Aunque las faltas de ortografía eran distintas. Al genio de la gorda –no pudo haber sido nadie más quien tipografiara estas cartas– le había bastado tan breve espacio para ejercer su ciencia.

No me gustó el taconeo de Nadia. Me cohibió sentir que le molestara encontrarse conmigo. Le pedí que tomáramos un aperitivo, pero el bar estaba atestado. Por locas nos metimos al Metro y pudimos hablar en una banca del andén. Será mejor sin rodeos, empezó; ya tengo un par de días en esto... Me sedujo que creyera que tenía que darme explicaciones. Te aseguro que te lo oculté sólo por una razón muy personal, no por ínfulas ni con la intención de manipularte. Después del pleito con papá, no me atreví a buscarte porque quería que creyeras que soy tan inocente como tú, como cuando una novia recién casada pretende hacerle creer a su esposo que es virgen. Entonces yo le pregunté directamente si el trabajo consistía en lo que había imaginado. Su respuesta fría me dio cierta calma. Con igual talante agregó que había tenido la esperanza de que me quedara en el grupo de Soda, con las telépatas. Pero es lo mismo y a veces peor: me dijo. Recordé que papá no me creía que el camión que yo tripulaba iba siempre vacío; sólo una vez llevé unas cajas, pero adentro no había nada.

Nos despedimos para encontrarnos minutos más tarde. Me entusiasmó imaginar que aquello era una cita con mi hermana, el reencuentro que yo quería tener con ella cuando se acababa de ir de la casa para que me contara de las cosas maravillosas a que se dedicaba. Me emocionó verla llegar puntualmente. Me saludó con un beso en la mejilla, como hacía con sus amigas, y me sentí la preferida. Comenzó a caminar y yo sólo pensaba en seguirla. Traía zapatos nuevos. La aurora se estaba prolongando demasiado, lo cual es señal de que la luz emergerá de súbito, como cuando se enciende una bombilla. Una calle adelante se detuvo ante un coche de fabricación reciente. Eso sólo se sabía porque la vestidura de los asientos coincidía con el color del auto, por lo demás idéntico a los modelos de toda la vida. No me sorprendió que tuviera uno, y me explicó, sin que yo le preguntara, que era el vehículo asignado para las comisiones. Otra vez venía de mal genio pero ahora no sabía por qué.

Nos dirigimos al barrio diplomático. Guardias armados nos marcaron el alto. Pidieron nuestros documentos. Parecían muy divertidos fingiendo severidad. Más tarde caí en la cuenta de que su bufonada era una broma que le hacían a Nadia, que la conocían. Luego nos dijeron que la cita se había cancelado, por una urgencia del comité. Nadia les respondió con rudeza y arrancó el auto. Estúpidos, son unos estúpidos, los odio, dijo teatralmente y comenzó a reír con tanto entusiasmo que me contagió. Discúlpame: hace rato tenía un humor fatal porque creí que me habían fastidiado la jornada. Hay una reunión del club y creí que no podría asistir. Yo puse un gesto de estar perfectamente enterada de qué hablaba. Nos detuvimos en el cruce de la carretera. Nadia arqueó las cejas y me tomó del jersey con efusión. Te voy a invitar. Tú eres una mujer de mundo, te aceptarán, además eres mi hermana. Sus halagos me desnudaron y me confesé dispuesta a dejarme llevar a donde fuera.

 Me indicó que siguiera la corriente de todo lo que hablaran, que no hiciera preguntas y me amoldara a la situación. Que sería una sesión de modelaje. Me sonó a chiste pícaro pero no entendí. Mientras la miraba conducir me acordé de un viaje en auto con mis papás y nuestra hermana Iria... Por turno íbamos diciendo nombres de muchachos y la otra tenía que imaginarse que se acostaba con ellos, así que le nombraba a los más feos o más guarros del colegio, pero le gustaban...

 Entramos a un conjunto de edificios antiguos, no de los construidos por el Estado, y un poco lujosos. Con mucho retintín señalé la influencia onírica de su arquitectura. Había luz y estaban limpios. Me atacaron los nervios cuando Nadia llamó a la puerta. Salió un hombre serio, de ojos tristes. Nadia lo abrazó y lo llamó guapo, aunque no era ni siquiera joven. Por su conversación me pareció un agente de comercio. En la sala me presentaron con Yeshua: casi un anciano. Me saludó con recelo y me repasó las piernas con la mirada. Sin tacto alguno le preguntó al otro su opinión al respecto. En alguna ocasión le había dicho a Nadia que, si alguna ventaja tiene ser bonita, es el derecho de escoger al galán que una quiera. Con ellos estaba Durmila, otra empleada del Ministerio; lucía como una adolescente al lado de Yeshua. En la mesa había unas nueces y nadie bebía. Hablamos de cualquier cosa. La circunspección se tornaba insoportable. Intuí que desconfiaban de mí aunque les gustaba.

Por encima de sus parlamentos artificiosos pude entender que Yeshua era el líder. De súbito se dirigió a mí, acercándose mucho: ¿Conque te quieres iniciar? ¿Ya te explicó Nadia?

No me extrañó su pregunta. Sentí que sabía lo que iba a suceder. Comenzaron a jugar a que regañaban a Nadia por no haberme puesto en antecedentes. Para cambiar de tono, el otro hombre nos sirvió una copa de vino. Creí que nunca lo haría el muy tacaño. De pronto Nadia, como maestra de escuela, me explicó que ella y sus amigos habían decidido formar una célula para luchar por la libertad. Parí un gesto expectante... Los demás fingieron un silencio de muchos puntos suspensivos hasta que Nadia hechizó el aire con su risa. Y Durmila, vocal de la organización, dijo: La orden del día es desnudarse. A lo cual yo no le vi el encanto. Y lo peor fueron las gangosas acotaciones del triste. Asentí a sus ideales de salvación. Yo a nada estaba obligada, apuntó Yeshua, y enseguida, por mera impaciencia, anunció que tendría que irse pronto.

Sí, se trataba de desnudarse, pero nadie se animaba a empezar. El aire se enrarece cuando no fluyen las fantasías... El hombre triste trajo de la cocina un par de cajas con moño. Nadia abrió la suya de espaldas a nosotros y se volvió con una sonrisa... Para un desfile de lencería, anunció, convencida. Fue al toilet y salió con un negligé que le llegaba a los hombros, de tejido abierto, fino. Yeshua, emocionado, empezó a elogiar su belleza en tanto ella daba giros como modelo profesional. Sin embargo, la desinhibición no cuajaba. Intuí que por mi culpa.

Mientras Durmila y Yeshua cuchicheaban, el de los ojos tristes prendió la música y quiso bailar con Nadia. En medio de las vueltas se quitó la ropa hasta quedar en calzoncillos. Me levanté a bailar, abracé a Nadia y me sentí muy dichosa. Recordé su baile del último grado del colegio; todos los muchachos querían bailar con mi hermana. Me sorprendió que anduviera con estos extranjeros tan así, sin savoir-faire alguno; además no me gustaba que esos dos se dijeran cosas en su idioma. De la botella vacía salían litros de vino. Durmila opinó acerca de por qué Yeshua se mostraba tan reticente: Eres tú, Almis, no vibras... Con voz de tonta experta expuso que si yo me sacaba la ropa Yeshua cedería más fácilmente. No entendí su lógica pero me quité el jersey.

La prenda de Durmila resultó obscenísima y fascinante para Yeshua, que estalló de alegría. Yo había advertido un bulto en el bolsillo derecho de su pantalón, continuamente lo palpaba y se me ocurrió que traía un arma. Obsequió a Durmila varias frases galantes mientras modelaba en la sala. El otro hombre suavizó un poco su expresión de tristeza, sin pasar de allí. Comenzamos a bailar en rueda como si ejecutáramos una danza de corte, nos manteníamos serios, afables y puntuales en los pasos...

Inopinadamente Durmila bajó el volumen de la música para decir que los hombres seguían haciendo trampa.

Al triste le pareció oportuno sacarse los calzoncillos, lo cual casi logra explicarme su tristeza. Yeshua se hizo el loco y yo no me quité el vestido. No me sentía cohibida por esos patanes sino hechizada por los secretos de mi hermana. Cuando se acabó la magia del baile, decidí rellenar las copas antes de sentarme al lado de Nadia. En verdad no sabía qué hacer, si decirle que la admiraba, reprenderla o besarla. Me volví hacia Durmila, que se dejaba contemplar como una visión. A Yeshua le gustaba mi hermana, yo no tanto.

¡Ahora las fotos!, anunció. De su pantalón extrajo una pequeña cámara y le pidió a Nadia y a Durmila que posaran junto a la escalera. Eso me olió peligroso y decidí que por ningún motivo dejaría que me tomaran fotos. Ellas, gustosas, solícitas, probaron varias poses; se habían cepillado el pelo y se pintaron de rojo los labios. Nadia me tomó de la mano para bailar otra pieza de música antigua y Durmila se nos unió. Ella se fijó en una cicatriz en mi muslo derecho, yo le expliqué que me había hecho una herida al cambiar un neumático durante una hora lluviosa en la autopista a Berger. Le sorprendió saber que yo había trabajado en un camión. Tienes suerte de que no se te note en las manos, me dijo. Pero en los hombros sí, agregó el estúpido de Yeshua. Durmila contó que ella también había estado en Berger, que había ido en varias ocasiones con la intención de abrir una célula. Dictaminó, con la finalidad de que Yeshua asintiera, que yo podría ser útil –máxime por saber lenguas– para abrir células en otros puntos. Durmila encajaba perfectamente en este submundo de disidentes tan bon vivants. Estos hombres se me figuraron náufragos con viruelas decididos a contagiar a los aborígenes. Le habían hecho creer a este par de tontas que podrían irse de aquí.

Sólo por seguir el juego, sugerí que la próxima vez organizáramos un banquete. Yeshua no estuvo de acuerdo: por llevarme la contraria desde luego. Nadia y el otro hombre me apoyaron. Hablamos de gulash y ensalada... Yeshua se desentendió de mí para entregarse a otra tanda de fotos. Nadia adoptó una actitud forzada, como las actrices de las revistas extranjeras. Yeshua les pidió que le mostraran un segundo modelo. Tardaron más que la primera vez y reaparecieron con una lencería de color marfil. Como si fuera un cumplido, el muy insulso me dijo que de aprobarse mi ingreso en la célula, en la próxima reunión yo también podría desfilar.

Más baile, más fotos –sólo a ellas– y la siguiente copa de vino. Yeshua se declaró satisfecho con la sesión y me pidió que le tomara una foto con Durmila. El anfitrión pasó a hablar de tópicos que entusiasmaron a Nadia. Dijo que la célula había crecido y no tardaría en ser perseguida. Pero eso no debe frenar nuestras actividades, antes, al contrario, debe ser un estímulo... Me informó que muy pronto me enteraría de si había sido aceptada; operaban igual que en el Ministerio. No se lo tomaban a juego y ninguno se percataba de lo riesgoso que podía resultar esto. Porque se me dio la gana hice la observación de que nadie había logrado salir de aquí. Al unísono me miraron, escandalizados. Es precisamente esa actitud el principal enemigo de la libertad, dijo Yeshua. Traté de disculparme aduciendo mi ignorancia en estos temas. Pero Yeshua me asestó un segundo golpe: La cobardía no es excusa. Preferí no responder, agacharme sumisamente. De haber abierto la boca les habría dicho que yo me imagino que en cualquier otro sitio donde la vida sea posible, donde la gente deambule con un cuerpo sólido o invisible bajo el cielo, la situación no ha de ser muy distinta, y es más que probable que en ese sitio la gente también quiera salvarse.

Yeshua dijo que había sonado el minuto de irse; no sé si simplemente porque se acabó el rollo de película o porque estaba molesto. Las chicas tenían un tercer modelo, pero les dijo que lo reservaran hasta la siguiente sesión de lencería. Se desnudaron totalmente para ponerse su ropa de calle. Éste fue el punto más intenso de la reunión, por lo menos para el lacónico, que se apresuró a cubrir su incipiente erección.

Los cinco subimos al auto de Nadia. Estaba lloviendo. Odio estas tormentas porque alargan el amanecer y empañan el cristal del cielo. Me sonreí al advertir que desde el principio del trayecto habíamos retomado nuestra circunspección, aunque ahora carente de rudezas. Yeshua intercambió unas palabras conmigo con tal naturalidad que parecía que viniéramos de un concierto. El hombre melancólico me regaló varias sonrisas francas. Mencionaron ciertos planes de ir a un balneario muy agradable, muy íntimo, repetían. Nadia preguntó a cada cual a qué hora podría realizar el viaje. Creí que no me tomarían en cuenta, pero fue el mismo Yeshua quien me interrogó. ¿Cómo saber cuáles serían mis horas de asueto? Con alguna autoridad, Yeshua propuso que fuéramos cuando ya la luz no viniera del horizonte. Nadia y Durmila accedieron. Luego volvió el silencio.

Yeshua y Durmila se apearon debajo de un puente. Ella me dio un beso en la mejilla y él me estrechó la mano con calidez. El otro hombre se despidió en la siguiente avenida. Después de un trecho, le dije a Nadia que me había dado cuenta de que esos tipos eran extranjeros y que estaban ilegalmente aquí. Le pregunté qué seguridad podía tener de que ese par de guarros no habían tomado las fotos para entregarlas al Ministerio. Secamente respondió que todo había salido bien, que ahora debía devolver el auto, y me dejó en una estación del Metro.

Ya en casa, tirada en el sofá y en espera de que mi tía apagara el televisor, estuve tratando de aclararme cómo habían conseguido esos tipos permanecer aquí, cómo había ingresado Nadia en esa célula... Me daba miedo y estaba excitada de admiración por ella. Papá le temía precisamente por arrojada. Sentí que la quería más que a nadie, que tenía más dignidad que todos nosotros juntos... Otra vez pensé que era un desperdicio que mi hermana y su esposo disfrutaran de un cuarto para ellos solos, pues si no tienen hijos no es por culpa de Iria, sino de ambos. Yo no me había casado porque después del rompimiento con René iniciar otra relación me daba tristeza. Con tantos reveses en mi haber ya vale la pena pertenecer a una célula, me dije. Comencé a imaginar el funcionamiento de los transportadores, cómo hacen las telépatas para materializar aquí a los extranjeros, si sería posible para nosotros realizar ese viaje... si forzosamente es mejor estar en otro lado...

Pasé diez horas a la expectativa porque se demoraba la llamada del Ministerio, y la fecha en que iríamos al balneario con los amigos de Nadia se aproximaba. Se me ocurrió que no me telefoneaban porque no existía el tal empleo que yo creía tener. También cavilé que, para mantenerme alejada de sus secretos, Nadia me había advertido que nos veríamos sólo durante las comisiones. Aumentaba mi ansiedad el hecho de no poder hablarle de ella a mis padres; se lo había prometido.

La impaciencia me decidió a buscarla; bajo el pretexto de preguntar por la siguiente comisión me apersoné en el Ministerio. Había mucha gente en los pasillos, jóvenes candidatas para el grupo de las telépatas o de la gorda, que inevitablemente destacaba entre tantas guapas. Me vio antes que yo a ella y se apresuró a cerrarme el paso. Nadie te ha llamado, me dijo. Hizo un comentario sarcástico acerca de que yo fuera hermana de Nadia, con quien sin duda tenía rivalidades, pues ella salía con uno de los dirigentes del Ministerio y eso redundaba en comisiones especiales y privilegios, como que yo fuera su compañera.

Siete horas después, previa llamada, fui a recoger mi primer pago; el recibo era de la nómina de personal asignado a captación de divisas. Cuando mi madre me preguntó sobre la naturaleza de mi empleo le contesté que era inspectora de obras. Allí caí en la cuenta de que no dejaría de mentir, y que yo misma nunca sabría de verdad lo que hacía. La siguiente vez que vi a Nadia –ya había pasado la hora en que supuestamente iríamos al balneario con los miembros de la célula– fue para cumplir una comisión en el hotel Ambassador, el principal para turistas del exterior junto con el Kósmik. Nos encontramos en el mismo sitio, pero ahora ella me pidió que yo condujera el automóvil. Tampoco esta vez la vi de muy buen humor. Probé preguntarle de forma directa por sus amigos. No he sabido nada de ellos, me respondió. No insistí, confiada en que no tardaría en relajarse. Dejamos el auto en la entrada y pasamos de inmediato al vestíbulo. Los garzones no nos hicieron preguntas, fue como si nos estuvieran esperando. Era la primera vez que yo entraba a este edificio, construido antes de la guerra y desgraciado con la decoración estatal. Y no había venido porque sólo admiten extranjeros –que pagan en divisas– y porque nada me resulta tan humillante como la prepotencia de estos campesinos disfrazados con smoking. Casi enseguida apareció un hombre alto, mayor aunque no mal parecido. Nadia me indicó que la aguardara en el lobby, que regresaría en un minuto. Ella y el hombre caminaron hacia el elevador. Vi que se detenían en el cuarto piso.

En mi caso la ingenuidad es una manera de postergar el dolor, los sentimientos de banalidad, de cerrar las esclusas para que no entren las aguas pestilentes. Me dediqué a observar con minuciosa mala fe a los empleados del hotel. Todos eran jóvenes y serían capaces de matar por conservar hasta la vejez este puesto, por las dos o tres monedas diarias que aquí se ganan. Me miraban con morbosa curiosidad pero ninguno tuvo la gentileza de ofrecerme algo de beber. En cambio, a un tipo con aspecto de chulo, quizá un soplón de la Securitat, apenas se sentó en una butaca le sirvieron un vermut, como prueba de la deferencia con que los lacayos tratan a los delincuentes o a los tipos violentos.

Mas no fue en esta ocasión sino en una muy similar cuando tuve una discusión con Nadia que terminó en gritos e insultos. Estábamos nerviosas porque unas noches antes las morganas habían asesinado a una chica de nuestro Ministerio. La muy perra de la gorda nos envió a Nadia y a mí a reconocer el cadáver. La habían degollado de un solo tajo, firme, profesional. Cuando salimos de la congeladora Nadia me preguntó qué haría yo si a ella la mataran. Me contrarió su pregunta y enojada le contesté que no iría a reconocer su cuerpo. Se aferró a mi brazo y dijo que prefería que me mataran a mí antes que yo la viera tendida en una morgue, con un cartoncito anudado al dedo gordo del pie. Pero el disgusto vino después, cuando en vez de un minuto demoró dos con su cliente. Ella desarticuló fácilmente mi enojo al atribuirlo a simples celos, no a una preocupación real por su seguridad. Fiel a mis emociones, repuse que yo no tenía por qué aguantar esto, yo soy arquitecta, le dije. Tú no eres nadie, Almis, repuso acremente.

Le tiré las llaves del auto y salí a la calle. Caía una lluvia fina y áspera que me hizo sentir un acalambrante fuego interior. Paulatinamente me fui serenando hasta ubicarme en la melancolía, mi sentimiento básico y desde donde puedo mirar las cosas con desdén aunque me hagan daño. Entonces reaparecieron mis pensamientos recurrentes, justificadores. No conocía a nadie que no padeciera esta misma melancolía, esta sensación de incompletud, de yerro permanente. La frustración de mi padre, la frigidez de mi hermana y su marido, la sonrisa claudicante de mi madre. El odio de Nadia, su cinismo impenetrable. El miedo de los funcionarios del Ministerio... Y la culpa no era del Estado, como creen casi todos. La verdad es que ni el poder redoblado del Estado alcanzaría para acabar con este ahogo: el mundo no puede darnos más.

Me habían lastimado las palabras de Nadia... Recordé cómo nos emocionábamos de niñas cuando en el colegio nos decían que hay planetas que giran en torno a una estrella y se saben habitados. Nadia y yo pensábamos que en esos planetas la gente vive enamorada y es correspondida. Pero al terminar el colegio empecé a sentir que el amor era sólo un señuelo, un gusanillo de plástico fosforescente que una se apresura a morder únicamente para reproducirse y darle más carne a la máquina. Yo culpaba a mis novios de cada uno de mis estados de ánimo. No me daba cuenta que ellos agudizaban mi sensación de estar rellena de borra o loca o ser un sueño. Pero mientras estemos aquí, me decía Nadia, tú y yo nos vamos a ayudar mucho. Ella me enseñó que nunca hay que hablar mal de los hombres, que eso es tan sucio como que un varón ebrio cuente a otros cómo le hace el amor a una chica.

Durante esas horas anduve sola caminando sin rumbo; salían a mi paso unas avenidas que se tornaban larguísimas, y los edificios eran altos muros sin puertas ni ventanas. Casas de ladrillos negros...

Es cierto que si yo no hubiera firmado la aceptación de este empleo estaría en una situación muy distinta. A manera de justificación, concedí que el Ministerio había armado esta red con inteligencia, que nos protegía. El mito de las morganas lo estaba aprovechado muy bien. Ellas tampoco trabajaban libres, las comandaba un dirigente poderoso desde el Ministerio del Exterior. Eran nuestra competencia y la gorda nos azuzaba el orgullo cuando nos recordaba que en las oficinas de turismo decían que ellas eran la fantasía de los viajeros más exigentes.

En nuestro grupo las reglas se habían dado solas, nadie vino a decirnos qué está bien o qué no, qué es recomendable o qué puede resultar peligroso. A lo más, la gorda nos daba consejos antisentimentales o nos recordaba no alentar ilusiones de escapar con algún extranjero. Nos revisaba la ropa y nos perseguía con la palabra higiene. Nunca nos amenazó con nada, pero todas teníamos bien claro que no podíamos caer en la tentación de trabajar por cuenta propia, nunca, ni una sola vez, porque no hay manera de eludir la venganza del Ministerio. Era obvio que el Estado cobraba en divisas nuestros servicios y que a nosotros nos pagaba con calderilla local. ¿Y qué?, replicaba Nadia, vivimos mejor que el resto.

Mi hermana empezó a evitarme. Me enfureció hasta el dolor de vientre la idea de que estuviera obedeciendo instrucciones de los extranjeros de la célula. En esa época las comisiones no se sucedían con la frecuencia de ahora, y tenía mucho tiempo libre que dedicaba a nada... Las chicas del Ministerio no eran mis amigas y Nadia no me hablaba. Y estaba sola porque creo que mi solo gesto ahuyentaba a los hombres...

En momentos como éste me daba por pensar en la muerte como una consolación y comenzaba a imaginar el blanco vacío que sería aquello. Mas algo en mi cuerpo lograba rebelarse y brevemente me devolvía el coraje y la indignación de que la vida pudiera terminar sin jamás haber obtenido lo que quería, sin jamás haber sabido lo que quería... Me daban ganas de hacer el amor. Pero no con René, porque le tenía rabia. Más tarde descubrí que mi secreta unión con Nadia era la ira: que mientras a mí me tornaba melancólica a ella le producía ataques de pánico que la orillaban a decir que no le importaría morirse si no tuviera que dejar tras de sí su cuerpo, expuesto a las manos de patólogos y cremadores, a la mirada de los vivos.

    Al regresar de Lowz, si hubiera ido yo conduciendo –sobre todo porque ya había corroborado que el automóvil era propiedad de Nadia– no habría significado un error cuestionarla frontalmente. Quiero que hablemos, le dije. Ella apenas reaccionó con el ligero fruncimiento de labios que tan bien le conocía. No existe tal célula ni esos tipos eran tus amigos. La encaré sin darle oportunidad de evasivas, mas ella se escabulló por donde yo no esperaba. Heredaste la peor parte de papá, ¿te vas a poner a criticarme? Sí son mis amigos, aunque tú no lo creas..., repuso al cabo de un rato, conteniendo la furia. No te defiendas, le dije, no te estoy atacando. En ese momento, un camión que venía rebasándonos casi nos saca del camino. El coche derrapó en la grava, luego se oyó un fuerte golpe en algún punto del fuselaje y se detuvo. Yo me había asustado, pero Nadia, apenas pudo, se apeó del auto y comenzó a revisarlo. Tenía una abolladura en el guardafango trasero, había pegado con uno de los postes que señalan el borde de la carretera. Empezó a maldecir como si el daño lo hubiera sufrido ella. ¿Te importa mucho tu auto?, la provoqué. Sí, es lo único que me importa porque es lo único que se parece a lo que deseo: lo dijo a gritos. Luego, quizá para atenuar lo excesivo de su enojo, se volvió de espaldas y me pidió que bebiéramos algo. Me hice cargo del timón y entramos en un hotel del sindicato de mineros. El carnet del Ministerio facilitó que nos dieran un reservado, y Nadia ordenó champaña. Otra cosa que le admiraba era su tenacidad para conseguirse ropa, rouge, medias, zapatillas... Con talante orgulloso defendió su buen gusto cuando la elogié al respecto. Muy probablemente había pagado un dineral por eso en el mercado negro. El champaña aligeró a Nadia y no le vi ganas de reñir. Estoy contenta de estar contigo, le dije al tiempo que la abrazaba. Sin énfasis alguno le comenté que su pertenencia a la supuesta célula la ponía en peligro y que cualesquiera que fuesen las intenciones de Yeshua y el triste, lo cierto era que ya no tenían ningún poder para sacar a nadie de aquí. Me lanzó una mirada desdeñosa. Tú no entiendes nada, espetó. Tus miserables padres son lo único que te parece real, ¿no es cierto? Aquí te vas a quedar porque eres muy chiquita, muy mediocre, ya lo dijo Yeshua. Esos maniáticos no van a llevarte a parte alguna y es posible que ellos ya tampoco puedan salir de aquí. Están presos en sus propias fantasías. ¿Dónde vas a ir con esos carcamales? No tienes derecho a llamarlos así, no los conoces. Les llamo como me da la gana. Y empezaron los insultos. Vino el sommelier a amenazar con echarnos, importándole un bledo nuestros carnéts. Nadia reaccionó a mi favor. Al tipo sólo se le ocurrió bajar la intensidad de la luz, y salió. Esto provocó un buen efecto en el ánimo de Nadia, que en tono apasionado dijo que se iría con sus amigos al anochecer, cuando la posición del planeta fuera más favorable, que habían logrado establecer contacto con las telépatas del búnker de los transportadores y se preparaban para la huida... Me contó que había seguido frecuentándolos, que había ido con ellos al balneario aquél y que no me habían invitado no porque desconfiaran de mí sino porque yo no había mostrado carácter ni convicción... La exclusión de su célula me tenía sin cuidado pero no pude evitar sentirme ofendida y traicionada por Nadia; tanto que desistí de proponerle quedarnos juntas un par de horas, pues no teníamos ninguna comisión programada y podríamos aprovechar para dar un paseo, como antes. Después, cuando le dio por decirme que ella actuaba de forma inteligente, que por eso ahorraba y había aprendido lenguas, se me ocurrió abandonarla en ese sitio. Pero lo que me decidió a hacerlo fue que comenzó a hablarme en lenguas, parando los labios y trastocando sus facciones.

En Lowz creí que habíamos vuelto a estar realmente cerca, como cuando íbamos al colegio. Me había acompañado a mi comisión con un viejo. Cuando éste la vio, pidió que pasara también a su alcoba. De allí salimos a una piscina muy agradable. Se metió a nadar en pantaloncillos. Nosotras con él, desnudas. Vamos a divertirnos, dijo. Y eso hicimos, juguetear con él en el agua caliente, lanzándonos una pelota. El viejo se mostraba feliz, agradecido, hasta que le vino un ataque de risa y luego las lágrimas. Lo llevamos a la cama, lo arropamos y permanecimos junto a él en silencio. Me pidió que abriera su veliz, de donde saqué un sobre con fotografías: eran de sus hijas, de su esposa, muertas allá... Vi que enganchó a Nadia; se le humedecieron los ojos e intentó consolarlo... Hasta que el hombre dijo que quería descansar. Nadia y yo nos quedamos muy tristes. Nadie va a salvarnos, le dije. No sé si estamos vivas, ni qué signifique eso exactamente.

¿Cómo nos había sucedido todo esto? Y lo peor no

eran las prohibiciones ni las carencias; tampoco el miedo, sino esta tristeza pegajosa, esta atmósfera que predispone al suicidio, a la injuria. El hombre había querido regalarnos golosinas y fruslerías que traía en un neceser. Yo no creo en esos objetos ni los deseo porque viviría exactamente igual aquí que en cualquiera de esos lugares con que sueña Nadia. La gente que viene del exterior anda en busca de algo que no está aquí ni en ninguna parte. Eso es lo que Nadia no me entiende; su ambición es una ceguera muy similar a la que me procura mi ingenuidad. Sobrevive porque quiere vivir, llegar a un imaginario punto de plenitud inmortal.

Minutos después me llamaron del Ministerio. El telefonema, que atendió mi madre, parecía de urgencia. La gorda había sido ascendida y confirmada como nuestra dirigente absoluta, a pesar de los esfuerzos de Nadia por evitarlo. Mi hermana jamás se haría consciente de que no podría conseguir el mínimo poder dentro del Ministerio ni en sitio alguno precisamente por su rebeldía, por su repudio a la autoridad, de la cual sólo podría esperar favores.

Durmila había conseguido, efectivamente, su traslado a Berger. A la gorda le dio por instigar la rivalidad con las morganas y el Ministerio del Exterior. Nos entregó un arma corta a cada integrante del grupo. Dijo que posiblemente alguien quisiera estorbar nuestro trabajo. Sus comentarios tenían la intención, por un lado, de deslizar una amenaza contra cualquier posible deserción y, por otro, hacernos sentir su poder. Nadia había llegado tarde. Guardó con repugnancia el arma en su bolso; estaba asustada. Creo que por eso al final de la reunión vino a buscarme mustiamente. No nos habíamos visto desde aquella ocasión en el hotel del sindicato de mineros. Pasábamos por un momento difícil, sin sombras ni matices; la luz se debilitaba detrás de la pantalla de las nubes. ¿Querías demostrarme que eres dura? Fingí no oírla. ¿Nos vamos?, le dije. No me dejó conducir. Fuimos a un hotel por la zona del búnker de los transportadores, el puerto de entrada de los turistas. De regreso me pidió que la acompañara al taller del laminero para que reparara la abolladura del auto. Allí lo dejamos y tuvimos que caminar en busca de un taxi o algún autobús. Yo deseaba comentarle a Nadia mi sospecha acerca de que no existía la tal amenaza de las morganas, y que a nuestra compañera no la habían asesinado ellas, pero me lo impedía su obstinado silencio... De pronto se encendieron los reflectores. Oímos un grito largo, casi un aullido. Instintivamente tomé a Nadia del brazo para cruzar la calle, hacia el lado de los comercios. Un tropel de seis o siete milicianos pasó corriendo hacia un lado. Luego de vuelta. Por el andador de la barda pasaron otros tantos. Sonó un altavoz. La gente quiso meterse a los edificios y las tiendas. Muy pocos lo lograron porque de inmediato cerraron las puertas y bajaron las mallas. Junto con otras personas nos pegamos a la pared. Nosotras poseíamos como salvoconducto un carnet del Ministerio, mas eso no iba a salvarnos de los disparos. De un extremo de la calle nos llegó el sonido del altavoz, conminatorio. Hacía allá se dirigieron los soldados; aparecieron dos vehículos. Se escuchó una ráfaga. Nadia se tiró al suelo, paralizada de pánico. Yo caminé hasta la esquina para ver lo que sucedía. En el tejado de un cobertizo, un hangar o una bodega, distinguí dos bultos. Eran dos hombres. Uno fue abatido: rodó hasta quedar atorado entre un muro del hangar y los alambres con púas de la barda. El otro trataba de zafarlo. Sonó una nueva ráfaga. El hombre remontó el tejado. Llegó al borde. Allí se detuvo con los brazos en alto. El mundo entonces me pareció plano, y él una fotografía recortada de una revista o del periódico del Estado. Por la parte trasera de la construcción ya habían trepado los milicianos. Lo golpearon en la cabeza y la espalda con las armas y lo bajaron a rastras. Otros soldados se ocuparon de rescatar el cuerpo del caído; una vez que lo liberaron, ojalá que muerto, lo lanzaron sin miramientos hacia abajo. Los guardias lo levantaron para echarlo a uno de los vehículos. Al hombre todavía vivo lo subieron al segundo vehículo, que pasó frente a nosotras mientras veíamos cómo lo tundían. Al cabo de un instante la calle volvió a la normalidad. Yo quise decirle a Nadia que en eso iban a terminar sus ansias de libertad, que esos hombres bien podían haber sido Yeshua y el triste. Preferí callarme.

En los noticieros, el intento de fuga lo convirtieron en el ajusticiamiento de dos espías extranjeros. Pero esos tipos no eran extranjeros, le dije a Nadia. Creció el enrarecimiento del ambiente porque las pugnas entre los distintos ministerios ya comenzaban a notarse en la calle; el abasto de alimentos descendió al mínimo. Acercarse al mercado negro se tornó peligroso, pues podían arrebatarle a uno el dinero y darle un tiro a cambio. Todo esto contribuyó a que la gorda consolidara su poder frente a otros dirigentes.

La desaparición de mi hermana vino a precipitarla una comisión con exactamente la clase de personas en que Nadia deseaba convertirse. Ellos tenían más edad que nosotras. El más guapo no hablaba; la conversación, que se demoró en el bar del Ambassador la conducía el otro, histriónicamente afable. Cuando llegamos a la cita me llamaron la atención sus zapatos, muy brillosos, muy reales. De pronto el primero carraspeó, lo que identifiqué como una señal. Se adelantaron a la habitación. El guapo dijo que prefería a Nadia. El otro comenzó a bailar alrededor de mí mientras me sacaba la ropa. Me pareció una coreografía que sólo los excitaba a ellos. Luego les tocó el turno al guapo y a Nadia. Yo me aburría y me sentía más sola, pensaba que nadie nunca escuchaba mis palabras ni mis pensamientos, que nadie veía mis actos. Nuestras vidas no significaban ni duraban más que las de las moscas. Cuando el tipo penetró a Nadia, de los labios de ella salió un gemido que me excitó realmente. Subió por completo las piernas, la parte interior de sus muslos le rozaba las orejas al tipo. Se movían al ritmo de la música que ellos habían traído ex profeso. Me resultaba cómica la intención sexual de la orquesta, aumentada por los cambios de tono de la voz del cantante, cuya pronunciación lubricada y fluida, sin importar lo que dijera, yo conectaba con el sentido de las palabras que el tipo le decía a Nadia.

Después vino una pausa de silencio en el que sólo se escuchaba la respiración de los cuatro y la voz de un noticiero de televisión en otra suite. En la ventana todo estaba azul, como si la cubriera un cielo de cemento sin aire ni estrellas. Al volver de nuevo la vista al cuarto, vi al tipo y a Nadia abrazados, de pie. Él traía puestos los calcetines, lo cual acentuaba lo lampiño de sus piernas, el peso de su panza y la soledad de su sexo. El otro tipo continuaba en la cama. Sus zapatos seguían brillando. Me miraba como en un recuerdo. Me llamó al mismo tiempo que su compañero empujaba a Nadia hasta quedar tendido sobre ella. Cuando apenas nos encontramos, el guapo había dicho que su verdadera razón para venir aquí estribaba en procurarse un nutrido álbum de imágenes eróticas, de gestos y frases para después masturbarse a su aire, disponiendo a voluntad de un repertorio de estímulos absolutamente complacientes para él solo, nunca saciado y sólo sosegable por sí mismo, cayendo como un cadáver en la fosa del orgasmo. Por un instante mi melancolía se volvió esperanza al pensar que seguiría viviendo en la mente de ese tipo.

Luego pareció fatigado, se había cubierto con la manta y le dio la espalda a Nadia. El otro quería que continuáramos, lo cual hicimos mientras duraron sus fuerzas. Despedía un efluvio a tierra. Estiró el brazo para mirar su reloj. Yo no dormí. De cualquier manera el hombre no tardó en levantarse; se metió a duchar como ansioso de salir a cumplir su jornada de trabajo. El guapo lo siguió. Mientras ellos se vestían y acicalaban, Nadia saltó a la cama donde yo estaba. Me abrazó. Miré el rostro del hombre mayor por el espejo de la cómoda. Se volvió hacia nosotras de un modo extraño; como un padre cubre a sus pequeños nos echó la manta encima: Ustedes pueden dormir un rato más. Se fueron. Me acomodé al cuerpo de Nadia, quise decirle que desde que conducía el camión descubrí que ésta es una esfera atrapada en el fondo de un océano... que he visto pasar hombres nadando en la superficie del cielo, que los extranjeros pueden visitarnos pero nosotros no podemos salir de aquí. Calla... Ahora sólo quiero que me abraces. Yo cedí, un tanto molesta. Al rato, con voz pueril Nadia me contó que cuando estuvo tendida bajo aquel hombre había comprendido algo crucial en su vida. Dijo que ese hombre era su padre, que él la había violado, que por eso había nacido aquí. Esto me sonó como las conversaciones que teníamos antes de dormirnos. En realidad siempre hablaba ella; Iria y yo sólo escuchábamos. Decía que cuando se muriera se convertiría en la clara o la yema del huevo para nacer en cualquier planeta, salir de un cascarón de avechucho o crecer en el útero de algún mamífero o lo que diablos haya en aquel mundo...

Me iré al anochecer. Yeshua me lo prometió. Quise contradecirla... Aunque no me importaran ni creyera en las ilusiones de Nadia, me despechó que no me incluyera en sus planes. Se quedó dormida pero siguió llorando. Los sentimientos de desamparo de mi hermana me revelaron que ella no sobreviviría al desencanto que inevitablemente le causarían las incumplibles expectativas de la supuesta célula.

Salimos juntas del hotel, fastidiadas, sin deseos de conversar o beber una copa. En su auto me llevó a una estación del Metro. Desde allí volví caminando al Ministerio a buscar a la gorda. Me detuve un rato en la acera, tentada por la duda y por el importuno recuerdo de Nadia disfrazada en una fiesta: pose de vestal, abanico, vestido hecho a mano, el cigarrillo consumiéndose en una larga boquilla... Su sonrisa radioactiva ya no me hirió porque en ese instante me distrajeron unos chicos. Se apresuraban a hacer fila en la esquina, donde un hombre les cobraba una moneda por dejarlos mirar a través de su telescopio. Si pasara la guardia, cargarían con él directamente a la clínica. Pensé que era un tipo valiente por atreverse a instalar su aparato frente a un ministerio. Con el cielo despejado la espléndida estratosfera pulida acercaba los planetas, máxime en esta época. Me animé a sumarme a la hilera de niños. Imaginé que si el hombre tuviese inspiradamente enfocado el telescopio se verían esos ingentes planetas que giran en torno a una estrella... Pero desistí de mirar porque recordé lo que me había propuesto. Y en vez de la imagen de un planeta vi el rostro de satisfacción que pondría la gorda, la maldita gorda.

Yo supe que sería capaz de cualquier cosa cuando me di cuenta que no envidiaba a nadie, que el destino de cualquier otra persona valía tanto como el mío. Nadie jamás escuchará nuestros pensamientos ni juzgará nuestros actos. No me horroricé, antes bien se me hizo claro que me hubiera resultado imperdonablemente triste –y la tristeza es un sentimiento más desnudo que la rabia o el anhelo de venganza– llegar al crematorio con ilusiones. Si puedo soportar sin inmutarme la visión de jóvenes madres haciendo arrumacos a sus nenes en el parque, como las gallinas en el gallinero se concentran en ovular cómodamente sin siquiera barruntar que las espera el hacha, no me afectará la muerte de aquellos extranjeros. Cuando por fin llegue la noche, experimentaré esa soledad que me da cuando pienso en desaparecer. Me acordaré de Nadia. Y aunque lo haga sentir más culpable, le dejaré a papá la fatiga de los trámites.

Qualia

💣 Las drogas necesariamente las vende el gobierno.
💣 Puedes apagar la televisión.
💣 La dignidad del hombre no radica en su acatamiento a las leyes del mundo sino en su oposición a ellas.
💣 El individuo se pertenece a sí mismo; no es su familia ni su clase social ni su nacionalidad.
💣 Dios existe para quien lo invoca; no es propiedad de la Iglesia.
💣 Los marcianos llegaron ya.
💣 Los partidos políticos son la conspiración del poder en contra de los electores.
💣 La enemistad entre los sexos, potenciada por la publicidad, es la manifestación de la hostilidad interna del individuo.
💣 Al poder político lo sostienen las partes más miserables de cada individuo: el miedo, la mezquindad, el prejuicio, la inconsciencia...
💣 El padre y la madre o sus sucedáneos deben dar instrucción sexual a los hijos.
💣 El acto erótico carece de finalidad. El Estado se satisface con la reproducción.

💣 Es un derecho de los individuos reflexionar sobre la conveniencia de que el mundo siga existiendo.

💣 El Estado hace de la muerte de los ciudadanos un trámite, soslaya los sentimientos al respecto y favorece fiscalmente a las agencias funerarias.

💣 No hay salud ni enfermedad social que no comiencen en el individuo.

💣 ¿Qué sería de las compañías telefónicas si desarrolláramos nuestras facultades telepáticas? Sólo inténtalo.

💣 Lo que imaginas es tan real como lo que percibes.

💣 El burócrata es un parásito cuya posición administrativa le permite dificultar sistemáticamente el trabajo de los ciudadanos, de ahí que sea el punto focal de la corrupción.

💣 Los actos de violencia organizada los patrocina la banca.

💣 Los alcances de la publicidad no se limitan a servir a las necesidades del mercado, prostituyen la creatividad.

💣 No hay diferencia en que el hombre viva bajo un régimen comunista o uno capitalista. Sólo si sabe ser libre para encontrar sentido en la vida, es importante que sea libre.

💣 La relatividad legal, el poder policiaco y la impunidad buscan el temeroso aislamiento de los individuos y la consolidación del Estado.

💣 La policía comanda el crimen organizado.

💣 Si de una vez por todas entendiéramos que nada en la vida es gratis ni tiene por qué serlo, la publicidad nos tomaría menos el pelo.

💣 Todo *software* del que pueda hacerse una copia ilegal, es público.

💣 El demagogo y el publicista triunfan sobre la masa porque le ayudan a creer que el sufrimiento es algo que puede ser erradicado como un tumor, y no consustancial a la experiencia humana.

💣 El dinero que guardas en tu bolsillo es el signo de que algo has vendido.

💣 Una pregunta insidiosa: ¿Tienes tiempo propio?

💣 La ideología neocapitalista se ha apuntalado con el quehacer del psicoanalista, que intenta convertir la neurosis en una cómoda alienación, en la reeducación que el *establishment* precisa.

💣 Una vez que hayamos logrado relacionarnos con nuestra alma o tener algún vínculo espiritual o atender las imágenes de nuestra mente seremos inmunes a los medios de comunicación.

💣 La desnudez es un hecho concreto, el dinero un estado de la mente.

💣 Di lo que quieras.

De una esquela del clandestino Club Bakunin de la Ciudad de México (CBCM), fundado en 1858

latercerainterplanetaria

yasabesquecuandosecortalacomunicaciónconpuntos muydistanteslamentetardaunossegundosenreadaptarse alcuerpoysuentornoinmediato

sssuelesuceder que una parte de la mente no se desconecte del todo, que surja una fijación que nos hace creer que seguimos allá en el sitio lejano al que nos comunicamos

y esto es peligroso cuando se viven las angustias y se comparten los riesgos con igual intensidad que los camaradas realmente ubicados allá

no te rías, ya te he contado que durante la primera purga del comité me convertí en un doble fantasma: para bórriz que me escuchaba y no podía verme, y para la gente que me veía pero no me escuchaba

ahora me toma por sorpresa tu voz, en verdad no la esperaba

no ha transcurrido el plazo suficiente para dar respuesta a tus cortejos sin temor a sentirme desleal

sin embargo

no, no me interrumpas

sí, es cierto, la misión de bórriz fracasó muy pronto: pero su permanencia en el planeta tierra se ha prolongado más allá de cualquier previsión en los estatutos del partido

no, sé que está vivo, déjame hablar

te suplico que evites repetir que únicamente por hacerte daño tengo muy en cuenta que tú aún no nacías cuando bórriz se marchó

contén tus piropos, que me ofenden, y de seguro acarrearán un descalabro a tu carrera

comprende, y ya lo sabes: nos escuchan

espera un momento, no hables, estoy por cruzar la calle

la arboleda ferrosa de la plaza les hará difícil la intercepción: ¿me están escuchando, cretinos?

a la hora en que bórriz y yo decidimos inscribirnos en la sección de parejas militantes, se desató la persecución contra el partido

sucedió lo que muchos camaradas no tenían calculado pero yo en cambio presentía

bórriz fue elegido secretario general

en una asamblea extraordinaria de participación reservada se decidió pasar a la acción secreta

en tamaña coyuntura se votó que el secretario del partido no correría menos riesgos que el resto de la plantilla

se acordó asimismo buscar alianza con los partidos del orbe

por lo pronto con los más cercanos

nunca antes se había viajado en una misión política a la tierra

y no había relaciones diplomáticas sencillamente porque el raciocinio de sus habitantes no se elevaba por encima de su densa atmósfera

poco o ningún interés tenía para nosotros la vida social de los terrícolas

sus relaciones de producción no lograban siquiera el mecánico funcionamiento de las comunidades de insectos

no obstante, en la última era en varias latitudes de la tierra había comenzado a desarrollarse un pensamiento que en puntos clave coincidía con el nuestro

en aquellos días sofocantes en que el peligro pendía sobre nosotros nos resultó de suma importancia anímica que estallase sorpresivamente la gran revolución en ese planeta que creíamos insignificante

partieron los comisionados a los planetas y yo en algo pude consolarme porque bórriz iba al más cercano

¡proletarios de la galaxia uníosss!

¡oh, perdona! noto que hay interferencia

¿o eres tú que no me escuchas?

será mejor que abrevie porque la comunicación vaa aa seer interceptaadaa

¡oh, perdona! ahora lo que pasa es que me agaché a recoger mi sortija

he adelgazado tanto

ya estaba escrito en la agenda que en la próxima reunión del comité central del partido bórriz y yo expondríamos nuestro deseo de unirnos en revolucionarias nupcias, como ya te había contado

mas ve que por lo grave de la situación abrimos un anexo en la sesión extraordinaria para adelantar nuestra petitoria

ya desde entonces sólo el comité central puede autorizar los matrimonios

contra lo que bórriz y yo habíamos supuesto –porque allí todos éramos camaradas prácticamente desde el principio de la lucha– el comité dictaminó que nuestro caso se turnaría para el momento en que él retornara de la misión que le había tocado

en las actas se consignó como argumento que sería psicológicamente contraproducente para bórriz y para mí permitirle marchar recién casado a una operación tan riesgosa

sin pausas ni cambio de tono los estrategas pasaron a la urgencia de evitar que el más importante partido comunista de la tierra fracasase en la organización del estado

optimistamente contaban ya con las filas del comunismo triunfante en ese planeta

los informes primeros de bórriz se centraron en detallar la precaria situación teórica y material del territorio donde había triunfado la revolución

consideró alarmante la distancia filosófica que separaba al partido triunfante del resto de los partidos ideológicamente afinesss

la principal desventaja de bórriz estaba en el hecho de que no podía sintonizar telepáticamente con los terrícolas además de que debía cerrar mucho su órgano de transmisión para evitar ser descubierto por los agentes enemigos

lo primero lo compensaba un poco su vasta capacidad de movimiento

comía muy poco y no dormía

eso le daba cierta ubicuidad

buscó allegarse al jefe revolucionario y tú ya sabes que no voy a pronunciar su nombre

este es un juramento que hice cuando me convencí de que por culpa de ese maldito –que tú idolatras– mi bórriz había desaparecido

no, bórriz fue el primero en proponer que trajeran al líder en secreto para atender su enfermedad

una vez curado, discrepó con nosotros y huyó a tu planeta

no lo niegues, y te anticipo que con ustedes también discrepará

ya verás que andará de planeta en planeta hasta recuperar la tierra

nada me importa, desde luego

te sugiero que lo exilien o lo manden a la cárcel

sólo piensa en él y nada le parece suficiente

el acercamiento inicial de bórriz fue durante el primer congreso del komintern celebrado en un lugar llamado moscú

el éxito planetario de la revolución se veía muy cercano pero los debates se perdieron en una pugna entre los partidos del hemisferio oriental y los del hemisferio occidental terrestres aún se debatían entre imperialistas y nacionalistas revolucionarios

bórriz columbró que de la internacional había un paso a la interplanetaria

en consecuencia llegaría a proponerle al hombrecillo lo que a pesar de sus sueños gigantescos nunca se le había ocurrido: la revolución universal, la ejecución cósmica de lo que él apenas concebía al nivel de su planeta

si cundía efectivamente la revolución comunista en la tierra, de inmediato se sumaría a las revoluciones en marcha en el resto de la galaxia

amén de que significaría su acicate

en tanto bórriz ideaba la manera de expresárselo al líder, descubrió que el capitalismo interplanetario fraguaba un atentado contra su vida o un no imposible secuestro

consideró táctico no llegar a ofrecerle protección sino dársela efectivamente y sin que él lo supiera

más de una vez bórriz logró frustrar las intentonas y en una ocasión atajó los proyectiles ya en vuelo al enjuto cuerpo del jefe revolucionario

desgraciadamente bórriz no logró desviar del todo los disparos de uno de los agentes que la burguesía había enviado desde aquí

el líder lenin –¡oh, ya lo dije!– acababa de dar un difícil discurso en una fábrica y de camino a su auto lo alcanzaron en el omóplato y en el cuello las balas que la ceguera y la mala fe de los bolcheviques le atribuyeron a dora kaplan, una terrícola agente nuestra ejecutada días después y no creas que no pronuncio bien los nombres

son tan ciertos como el parecido fonético que guardan con las palabras de tu lengua

bórriz se entrevistó con el conductor del ejército rojo, lev trotski

le presentó como proyecto de realización inmediata los planos de un tanque como los que usábamos aquí en aquel entonces

un tanque anfibio infinitamente superior a los que poseían sus enemigos en la enorme guerra que había tenido en vilo a su planeta

esta máquina, que copiaba el patrón del sistema nervioso del cangrejo, le hubiera permitido no sólo el rápido y seguro desplazamiento de sus tropas sino también una capacidad de fuego que sometería de inmediato a los enemigos de la revolución en toda la esfera planetaria y aun a los refuerzos que la reacción enviara desde aquí

se enteró de la propuesta y del plano de bórriz al líder máximo

lo citó en audiencia

al mirarlo recordó ya haberlo visto en una sesión plenaria

la compañera del líder sugirió someter los planos al escrutinio de expertos en la materia

lo mismo había opinado el jefe del ejército rojo, lev trotski

el líder prefirió pensar que esto era una trampa de sus adversarios mencheviques su enfermedad le hacía más difícil la comprensión de lo que nosotros le proponíamos en dimensiones que él ni siquiera se atrevería a enunciar

bórriz, convencido de que así terminaría por creerle y aceptar su proyecto, ofreció mostrarle el vehículo en que había venido de tan lejos

obtuvo sólo la ira y la venganza del líder, que ordenó que lo apresaran y lo enviaran en castigo a un desierto helado

nada significaban esas temperaturas para mi bórriz amado: ya en los entrenamientos había vencido fríos irregistrables en la tierra

sin medio de transporte ni más orientación que las estrellas, bórriz escapó de allí

finalmente llegó a un continente llamado inglaterra, donde los miembros más belicosos de las organizaciones revolucionarias eran mujeres

para no delatarse, bórriz me pidió que suspendiéramos el contacto transitoriamente, además porque habían llegado a liverpool demasiados médiums y gente de blavatsky

puede parecerte absurdo pero perdí la esperanza del triunfo de la revolución en la tierra, precisamente al triunfo definitivo de nuestra revolución

a nuestros dirigentes ya nada más les importó la estructuración del poder local

y en la tierra habían dejado un monigote disecado

ahora se rumora que sacaron al gran jefe en la nave misma de mi bórriz

esa es la traición que le reprocho al partido, tan envilecido de poder que desconoció a sus fundadores

desesperada, la última vez que busqué a bórriz allá arriba en la tierra de pronto me vi recorriendo una playa de arena muy gris

percibí una señal a lo lejos y acudí pensando que provenía de él

descubrí que algo brillaba en la orilla

se trataba de un pez

un pez que yo nunca había visto

ahora sabemos que en la tierra hay una variedad casi infinita de peces

boqueaba

tenía constitución de animal que vuela

la piel sin escamas

me pareció peligroso mas casi estaba muerto

inesperadamente y con un leve dolor físico comencé a decodificar su frecuencia

estaba herido de muerte tras una batalla en el fondo de los mares

vivía en un arrecife lejanísimo y sólo eso le atormentaba: la distancia a la que había venido a encontrar la muerte

me vas a decir que por sentimental me ofrecí a comunicarlo al instante al sitio que añoraba

aceptó que lo transportara anímicamente

el pez falleció antes de lograr el contacto
me vino otra punzada fuerte tras la inevitable asociación de ideas
aun cuando bórriz no estaba allí

a mi rastreador lo había desviado una isla de pirita magnética
a tal suceso debo mi migraña
dos camaradas del comité me hallaron desvanecida en la sala de debates del partido
es verdad que estuve tentada a amputar definitivamente mi órgano de transmisión

aguardé a que se consolidara nuestra revolución para proponer ante el comité central del partido que se me autorizara a dirigir una misión de rescate para localizar a bórriz en la tierra
los dirigentes reaccionaron en pleno en contra mía
me respondieron que había acciones más apremiantes aquí mismo, y que no me conducía movida por la causa sino por una sensiblería personal
estamos ya en la tierra y la acechamos, dijeron los muy cínicos
el final de mi carrera política vino cuando develaron una placa con mi nombre, me jubilaron y perdí la posibilidad de influir en el comité
comencé a pensar que el mismo comité me vetaba para impedir que indagara el paradero de bórriz

en medio de la euforia revolucionaria he experimentado dos veces al unísono el dolor y la dicha

durante la erección del primer obelisco, sentí que desfallecía hasta el más bajo nivel de percepción cuando leí el nombre de mi bórriz ya incluido en la lista de los héroes caídos en las guerras de liberación

la segunda vez sucedió en el quincuagésimo congreso extraordinario del partido: el comité honorario había decidido otorgarme un reconocimiento a mi lealtad al camarada bórriz

y yo sostengo que ningún comité tiene el derecho para sancionar, premiar o exigir algo que uno decide dar por encima y a un lado de cualesquier compromiso militante

¿cómo no pensar en seguida que ellos mismos se habían deshecho de él?

al término de esa época recibí la comunicación de un camarada que aseguraba haber contactado a bórriz en un planeta más allá de las coordenadas en que tú vives

por lo mismo que eran obvias las mentiras de ese pérfido galán, no vuelvas a mencionar que tienes pruebas de la muerte de mi bórriz y no se te ocurra desplegar el argumento infame de que bórriz me ha dejado por otra mujer

que aquel que esté escuchando sepa que bórriz vendrá a cobrarle cuentas

sólo un cobarde e insensato espía a la compañera de un héroe

sé prudente
yo nada tengo qué perder y a ti te espera la victoria
no faltará quién te corresponda en tu planeta o en la tierra

creo que tú eres más bien mi confidente
a ti te he entregado secretos que una mujer no revela al hombre que ama
me he convencido de que la única salida a mi situación es que haya transcurrido más tiempo del que necesito para que yo pueda olvidar a bórriz
me refiero precisamente al hecho de que se evacue de mi memoria afectiva hasta el último dato y aun el más insignificante detalle que me lo recuerde
no me atrevería a pedirle a nadie que me esperase hasta entonces
y no creo que ni el más longevo de los pretendientes pudiese disponer de todos esos años
además piensa que no es imposible que cuando yo haya logrado conquistar el olvido, ya no sea la camarada de la que tú ahora te dices prendado
¿crees tú que sería digno para un amor tan grande como afirmas que me tienes, vivir con una compañera que habla sólo de otro hombre y que en el lecho nupcial no pensará sino en el ausente?
a la vuelta de bórriz ¿cuántas muertes yo tendría que morir si en este momento te aceptase, gran guerrero?
es fácil para la mujer despechar al pretendiente o granjearse su odio elaborando argumentos en mengua de su virilidad o su intelecto
esto no lo mereces, tampoco te lo ganes

eres la avanzada de un ejército a punto de librar una batalla más que ganada, aseguras

te confieso que casi vences mi nihilismo y que no puedo evitar escucharte cuando hablas de los planetas aliados, cuando con vehemencia dices que te propones cumplir con fuego la promesa y emancipar al proletariado

sin embargo, no puedo concebir otra libertad que la de estar presa de la parte que me falta

lo menciono de manera muy consciente, no para lastimar tus emociones

precisamente por el cariño que te tengo y por lo mucho que soy tu amiga dana, te lo digo

mira que sólo a ti y a nadie más después de bórriz le he permitido que se dirija a mí con mi nombre propio, no como al resto de los camaradas del partido que me tratan con el patronímico

¡no puede ser!

¿no te das cuenta de que me atrajiste cuando supe que tú tienes la edad que hoy tendría el hijo que queríamos procrear bórriz y yo?

no me acoses ya más, no quiero tus regalos

por favor yanoinsistasss

Qualia

Aunque conforman una secta que se dedica a traficar con el miedo, los sueños y la sexualidad de los terrícolas, los terapeutas no son los beneficiarios del psicoanálisis, gran usurero del alma, vampiro del dolor.

Tomando en cuenta que los habitantes del planeta Terapéutico tienen una longevidad que triplica la de los humanos, les significa un gran triunfo conquistar el planeta Tierra en el lapso de una generación, en algo así como 120 años terrestres.

Los «pacientes» le aportan a los «terapeutas» los materiales reflejantes, el «mercurio» que precipita la síntesis alquímica. No se crea que éste es un mero acto de maldad, empresa indigna de ellos. Sus principales dirigentes han organizado distintas facciones, han colocado estratégicamente a sus huestes, de tal forma que cada terapeuta constituye no una semilla sino todo un campo cultivado de psiconina.

Es importante no perder de vista que, por encima de lo justificado de nuestro odio a los terapeutas, éstos cargan sobre sus hombros un destino muy ingrato. Al término de su misión en la Tierra deben volver a su planeta. Allí, mediante una cirugía inevitablemente fatal, el Estado se apodera de la psiconina almacenada en la base del encéfalo.

Uno de nuestros agentes interceptó el segundo expediente del doctor Freud donde informa a sus superiores que dosis estériles de psiconina por arriba del 12 por ciento son en extremo peligrosas porque a tal punto dilatan el sistema nervioso y las facultades perceptiva e intuitiva que pueden causar que incluso un insecto o un reptil cobren conciencia de sí mismos.

La condición de «paciente» no es necesariamente oprobiosa. Con frecuencia se dan casos de «enfermos» que mejoran momentáneamente su estado anímico y desarrollan un afecto incondicional por su «terapeuta».

Memorando de México

No sé a quién representen ustedes pero seguramente mis superiores me intercambiarán por uno o más de ustedes. Para eliminarme, obviamente –ergo cotizo más aquí que en casa. No crean sin embargo que me despreocupa vivir. Revelaré mi investigación porque no traiciono a nadie ya. Cumplo venganza contra mí. Comenzaré por las conclusiones. Ustedes y mi comandancia en el Partido deben advertirse que para conquistar el país precisan seguir mi plan Z, que completa el X iniciado por Iukov –crear una fuerza periférica no guerrillera, ilegítima pero poderosa y con armas o criminales organizados. The same conclution de la inteligencia americana.

Mi misión en República de México instrucciona corroborar datos informados al Comité Central por el agente camarada Evgeni Iukov, acorde pasaporte. Él había venido en comisión para autorizar el escudriño del segundo enviado, Yosif Vostov, a su vez en vigilia de los pasos del primer agente. Ergo yo llegué cuarto. En la mente repasaba los sendos expedientes de mis camaradas, en busca de pistas que operaran a descubrir el origen de su error y subsecuente fracaso, que significa muerte. Uno en oficialmente accidente de automóvil.

El otro, Evgeni Iukov, extraoficialmente asesinado por su amante nativa. Sólo Vostov consiguió el retorno –para detonarse con la propia suya Lugger en Riga, donde el Partido le asignó un puesto de congelamiento. Más dificultades porque no conocí informe ninguno de los respectivos sub-yo de mis camaradas.

Varado en la Europa oriental, aproveché el retardo de la avería de los aeronaves en conferenciar con un camarada búlgaro. En el tercer muelle me sentí desconfiado que vendiera pistolas Épsilon ilegales –y altamente amenazado cuando irrumpieron tres individuos. Sin embargo el camarada que me guía hasta allí dio un brinco en emoción por saludar a los recientes llegados. ¡Son los mexicanos! Ellos suelen aprender lenguas y hablaron en idioma croata. Venían en tránsito desde su nación. Ya dentro de las murallas de Split, los atacaron con preguntas y reclamos, los de aquí querían saber si habían cumplido el encargo. Del bolso extrajeron cactos planos y semillas de su república. Con estos principios se fabrican comprimidos, explicóme el búlgaro. El tercero de los mexicanos, y seguiré reprochándome mi torpeza de observación inicial, resultó una camarada, es decir mujer. Brillaban sus pómulos. Carnosa la boca. Ella rodeábanla los otros –de ocupación en pertenecer a una compañía de muñecos títeres. Viajaría en gira artista por las países socialistas. Mejor me entrampó porque más tarde pregunta directamente por qué los rusos todos vestimos el mismo terno azul barato. Reímos. Dijo gustábale Rusia. Reímos. No evité notar cierta probable inflexión segunda. Quise mirarla mucho por su indefinible aspecto racial. De encontrarla en Delhi, pasaría por habitante de la India. De Marrakesh si en Marrakesh. Gitana en Budapest. Y si en México, por mexicana autóctona.

Cuando se reanudaron los ascensos comerciales nos encontramos en el puerto aéreo. Por supuesto no pensé que me tocara tan gran azarosa coincidencia –volaríamos en el mismo artefacto. Ella descansaría dos jornadas en Roma antes de iniciar trayecto a Polonia, acorde el itinerario artístico. Yo debía reciclar documentos y partir en lo pronto a México con nuevo nombre. Estaba en nervios no fijamente por la tarea sino por el trofeo que me significaría volver airoso por supuesto. La presencia de la mujer un riesgo. En el corazón ocurrióseme sugerir que la acompañaría esos ambos días en Roma. Además, con la cabeza, plan hice de indagarla. Sonreía. Seducido peor aún recursé a la audacia de decirme soviético en misión. Mujeres pocas resisten el brillo del espía –pensé defectuosamente desaconsejado por mi sub-yo. Decir la verdad aquí significa mentir. En el apartado Ventajas puse que la provocación podía desenmascararla a ella, en caso de venir en contramisión mía, posibilidad que vislumbraba yo por demasiado factible. Su piel cielo y en los pechos le pasan constelaciones de lunares –imaginé. En las calles de la Apia Vía, Maya parecía mediterránea y al atardecer evocóme una mujer del Caspio.

Los camaradas de la organización de muñecos títeres, aunque en mi protocolo no poseían razón para ello, manifestaron disgusto de macho por mi acercamiento a su hembra Maya. Una frase de ella atrajo mi voluntad, y mi afecto la curiosidad y la sospecha. Dijo que ella no traicionaría a nadie. Yo también –le respondo y me descubro burlado por mí mismo. El sub-yo ríe y ordena alejarme. La vida que me resta quiero pasarla contigo –ella insiste. Encendido su plan tipo cursi quise viajarme a Varsovia con ella, pero medité que exactamente significaría mi ruina.

Ya solo en Roma, me enteré en el consulado que ellos viajaban protegidos del gobierno de México. Roma funciona como el surtidor de donde zarpan los combatientes a la América Latina, hasta los cargadores pueden distinguirles en el aeropuerto –aunque vistan como hombres de Occidente no dejan de vociferar en el dialecto mestizo en que trastocaron su idioma. Pensé de la agrupación teatral informar al superior en turno, pedir autorización para seguirlos, pero el sub-yo opuso en argumento mis descontroladas razones personales –desistí. Peligrosamente, mi sub-yo espiaba mis pensamientos de considerar y reconsiderar la posibilidad de reunirme con la mujer. Él me reñía porque en Moscú habíamos logrado acuerdo en el punto de no buscar jamás mujer asiática ni india ni africana.

Me faltaron muchos años para el retiro. Hablamos de tal mi hermano Igor antes de matricular en el ejército. Sabemos que no alcanzaríamos altos grados, jerarquía. Pues por ende quedar viejo y solo en cualquiera aldea de la estepa. Y el otro posibilidad la conforma el continuo tentación de escapar a una legación en Londres, Dinamarca o The United States. El exilio guarda gigantes diferencias con ser arrestado en el punto de acción, ustedes lo saben. Aunque sin embargo más vale la prisión capitalista que retornar, lo saben también. Las ropas muy ridículas de ustedes no dejan deducir en qué país trabajan ni adónde vamos. O son soviéticos y ya me llevan a Siberia y no me importa decirles que naturalmente cada salida signifícame el estímulo de quedarme de este lado, aprovechar las ofertas de gobiernos importantes o se saben peligrosos. En las fatigas nocturnas en cualquier hotel húngaro, ya dormido el sub-yo, me resulta placentero imaginar mi vejez en Londres o en la Alemania Federal –dacha caliente, esposa sajona.

Desde Moscú un enviado del Partido me trajo nuevos documentos y órdenes de no embarcarme en Roma –probablemente estaba identificado. Fui en tren a Barcelona, en autocar a Madrid y a México en línea aérea mexicana. Ese dato carecería de relieve pero fue aquí, ya en el artefacto en formación para despegue, donde me percaté de un hecho in extremis inseguro, más por saber que se supo de mi presencia en Roma –Maya fungía de aeromusa...

Entre las plantillas de entrenamiento existe una que se nombra Lo que Ocultaría al Comité. Se instrucciona listar tales puntos y enviarlos anónimamente al Comité lo más prontamente posible, denunciándonos a nosotros mismos como si descubriéramos a un traidor. Uno aprende silenciosamente que los actos delatores corresponden a la parte de cada yo-mismo que se desdobla para vigilarnos, la parte de nosotros que en secreto han entrenado los doctores del Partido. Yo pensé sin palabras que pudiera escucharme el sub-yo que me atrevería a expatriarme por la mujer agente mexicana. El uniforme y la mascada en el cuello desvanecían enteramente el desaliño de poeta que habíale visto en Split. Con semblante dulce se aproximó hasta mi asiento, remontados ya a miles de millas de altura. No fingió que no me conocía –posó su mano en mi solapa mientras se inclinaba un poco para saludarme. Me llamó con mi nombre de Roma. En esos precisos casos manifiéstase espontánea y fidedignamente el grado de preparación psicológica, control del rostro y movimiento de las manos. Me pareció acertado de parte de Maya su conducta seguida al encuentro con mí, para quien se presentaba evidente que debía enlazarme en relación femenina-masculino y ergo eliminarme.

Los mexicanos saben claro que alguien encubierto vendría en venganza de nuestro camarada Iukov. El contra plan indicado recomienda neutralizarlo antes de que empieza a actuar. Misión prioridad de Maya. Para mí la regla estipula poner en último las vendetas, atender antes allegarme con el gobierno de México a través de la Secretaría de Escuelas Públicas.

Los dos comisionados primeros cumplieron el objetivo de conectar con los clandestinos del partido comunista –mi sospechoso primero en el caso Iukov. Aunque se agranda el número de la pobreza, muy poca gente de población se organiza y más pocos con adoctrinamiento y casi ninguna con armas. La respuesta de nuestros dirigentes dice que el entusiasmo revolucionario no basta. Los comunistas militantes, unos puños rabiosos, jamás en esta república se encontrarán en posición de triunfo –de las conclusiones de Iukov. Se sopesó de más valor estratégico, en concomitancia con el retiro de apoyos a los comunistas indígenas, buscar el acercamiento con el poder establecido.

Como mínimo dato, ni siquiera sociológico, mis camaradas en su observación no habían logrado trasponer la idea que los mexicanos están aliados por América. ¿Qué podemos ofrecer los soviets? Así la pregunta que el Comité Central formuló responder a los siguientes enviados. Mi informe que espera el Comité confirma y amplía el de Iukov –la República de México imposiblemente subirá a una esfera ideológica de tránsito a la revolución socialista en ninguna de sus formas. Y cualquier nuevo elemento comisionado fracasará rotundamente de no conseguir antes acceso a los últimos y más secretos círculos de esta matriushka esquelética.

Iukov y sus apoyos checos en su avanzadilla habían ya conseguido que los escucharan elementos de rango del partido gobernante. Ellos nos exigen la condición de no facilitar la aparición de las guerrillas, conservar en vigilancia a los chinos y supervisar el poder de los cubanos. Nuestras acciones bajarán forzosamente a un nivel moderado para sostener el plan de mantener el trato con los mexicanos el periodo suficiente de infiltrar su presidencia, y ya allí propulsar incluso la invasión de América. Preparar la línea por el lado de las Relaciones Exteriores, la Secretaría de Marina y dirigentes de organizaciones sindicales, mientras en la isla de Cuba nuestras armas se emplazaron.

Recuerdo que en el vuelo escuché a Maya atender pasajeros en el francés y en el inglés. Enfrentar elementos demasiado jóvenes y entrenamiento clase C implica no únicamente el riesgo de abortar la misión, desequilibrar la diplomacia, delatarse el enviado o matarlo, sino que el enviado cambie para la causa enemiga. No podrán considerarme un error que desembarcado en México yo en persona acordara una cita con Maya –si es que desde allí ustedes comenzaron a rastrearme. Proporcionóme número telefónico y con eso indagué el domicilio. Probablemente debí de acechar que el elemento se acercara –yo entonces pensé que acercarme yo le haría pensar a ella que yo no sospechaba de ella.

En declaración oficial, mi adscripción a este país lo justifica mi asesoría en campeonatos de ajedrez. Prontamente vine a tomar en cuenta que el gobierno local no reparaba en mí, nadie se ocupó de hacerme la consabida señal de reconocimiento, el yo sé que tú sabes que yo sé que tú sabes –supuse que activaban el plan de tentarme con la idea de que no me vigilan. Aunque se ingrese con visa de Cultura o Deporte, los funcionarios mexicanos recelan. Así deduje su completa confianza en el elemento Maya. Y yo, como nunca en peligro en ninguna república, sentí en verdad una amenaza. Este punto, in extremis importante, constituye pródromo para el mismo enviado –cuando siente miedo, debe cambiar de rutina y procurar aproximación, a la vista de todos, a aquello que produce el miedo. Mi desventaja la duplicó el hecho Fortuito, así consignado en los Manuales de Instrucción, y yo estaba seguro que jamás sucederíame, de no saber resistir, mantener en nivel racional, el atractivo del elemento Maya.

Maya me pronunciaba los enunciados más elogiosos que pudo soportar la virilidad y la inteligencia de un hombre. Si significa para mí la palabra arrepentimiento, en castellano y otra lengua cualquiera, puedo aplicarla a no haberme enorgullecido de esa mujer caminando junto a mí, a la convicción de que cada cual actuaba su parte, de que los ambos dos escondíamos un arma debajo de la mesa.

Acordamos la cita para el martes quince a las diecisiete de la tarde en el centro de la urbe, en el atrio de la catedrala metropolitana. Por supuesto, llamé a mi contacto-apoyo para reportar mi llegado y pedir contraseñas y antecedentes detalladas y además debía oficiarme en habitación segura. Nadie levantó la bocina. Decidí entrar en la acción de inmediato –así que me dirigí al domicilio del elemento Maya.

El sitio, en los Manuales, no lo clasificaron en Riesgoso. No obstante, el conjunto de edificios me recordó demasiado los conjuntos asignados a elementos de la inteligencia en variadas ciudades de la Unión Soviética. Hay uno de gran parecido en Minsk. Consideré que mis sospechas las confirma el dato de que allí mismo se ubicó el edificio de la Secretaría de las Relaciones Exteriores de México.

Acostumbrado a moverme en moles laberintos, llegué con facilidad al objetivo identificado. Primero llamé su teléfono para cerciorarme que no estuviera y registrar libremente. Pero atendió la auricular y más tarde el elemento se asomó a la ventana. Por la noche llegaron cuatro elementos. Indudablemente entrenados, tres permanecieron a la entrada del edificio y uno subió. En breves minutos apareció un quinto sujeto. Todos subieron. No me pareció que aquello constituyera una fiesta. Busqué mejor apostamiento.

A través de los binóculos no recibía nuevo información. Pasaron horas –no se prendió ningún otro luz y el habitación de Maya continuó encendido. No me figuraba dónde se metieron. No vislumbraba sombras, y parecióme no normal el persistente silencio. Silencioso el viento que no sonaba su paso entre los árboles. También no se oían niños, abuelas o perros. Me sentí en urbe abandonada. Transcurrió más de la mitad de la noche. Confesaré un momento en que desatendí mi puesto. Me distrajeron resplandores, venían por el lado norte-oeste. Caminé hacia allá. Salí a un claro en medio de los edificios. Una luz verde reptaba en la oscuridad. Sólo vi la luz, como proyectada en lo negro. Podría pensarse en Fuegos Fatuos o en bruscos Cambios Atmosféricos o de temperatura. Así lo registré en mi Diario. Volví a apostarme ante la puerta del escondite del elemento Maya. De improviso amaneció. Escuché unos pájaros que me produjeron la impresión de despertar. Pasó un estudiante hacia la escuela. Luego sonaron pasos. Me cambié de árbol. Casi me delata la sorpresa –venía volviendo Maya, acompañada por dos elementos. La depositaron en la entrada y se fueron.

Salí huyendo casi rumbo a la prospiekt Reforma. Del perímetro del cuadro de Nonoalco llamé por teléfono a mi contacto-apoyo. Nadie atendía el aparato. Por no saber con quién contactar seguramente en México, opté por encausarme detrás de la venganza de Iukov. Me dirijo a una casa de la colonia de Santa María La Ribera. La abandonaron, por el piso empolvado restos de mimeógrafo. Distinguí marcas de sangre, indudablemente de ellos mismos. ¡Perdedores! Volví en taxi al hotel mío en la colonia Roma. No pude dormir, por lo cual empecé con mal humor y ojeras negras –mengua subsecuente durante el encuentro con el elemento Maya. La torpeza del conductor de taxi contribuyó a mi retardo. He registrado, en el apartado Información Proveniente del Sub-yo, que cualquier enviado nuestro debe saber que el territorio de México es reconocible por el número alto de perros muertos con cadáveres visibles en las calles y las carreteras.

Maya combinaba por la plaza, las palomas giraron

velozmente, rasándola a ella. Producían remolinos en la plaza. Empezaron trompetas y tambores castrenses en la plaza. La gente miraba el centro de la plaza. De la puerta principal del castillo de gobierno salió un pelotón de soldados armados con armas de poder. Formaron un cuadro en torno al poste de la bandera. Allí entró un segundo pelotón, con instrumentos músicos. Tocan salvaje marcha. A continuación aproximadamente la mitad de soldados ejecutó la maniobra, complicada, para desizar la bandera. La multitud miraba en silencio, recogida. Entonces se me ocurrió el plan Arroba. La posibilidad de revolver el país mediante un operación rayo, no necesariamente suicida, que se encarga de eliminar a uno o dos efectivos de los formados en el cuadrilátero y alcanzar a los que enrollan la bandera. El desconcierto les haría soltarla, y que tocara tierra, lo cual superstician los mexicanos. Los tiros alborotarían la estampida como multitud, facilitando la huida de nuestros mercenarios. De pronto volvióse Maya –su silueta tallada en ámbar, sus dientes pequeños, numerosos, la sonrisa totalmente sexual. Me dio su mano y, contra todos los principios revolucionarios, la besé, un noble los dedos de una condesa. Ahora vestía la señora elegante, tal en Leningrado la esposa de los ministros.

No usa perfumes, su piel exhalaba un aroma consistente, como cuando se huele de muy cerca entre la nuca y la oreja y se siente el calor del aliento propio. Expresión de alegre, y hablar hablar. Entendía el año en que fue construida la ciudad, que ella había estudiado arquitecto. Encerró los ojos –creí que la deslumbra el sol. Echó a reírse y preguntó si prefería yo que hablemos inglés. Yes, porque en verdad seguir las palabras de Maya me resultaba más difícil que el dialecto de los cubanos. Se tomó de mi brazo, afectuosa, y no como chiquilla.

Los trazos firmes de su rostro, pensaría que de bruja cuando fuera vieja.

La fortaleza casi negra de su cuello.

El pie pequeño y duro.

Manos karatecas.

Vestido de la talla exacta.

Su inglés acento británico.

Seguimos caminando. Una naturaleza de la parte Centro es que continuamente se escucha sonar vidrios. Chocan entre sí a cualquiera hora –lo mismo para un brindis que por un asesinato a botellazos. De pronto Maya se pegó su cuerpo al mío, mucho, para decirme en secreto –el único lugar en donde efectivamente el gobierno tiene espías recorriendo las calles día y noche es el Centro de la Ciudad de México. El Centro de la Ciudad de México, si acaso pudiera sitiarse, cuenta con mil salidas, ubicadas en los mismos papiros que posee la Iglesia Vaticana, donde se detallan las ceremonias de los sacrificios, los tiempos, los ejecutantes, los predestinados. Las mujeres reciben los cuerpos en el pie de las pirámides. Señoras mujeres constituyen la mayor estima de los mexicanos, se les llamaba madres para la muerte, la little mother.

Incorrectamente, a causa de no tener a mano la respuesta, la abracé. Incurriendo en otro error de los sancionados en los Manuales, revelé que tenía hambre.

Los rusos son igual que los mexicanos, respondió ella, dejándome sentir sus senos en mi pecho. Como yo soy la anfitriona, te voy a llevar a un lugar que sin mí jamás conocerías.

En un restaurante de Regina la calle se empeñó en insistir que la cocinera viene de la familia de las llamadas madrecitas. Su prestigio supremo les surge de preparar meñiques al pulque enrollados en tripa de xoloscuintle. El pozole las indias no lo servían con cabeza de puerco sino de camarada; comerlo con tostadas no es invento nuevo –antiguamente el cuero del elegido, particularmente la piel del rostro, se dejaba secar hasta que toma una consistencia de fritura, violácea. Yo reía. No obstante comí sólo bocadillos de alimentos reconocibles. Además porque de cualquiera forma ya se había informado al Comité Central del Partido que en el Valle de la Ciudad de México y sus proximidades los habitantes tienen la predilección por comidas de carne con caldo.

Yo razonaba que Maya conducía a ritmo recto el plan de distraerme. En México se bebe más que en Rusia, me dijo. Dinamita antes de plazo –en ningún lance se deben expresar ideas desafiantes, comparaciones, ironías. Elemento que incurre en ellas, cae en ellas. Pero en tal hora supe que yo no había determinado qué paso dar a continuación, a dónde dirigirnos. Venía oportuno preguntar al elemento Maya por su empleo en la aerolínea. Renuncié hoy –respondió al acto. Además agregó que ahora pertenecía al cuerpo de la diplomacia. Que darían un cock-tail esta misma noche. ¿En el castillo de gobierno?, le pregunté. No, pasa por mí a casa. Que valía un honor para ella poder invitarme, aun sin licencia de su alto mando. A la cero horas.

Considero que al retornar a la plaza al final de la comida llegamos a acercarnos a tal rango que me sentí tentado de preguntarle a dónde había ido y por dónde había salido la noche que fui a espiar frente a su domicilio. Pero allí se inició un arremolinamiento de gente, parece que empujan a alguien –observando comprobé que en realidad tres sujetos empujaban al resto. Venían correctamente corriendo en dirección nuestra. De los tres uno se plantó frente mío –sin gesto amenazante aunque absolutamente dispuesto a operar. Los otros dos, sin tocarla, se llevaron al elemento Maya entre ambos. El tercer hombre amenazó que, de acuerdo con las costumbres vernáculas del país, no debería yo intimar con esa mujer. La cara perpleja –así aún después de quedarme solo en la plaza. Llamé a mi contacto-apoyo –nadie respondió el aparato. Con la embajada no contaba para mucho por ser mi misión secreta, y los anteriores contactos comunistas ahora estaban proscritos. En la vuelta de los pensamientos me preocupó un punto menos recordar que Maya no luchó. Ecuánime o mansamente se fue con ellos. Inferí que los conoce. Caminé en taxi a un bar. Me llené un trago en la mesa y a pensar y pensar la lógica siguiente. En repaso mental y deliberación con el sub-yo, uno de estos bastardos lo reconocí como uno que fungió de compañero de Maya en la agrupación de muñecos títeres en Split. Desesperado fui a llamar por teléfono al secretario de la embajada –había salido. Llamé a mi contacto-apoyo –ya debió haberme trasmitido precisiones. No se puso nadie la bocina. Mi objetivo en México no caía en Maya, no podía estarlo. En revés, yo pertenecía a la misión de ella. Caminé más. Decidí que por la noche llegaría por ella a su lugar. Volví a mi hotel con deseo de dormir y despertar fresco. Apenas cierro la puerta distinguí en la mesa un sobre –un telegrama top secret que previene la posibilidad de que el elemento Maya poseía un expediente en Washington, de nacionalidad no mexicana, y activa en el buró de la inteligencia americana con más nombres que el de Maya. Llamé a mi contacto-apoyo. En lógica, había yo deducido que la contrainteligencia autóctona debía facilitarme los encuentros con su elemento Maya, no lo contrario. No contestaron. Más tragos y a por Maya.

Abre la puerta una india vieja. Ya llegó el gringo, lo dijo sin poco disimulo. Me mantuve silencioso de no reparar en la provocación. Yo iba aproximándome al sofá cuando sentí la voz de Maya. ¿Te gusta mi vestido? Empezó a reírse de los ojos míos. Lució un traje de seda de termitas, estampado verde. Gargantilla en oro con tres cuentas de jade. Algo que podría llamar chal –tejido en caparazones trasparentes de escarabajo. Una pulsera de piedra e hilo en el tobillo. En vez de girar ella, yo daba vueltas en torno. Y me vas a decir, Boris, sin mentiras y honestamente, qué es lo que más te gusta de mí. Escucha bien lo que te estoy preguntando, también puedes decir que mis ojos o mi corazón o... Sin embargo, a pesar de todo y no obstante que me rendían sus senos, luego las pantorrillas y las corvas, dije que lo que más me convencía de ella se ubica en cada uno de sus hombros en juego con sus clavículas. En ese punto se cruzaban un reptil, un pelícano y un rincón de escalera.

¡Verdad que no tengo ningún tatuaje, Teta! –dijo dirigiéndose a la mujer que yo había creído su criada. La india declaró claro que no. Ya es hora. En el pasillo Maya murmuró que la señora Teta vendría con nosotros. ¿Adónde?, improvisé como objeción. Por pelear por contener al sub-yo no me di cuenta que seguimos bajando muchos pisos. Cuando nos detuvimos salimos a un túnel ancho, cuadrado, alto. Todo esto lo iluminaban los faros del automóvil que se acercaba. Se detuvo en la tierra mojada y negra. De la parte de atrás saltó un individuo armado. Lo desarmé en cuanto su zapato tocó el piso. Maya lo llamó por su nombre, en seco. Lo mandó sentarse junto el conductor y dijo que yo era amigo internacional y autorizado para acompañarla. Quedé en medio de las dos mujeres. Las luces del automóvil sólo veían niebla. El conductor conocía muy bien el camino, pues durante los cinco minutos que duró el viaje no disminuyó la velocidad ni en las curvas, que más recordaban esquinas. Descendimos. Oí la voz de la señora Teta preguntar a alguien por el señor de Tacuba. Si había arribado el señor Tláhuac. No entendí las respuestas. De un paso a otro penetramos un salón amplio, a luz media. Inmediatamente catalogo el objetivo como party de mexicanos de la burguesía. En las mesas había flores muchas, frutas y recipientes con cierta especie de la haba americana.

Surgió por encima de las voces de los convidados música de viento. No se admite bailar. Relajóse la gente. En voz normala conversaron con quien tenían a lado. Me sirvieron alguna aguardiente, fuerte más que la vodka y la tequila juntas. El sub-yo puso su inquietud y dijo no bebes más de un vaso. Lo tiré al demonio aunque decidí su consejo de no emborracharme. Estreché a Maya –feliz real. Me pareció la fiesta en su honor, su birthday, mother flower. Me rondó la tentación de pedirle a Maya huir de los países y la revolución. Huir ambos. No me atreveré. Será mi ruina, pienso. Además ella me despreciaría por traidor...

El sub-yo oblígame a considerar en qué términos y

bajo qué clasificación o subcategoría convenía levantar informe del episodio. En pronto se acercó una camarera, aunque no vestía como así, a poner a cada convidado un plato. Allí un manojo de ciertos hongos setas locales negros, saborizante tierra. Y otro lleno de equis tipo de cigarra mexicana, tamaño cucarachas, color definido cual de hormiga. Me sorprendió que todos los presentes sentáranse a comer, sin distinción, no como es tradición de aquí. Nadie quedó al servicio. Maya me tramitó un canapé de aquello. Entendí que estábamos in apiritiv. Súbitamente Maya se puso en los pies. Su silueta tapábame la luz. Me miró como en Split enamorada de conocerme cuando le dije que soy espía soviético. Como en Roma quise expresarle una frase personal –olvidar a un lado mi absoluta misión y eliminar de alguna manera al dog-zabaka sub-yo. Aparecieron sus camaradas de la organización de muñecos títeres para escoltarla hacia el centro del salón. Durante su trayecto al altar noté que la celebración ocurría bajo el aire libre del cielo. Encendieron fuegos en muchos puntos. Olor de humo de maderas incensarias. Le cuesta trabajo al humo elevarse –por la neblina. Música de cornos y tambores. Postración islámico en domicilio a la Kaaba, pero aquí ante Maya. Reconozco tres o dos dirigentes del gobierno de Díaz Ordaz y Ordaz mismo. Me atemoriza causar fricciones diplomáticas. Sufro un malestar inubicable en ninguna parte del cuerpo que no obedece. Tardo en entender lo que filman mis ojos. No quiero ya mirar y el sub-yo contradice. Jaque a la reina. Siento el sonido de sus pasos mojados como la primera época en el training. Do it. Música rock and roll durante el paracaidismo. Bombarderos en formación cuervo. ¡Three misils apuntan al cuerpo de la Ciudad de México! Triángulo Nacional Financiera-Catedrala-Tepeyac. ¡Fire-fire-fire-yes! Lo aprecia el chamán al sub-yo. Se eriza como perro negro sin pelos. ¡Yérguete Nahual! La benigna ligereza de la gaviota para la aeronave comercial. Solemne disimulo. Las águilas para la aviación gringa, los gavilanes de los rusos. El chamán fuma copal. Para nosotros el acecho y la voracidad del zopilote. Vuelan los primeros trozos de carne. Me entregan la pieza que había pedido. Me infesta la amargura. Una burguesa melancolía me susurra burlonamente que Maya no traicionó a nadie y además me quiso. Tambores. El sub-yo, ya en albedrío tipo Kremlin, traga despiadadamente. Saco mi arma. Debo detenerlo. A un tempo mismo en el aire pasan grecas en vuelo, en el fondo bailan voces –Chalco-uitlicoya-chalpaneca-ninitzin-chimalgua-cuautleca... Chalco-uitlicoya-chalpaneca-ninitzin-chimalgua-cuautleca... Elestúpidosub-yo, paraesquivarme, merecuerda queentrelas primeras exigencias delapreparación enlabase estáaprender adeciren lalengua local elnombre completoycorrectamente pronunciado denuestra propia república. Lo grito. Nos liamos a puñetazos. Sonofabitch. Nadie interviene. Música hasta perder los sentidos.

El elegido en el año nuevo por cada dios, que en principio puede ser cualquiera de los camaradas mexicanos, se educa en la corte, vive un último año de vida por encima de la nobleza y de la casta en que nace, se le otorgan lujos, sueños, apetitos únicos. Equivale la presencia de un dios y la autoridad de un príncipe y una princesa excepto en cuestiones de guerra. Se sabe carne del dios que alimenta a los chamanes y guerreros –y la sangre fluye para en cariño de la más bigest mother que da su sangre a los tlatoanis. En sendas lógicas, lo digo a ustedes como información adicional, sus gobiernos y el mío tendrían que comisionar agentes dioses para pelear allí abajo.

Un ciudadano, supongo jardinero, me encontró en el piso horizontal. El olor a tierra y drenaje devolvióme la conciencia. Había en mi boca un sabor dulce de ceniza. Escuché sus palabras, las reconocía del idioma español mas no lograba descifrarlas. Trataba de articular –el obstáculo primero a vencer lo conformó el hecho reprobable de no decidirme a elegir la lengua del idioma a contestar. ¿Cómo se dice buenos días o good night? Más difícil por escuchar la pérfida habla ebria del sub-yo que me ordena responder en ruso. De manera bruscamente, sin soltar la escoba de la mano izquierda, el sujeto me prendió del saco para ponerme en pie. En tal sitio apenas cabíamos. Nos encontramos los ambos en el fondo de una escalerilla, de la categoría sótano, tipo búnker subterráneo, subclase cuarto de máquinas o registro de cableado operación secreto ocho. Tuvo suerte de que lo encontrara, dijo cuando ya conseguí entenderle. Sonreír. Sólo vengo una vez a la semana, usted no habría resistido allí más de medio día –agregó luego. Lo seguí por la escalerilla. Antes de saltar a la luz de la calle, el jardinero dijo a un tercero que un gringo se había caído en la rejilla del respiradero, y se burlaron. Mientras me sacudía el terno y me froté los ojos descubríme con sangre la camisa. No podía recordar pero determiné mi ubicación –Monumento a la Revolución. Llamé al sub-yo para que mentalmente busque en el mapa el nombre de este sitio. Tuve que trabajar solo porque él sigue borracho. Reconocí, como clasificado en Urgencia Extremis, informar al Comité Central del Partido Comunista de la Unión de Repúblicas Socialistas Soviéticas, directo al general Chepchenko, que en toda la total Unión Soviética, en ninguna gloriosa ciudad ni en ningún heroico campo agrícola se encuentra una estatua del camarada Lenin que pueda compararse en altura, vigor, contundencia, lucha y afirmación revolucionaria al Monumento a la Revolución Mexicana de la Ciudad de México. En el informe chino interceptado afírmase que el tal Monumento funge también como tapón de una de las entradas al subsuelo. En las precisas coordenadas donde se levanta, se ubica antiguamente el punto de desagua de la antigua ciudad. Por allí íbase todo excremento, cadáver, troncos, lluvia, sangre, fuego.

Caminé hasta la calle Los Insurgentes, erróneamente, porque según yo me dirigía a La Reforma. Pensé en encontrar un bar y de allí llamar por teléfono a mi contacto-apoyo. Di una nueva gran vuelta absurda. Pasé por la Librería Reforma, y ya en paralelo del Cinema Paseo por completo decidí entrar al Sanborns. Me senté a la barra –tardaron en atenderme. A mediados del segundo whisky le pedí al barman el teléfono. En la cabeza no distinguía y me confundía el número de Maya –yo creí al sub-yo inconsciente pero vine a descubrir que el hijo puta traidora había huido. Marcaba ocupado, por tal motivo me surgió gran esperanza. Se encuentra en casa mi contacto-apoyo, pensé. Pero me vino asco y culpa con la primera aceptación de mi pérdida de Maya. Volví a llamar un whisky más tarde. Cuando escuchaba el tip-tip aparecieron ustedes y su nave espacial.

Qualia

HOW TO DEAL WITH A UFO SIGHTING OR ABDUCTION

1. Accurately record the time at the start of the sighting, the time of any change in direction, and the time at the end of the sighting.
2. Try to identify any horizon landmarks with regard to the UFO's position.
3. If you have a video or still camera, record the sighting. It is essential that the images include some sort of reference information such as a tree, mountain, or skyline.
4. Report the sighting as soon as possible. Contac the UFO Reporting and Information Service (206-721-5035), the Mutual UFO Network (830-379-2166), or the National UFO Reporting Center (206-722-3000).

If You Are Attacked or Abducted

1. Resist verbally. Firmly tell the extraterrestrial biological entity (EBE) to leave you alone.

2. Resist mentally. Picture yourself enveloped in a protective shield of white light, or in a safe place.

3. Resist physically. Go for the EBE's eyes—you will not know what its other sensitive areas are.

The Worst-Case Scenario Survival Handbook, 2000

El mazo y la guadaña

En las afueras de Cantón se encontraba la granja Blade, una enorme propiedad que los terratenientes chinos habían rematado a este inglés apenas sintieron los primerísimos pasos del movimiento revolucionario once años antes. La noche del 10 de diciembre de 1927 los hermanos Li-Lei llamaron a la puerta de la casa con la suavidad acostumbrada. La criada no dudó en abrirles; miró con arrogante curiosidad el rostro mestizo de Chaun Lei. Ésta y su medio hermano, Wen Li, avanzaron desde el porche hasta el *hall* y sin pausas penetraron en el salón de la casa de Blade. Normalmente, cuando se presentaban, después de llamar a la puerta caminaban de espaldas para alejarse del porche y, desde la tierra mojada, a media y rápida voz hablaban a la criada para que trasmitiera sus palabras al señor Blade. Casi siempre era una petición sobre los sobrantes de la paja o la pelusa de la soya y el arroz, y pedían autorización para quemarla en el hogar, que el señor les obsequiara la «leña», el único material que quedaba en los campos que ellos trabajaban. Porque el mayor oprobio de la población local era que no comía arroz. El señor Blade se había encargado de que sus siervos recibieran una ración «nutriológicamente balanceada» de unas croquetas que compraba en Norteamérica. Este alimento se preparaba en la frontera con México, nación que surtía a los Estados Unidos de la materia prima con que se fabricaba la galleta, muy similar a la que ahora se da a los perros y gatos en París o Nueva York.

Esta vez la criada pegó un respingo cuando Chaun Lei y Wen Li no la saludaron, y levantó la voz para conminarlos a no introducirse en la casa. Chaun Lei le tiró un golpe marcial al cuello. Entonces Wen Li tomó uno de los tibores que adornaban la sala, con la intención de quebrarlo en la cabeza de la señora Blade. Ésta ni siquiera se había levantado de su juego de *backgammon*. Al verlos aumentó el verde de sus ojos hasta la fina línea de las cejas. Su marido aún no volvía, había ido a HongKong a entrevistarse con el vicecónsul norteamericano y el enviado de la Corona. Wen Li traía un sapujo –la mínima guadaña de los campesinos– que en un instante ajustó al cuello de lady Blade. Ella había nacido en la India, era hija de un inglés y de una dama de la nobleza hindú. Los tersos cartílagos de lady Blade, cuya palidez resaltaba la línea de la yugular, sangraron al mismo tiempo. Sólo estaba herida. Chaun Lei le apresó el cabello por la nuca, y con un solo impulso estrelló su frente contra el mármol de la mesa, las sienes contra una columna y le rompió la nariz sobre el piso.

Wen Li sabía perfectamente que en ese momento Blade no se hallaba en casa, pues él mismo, Wen Li, había preparado su vehículo para el viaje. El verdadero objetivo de Wen Li era la mujer de su padre; Chaun Lei lo sabía, y remató a la criada para que no estorbara. Wen Li violó a lady Blade tantas veces como la «lascivia oriental» lo consigue. Con el sapujo había prolongado cada uno de los orificios del cuerpo de la mujer. Su total desangramiento sobrecogió a los soldados que levantaron el cuerpo.

Los pocos criados fieles se concentraron en el porche, donde los apresó la turba para ejecutarlos en cuanto volviera el amo. En la casa sólo quedaron los hermanos Li-Lei, aguardando.

Blade apareció a la siguiente noche. Venía irritado porque las noticias de Hong-Kong favorecían a las huestes comunistas y le habían aconsejado salir de Cantón. Aun antes de ver los destrozos, una picazón en la piel le avisó de la rebelión en sus tierras. Con el fuete y las botas se quitó de encima a la masa hostil pero temerosa. Encontró a sus sirvientes leales atados a los postes de la casa. Derribó la puerta, sintiendo las primeras arcadas de vómito al imaginar la suerte de su esposa. De inmediato, el nudo de una soga se cerró en su cuello. Los hermanos Li-Lei lo arrastraron incluso por el piso de arriba.

Blade no murió asfixiado ni por los cortes que le practicaron en el tórax los hermanos Li-Lei, sino en el preciso momento en que Chaun Lei le arrancó con sus manos el corazón. Se comprobó que este fatigado músculo fue empujado por Wen Li al interior de la vagina de Chaun Lei. Ésta claudicó en la huida por la infección uterina que le produjo el órgano de su padre. De Wen Li sólo se llegó a averiguar que años después se uniría a las tropas de avanzada de la Gran Marcha.

Con respecto a Chaun Lei, lo que anhelaba –o envidiaba– del padre no eran los genitales ni la cabeza sino el núcleo de la fuerza masculina. No deseaba ser preñada por él, ni siquiera penetrada, sino suplantarlo: ocupar su lugar y tener en su poder, a su disposición, la «fuente espermática», que no reside en los testículos sino en el corazón. Esta no es una característica de determinadas mujeres sino una posibilidad de lo femenino, latente en todas las mujeres.

La comunidad de los hermanos Li-Lei, a pesar del sometimiento y las vejaciones, había podido sobrevivir porque concentró su poca fuerza en el estrechamiento de los preceptos y compromisos familiares. Aunque por principio no se mezclaban con los extranjeros, las mujeres como las madres de los hermanos Li-Lei se atreven a infringir la moral porque odian a su pueblo por «conquistado», y les parece mejor la masculinidad del enemigo.

En tiempos pasados, en la comunidad de los hermanos Li-Lei el hombre valedero, el consejero de la corte, el pilar de la casa era aquel varón que tenía una mujer, más de cuatro hijos y vivía para enseñar a éstos cómo tener una mujer y más de cuatro hijos.

Las madres de los hermanos Li-Lei languidecían marginadas; una acogida por la «censurable» piedad de su padre, la otra sola. Y sus hijos se debatían en el escarnio, eran siervos de los siervos. La comunidad ya había comenzado a colaborar con la organización revolucionaria –con sacrificio, propaganda y vidas–, y había llegado la hora de resolver quién se encargaría personalmente de ejecutar al terrateniente. Se ponderó en primer lugar la propuesta del enviado soviético, que señalaba a unos cadetes del ejército; los camaradas chinos votaban por gente que ellos mismos ya habían preparado para operaciones terroristas y de asalto; les parecía obvia la selección, pues «para eso se habían tenido asesores». Pero los campesinos directamente vinculados con la situación, con el terrateniente y la tierra, objetaron que ya habían comisionado a dos agentes específicos la ejecución de los extranjeros propietarios, porque había nulas posibilidades de que fracasaran. Además, la comunidad estaba persuadida de que era «justo» que fueran precisamente ellos.

Winston Blade y su mujer fueron de los poquísimos extranjeros atacados en su persona y los únicos que sufrieron tamaña crueldad durante la Comuna de Cantón.

Durante los años veinte en extensas provincias de China se insertaron como alfileres numerosas células comunistas. Mientras el Kuomintang comenzaba a naufragar en alianzas fallidas, el Partido Comunista buscaba la constitución de los soviets y Mao Tse-tung ya engrosaba el Ejército Rojo con los resentidos en contra de caciques y terratenientes.

A finales de 1927 el Comité Central del Partido Comunista, instigado por el agente soviético Heinz Neumann, decidió que el movimiento estaba a punto para un asalto revolucionario. Convencidos de que triunfarían, confiados en la ventaja que les daba que las tropas de Chang Fa-kuei estuvieran ocupadas con las revueltas en las zonas rurales, los comunistas se aprestaron a tomar Cantón. Los diplomáticos de la Rusia soviética se arrogaron labores directivas e hicieron del consulado el cuartel general de los comunistas. Se empeñaron en sincronizar el golpe en la ciudad con una revuelta campesina en la totalidad del Kwantung. Con esto buscaban cumplir la orden emanada del XV Congreso del Partido Comunista de la Unión Soviética, celebrado a principios de diciembre, en el sentido de independizar del Kuomintang al Partido Comunista chino.

Si bien la policía descubrió la conspiración y arrestó a los sindicalistas cantoneses, no logró detener la revuelta ni impidió que los *coolies* marcaran por la noche las puertas de los reaccionarios y enemigos de la revolución que debían ser ejecutados. Los transportistas pusieron sus vehículos a disposición de los sediciosos y hacia el amanecer atacaron. La Guardia Roja y los conjurados de la Academia Militar ocuparon la central de policía, los edificios de gobierno, correos, telégrafo. El aparente triunfo se debió a la demora de los *ironsides* de Chang Fa-kuei, pero una vez retornados a Cantón se entregaron a una matanza indiscriminada en las calles. Los comunistas, para identificarse, se habían puesto corbatas rojas y se apresuraron a despojarse de la prenda cuando aparecieron los contrarios. Sin embargo, el sudor de la faena y el calor habían teñido sus cuellos de rojo. Las tropas blancas de Chang Fa-kuei entraron con tal eficacia que sorprendieron al vicecónsul soviético al frente de un grupo de rebeldes. Fueron fusilados seis funcionarios rusos y a los sospechosos con el cuello manchado se les ordenaba abrir la boca para recibir una bala, sin ningún trámite. Dos considerables grupos de prisioneros fueron llevados a la periferia y ametrallados. A los oficiales anticomunistas esto les pareció un desperdicio de municiones, así que a las nuevas víctimas las llevaron río abajo en sampanes, para lanzarlas al mar. De la magnitud del fracaso revolucionario dan fe las seis mil vidas sacrificadas en la ciudad.

Jay Calvin Huston, funcionario consular norteamericano, consignó en su cuaderno de notas la observación de que las guerras entre orientales duplican la mortandad de las batallas europeas simplemente porque su población es excesiva, no porque los chinos no sean cristianos ni por su supuesta mala índole. Según él, su capacidad administrativa y logística –tomando en cuenta su volumen demográfico– confirma que no son un pueblo inferior, y por eso aconsejaba no desestimar que triunfaran en una factible invasión a Europa. Asimismo, escribió que muchas cuentas personales fueron saldadas durante la revuelta.

Qualia

Ayer en la laguna amaneció flotando un ataúd. Empezamos por figurarnos que estaba vacío, que era un garlito de esos concha de su madre. La segunda posibilidad asustaba a muchos y nadie quería pensar en a quién le tocaría levantar la tapa y ver qué mandaban dentro. Unos rasos le aventaron piedras, que sonaban roncas, y aquello parecía tan riesgoso como fastidiar los panales del mielero. Pero no salió nada; ni las moscas se acercaban a la caja. Cuando comenzaron a rebotar en el agua los rayos de las once, aparecieron las bandadas de mosquitos; zumbaban como a diario, sin dar importancia a lo que ya había reunido a muchos soldados en el playón de la laguna y el único muelle.

Sobre los titubeos y las suposiciones se impuso el motor de una lancha de la tropa del general Sarmiento. Los dos operadores actuaban como si cumplieran instrucciones precisas; lanzaron un par de sogas que anudaron a la popa de su bote. Remolcaron la gaveta hasta el malecón. Y con esas mismas cuerdas quisieron levarla a tierra, pero se les resbalaba. Si alguna autoridad portaban estos hombres, la disolvió el hecho de que no consiguieron más que empujar a la orilla el ataúd.

Un par de escoltas del coronel se agacharon a tocar

la caja. Según su indagación, no pesaba mucho pero les producía en el pecho la misma sensación que tener en las manos un mortero ligerísimo, de los que nos dieron los gringos. Pegaban las orejas a la madera en busca de un tic-tac de dinamita.

Aunque nadien se ponía de acuerdo, nadien ponía en duda que se trataba de un cajón de muerto, que volvió a alejarse de la orilla. Pero nadiens, que se supiera, había fallecido en nuestro puesto ni en las guardias vecinas ni en los campamentos circundantes. La refriega era más al centro, además el batallón de los rebeldes ya no completaba ni una docena de hombres, no tenían poder ofensivo y traían gente no apta para la guerra, una mujer y un gringo europeo. La de muerte suele ser noticia que viaja pronto. Pero éste no era el punto, por eso sobrevino nuevamente la alegata. ¿O se volteó el camión del encargado de las bajas? ¿Se reblandeció la tierra del panteón del pueblo que topa por el otro lado con la laguna, y se liberaron los ataúdes?

Pero este féretro no se veía que hubiera estado enterrado. Y a los de las funerarias primero se le pierde un muerto que una caja. ¡Que manden llamar a la frontera al general Sarmiento! El coronel Gregorio no estaba borracho y así en frío no se va atrever a abrir la caja. Entonces que venga ¿quién? Tendremos que hacerlo nosotros. No, cuando vuelva el general...

No hizo falta que llegara nadien porque la puerta del sarcófago se abrió ella sola. Ni a ratas en el peor incendio habíase visto huir de tal manera. Ni a milicos que corren de los guerrilleros. Pero los hombres de Sarmiento no son tan maricas, fueron los únicos que prepararon sus armas. El coronel los detuvo a tiempo, a ver qué pasaba. En menos de un minuto logró disciplinar a la tropa. Ya cuando estábamos todos en silencio se irguió lo que al principio nos pareció sólo un traje de soldado, sin perder el equilibrio... traía la camisola desabotonada. Lucía golpeado, y a mí se me ocurrió que la mancha negra que se le veía en la cabeza era en realidad el hoyo que deja una bala. Porque lo curioso es que no obstante su facha venía limpio, afeitado. Bajo su piel no parecía haber ni una gota de sangre. No lo reconocimos, de las fotos es decir, porque ninguno lo habíamos visto personalmente. Es que nosotros nos manteníamos en la retaguardia, patrullando la salida para Chile, y tardamos en enterarnos de que ya lo habían agarrado. Si no nos enteramos de algunas nuevas es porque los superiores se las guardan, por seguridad de las operaciones... Ya luego sabríamos que lo habían matado el 9 de octubre, pero ya para qué nos servía...

Era famoso entre la tropa, lo odiaban y lo temían... Finalmente su presencia acabó por calmar a los hombres. La luz del sol se había tornado más nítida, transparente. Veíamos que los mosquitos seguían volando igual de rápido que siempre, al ras del agua, del ataúd y todas las superficies a su paso, pero su zumbido no se oía.

El lago estaba erizado, aunque sin olas. A los árboles se les distinguían con limpieza las ramitas y se les descubrían hasta los nidos de los pájaros y los hilos en octágono de las redes de araña. Todas las caras ya brillaban de sudor, los que traían armas se las habían colgado al hombro.

El aparecido comenzó a hablar, sus palabras sonaban como piedras. Yo empecé a entender que venía de la casa de la muerte a disuadirnos de cualquier anhelo de reposo. Dijo que lo que veíamos era un fantasma encarnado con premura, soy un fugitivo, me persiguen incluso mis cofrades. Pensé en las deserciones que acompañan a la retirada, en los delirios del pánico. En aquel lado la guerra es tan intensa como en éste... Como si eso nos consolara de algo. Pero entiendan que no se muere nunca. Las batallas se repiten: sus dichos me olieron a emboscada. Pensé que su mesnada de supuestos desertores saltarían sobre nosotros de un momento a otro, que nos arrasarían desprevenidos mientras éste nos mareaba. Precisamos una buena bomba que de una sola vez por todas acabe con los bandos de ambos frentes. Creo que quería incitarnos a la sedición. Ustedes que están vivos en la carne, no dejen nada que nos permita añoranza alguna de esta tierra. Por mi parte, me comprometo a detonar la casa de los muertos. Que no quede nadie, que se acabe el orbe entero, que ni yo ni nadie mande nunca. El rebelde verdadero vive siempre, no tiene lecho ni madre ni mortaja...

Entonces reaccionó el coronel Gregorio, reconociendo la oportunidad de un ascenso; ya traía en la mano el arma para matar a este cabrón hijo de perra. Lo seguimos sin dudar, a nosotros nos darían una medalla, y disparamos hasta hundir el puto barco muerto del fantasma al que las balas no le daban.

11 de octubre de 1967

Pleroma

Anduve perdido en el pueblo hasta que una señora me indicó por dónde llegar a la Quinta Margarita:

–Salga por el puente, y detrás de las colinas... –un numeroso rebaño de árboles desaliñados me permitió ubicarla desde lejos.

Simone y yo nos habíamos conocido en los seminarios de tesis en la Facultad Metropolitana. Yo no tomaba notas en las clases; las consumía repasando el cuerpo de Simone. Le miraba los pies y las pantorrillas. Las sandalias finas potenciaban el bronceado de su empeine. Servían al funcionamiento preciso del tobillo: con igual peso el talón que los dedos de uñas coralinas. Y tensaban los diferentes tonos de sus piernas casi comestibles. Seguro estoy de que ella más de una vez sintió las caricias de mis ojos porque me pagaba con su altivez. Es curioso: al principio no me despertaba fantasías eróticas sino una casta fascinación; quizá porque en mi interior la consideraba una mujer inaccesible, ajena a mi vida. Yo entonces salía con chicas que buscaban un remedio a la vacuidad mediante alcohol y besos rabiosos; luego evitábamos a toda costa encontrarnos en los pasillos de la Facultad o en las conferencias.

Simone no hablaba con nadie. Llegaba puntualmente a las clases y sin despedirse se marchaba en un lujoso automóvil. Una chica medio fea era casi su amiga; le pasaba los apuntes de los días en que faltaba, lo cual era frecuente. Cierta tarde la acompañé al museo con la intención de sonsacarle algún dato sobre Simone. Sus frases me dejaron inferir que la envidiaba y que por nada del mundo me serviría de celestina.

Durante el curso sólo dos veces pude cruzar algunas palabras con Simone. Una en la biblioteca. Llegó buscando una silla y como estábamos en temporada de exámenes, aquello estaba repleto. Le ofrecí sitio en mi mesa. Me dijo «gracias» y por compromiso me preguntó el tema de mi ponencia final. Quise impresionarla con un misterio filosófico y ella puso fin a la conversación con un «¡Ah, qué misterioso!» La segunda vez fue en la fila de la fotocopiadora; le cedí mi lugar. Mientras esperábamos turno me atreví a preguntarle dónde vivía. Sin mirarme dijo que con sus padres, en un sitio lejano, al norte. Se hizo un interminable silencio y yo no supe hacer otra cosa que mirarla y dejar que su olor me invadiera. Sentí que le resultaba no sólo antipático sino indeseable.

Aminoré la velocidad al aproximarme al cruce de la carretera. Me detuve junto a un vehículo hacia el que miré distraídamente. Su conductor me hizo un saludo con la mano. Yo entendí que deseaba preguntarme algo. Me estiré para bajar la ventanilla del lado derecho.

–¿Qué se le ofrece, amigo? –la voz del hombre sonó muy fuerte y yo me sentí terriblemente solo, quizá también asustado. Si no me hubiera detenido...

Carraspeé llamando a las fuerzas de mi voz, y le dije:

—Voy para la Quinta Margarita.

En sus manos sostenía unos papeles menudos, recibos o boletos. Sin dejar de contarlos, respondió:

—Aquí a la derecha, amigo. Y luego hasta donde termina el camino.

—Gracias —contesté más rápido de lo que hubiera deseado.

—No tiene que darlas. Lo que se le ofrezca, amigo. Soy el jefe de la policía de aquí —y además me dio su nombre, como si significara un salvoconducto.

Yo a veces he pensado que soy solitario porque me da por llorar mucho, y no me gusta que me vean. Y desde el momento que dejé atrás al policía hasta que avisté la reja de la Quinta Margarita me entregué a pensamientos desolados. Se me llegó a ocurrir que Simone me había invitado a la quinta de su familia sólo por cortesía, porque yo estaba presente cuando lanzó la invitación a sus amigos.

—Pueden ir este verano, sólo tienen que avisarme.

El último día de revisión de exámenes me la encontré en el estacionamiento. Quizá por distracción, antes de despedirse me preguntó si pensaba visitarla.

—¿Lo dices en serio?

—Desde luego...

Y me dio su número personal. Cuando la llamé me pareció que no me creía o no le daba importancia a mi deseo de verla.

Avancé por un camino de hojas entre dos hileras de altísimos árboles sembrados con puntillosa simetría hacía quizá más de un siglo. Un buen herrero había escrito el nombre de la quinta en cada hoja de la puerta. Me abrió un señor de sombrero. No disimulaba su desconfianza.

Con el ceño arrugado amarró el saludo, en espera de que yo hablara. Tiré del freno de mano, sin apagar el auto.

–Buenas tardes, señor –y le di mi nombre–. Busco a Simone.

De inmediato sonrió, complacido de comprobar que era a mí a quien esperaban.

–Deje el carro allí bajo el álamo, así no le pegará el sol.

Por el retrovisor lo miré cerrar la reja. Me puse de pronto muy serio y no me atreví a bajar del auto hasta que el hombre me alcanzara.

–¿Trae mucho equipaje? –su frase tuvo el oportuno efecto de alejar de mí todo recelo.

Él solo cargó mis tres maletas. Yo lo seguí con la chamarra bajo el brazo.

–¡Alicia! ¡Alicia! –gritó el hombre cuando nos acercamos a la arcada–. Atiende al señor. ¡Alicia!

Salió una muchacha. No pude determinar si la hija o la nieta del hombre.

–Buenas..., señor. ¿Ya comió? –entonces me fijé que bajo un galpón detrás de la cocina había dos autos.

–Ya... –mentí; además no tenía hambre.

–¿Qué gusta tomar? –con una seña graciosa, apuntando a los sillones del portal, agregó–: Puede dejar allí su gabán.

Yo no supe qué hacer a continuación. Pensé que si preguntaba por Simone parecería un necio. La chica no dejaba de mirarme, aguardando mi respuesta. Del pasmo vinieron a sacarme unas voces cantarinas, obviamente de mujeres, y con cierta autoridad le pedí a la muchacha un vaso de agua. No me atreví a volverme hacia el portal. Los hielos y el esfuerzo que hacía tratando de enterarme de la conversación de las mujeres me produjeron un ligero dolor en el cuello y la garganta. De pronto oí sus pasos apresurados y luego las sentí salir por el lado del galpón. Yo había entendido que una de ellas se iba, lo cual confirmó enseguida el rugido de un motor muy revolucionado. Entonces sentí pánico porque en breves instantes estaría yo solo frente a Simone.

–¡Ah, mi amiga Patsy! –pronunció mientras su pie derecho tocaba el escalón de la cocina. Llevaba un vestido a cuadros, de colores alegres, casi tornasolados. No imagino la expresión de mi rostro ante la silenciosa luz de su presencia. Me había intimidado su tono confianzudo. Como si yo supiera quién era su amiga, como si tuviera que recibir explicaciones, como si ya nos hubiéramos saludado desde hacía horas–: Me cayó de improviso. ¡Así es! Pero tenía que oírla... Otra vez en pleito con su galán –me puso las manos sobre los hombros, me miró a los ojos antes de decidir cuál de mis mejillas besaría primero–. ¿Estás tomando agua? ¿No prefieres unnn whisky? –sin darme oportunidad de responderle, me acorraló–. ¡Por lo menos una cerveeeza!

–Un whisky pero sin hielo –de un solo golpe dije lo que se me ocurrió en ese instante para no tartamudear.

Me hizo seguirla a los sillones. Por nuestra conversación Alicia entendió la orden y no tardó en acercarnos un servicio completo: los vasos servidos, la hielera, soda y maní.

–¡Salud! Mmm... Aunque uno no le ponga hielo al whisky siempre da frío. Para mí que el whisky está relacionado con el mal humor ¿no crees? ¿Cuándo has visto un borracho inglés que no lance maldiciones?

–Nunca...

—Sí, pero cuando se limita a una sola copa, refresca y relaja —mientras bebía saltaba los ojos por encima de su vaso; sus miradas eran una sonrisa y una bienvenida—. ¿Quieres que te muestre la quinta? ¿O nos esperamos hasta mañana? Como tú quieras...

Yo sentía que bajaba por un río hacía una catarata. Ambas orillas me atemorizaban, no conseguía decidir en cuál de las dos detenerme. Por un lado, Simone me hablaba como si nos conociéramos de toda la vida, pero de otra vida porque ninguna referencia hacía a la universidad o las pocas cosas que sabíamos comunes; además me hablaba de sus amigos y sus padres como si fuéramos íntimos. Por otro lado, Simone aparecía ante mí como una absoluta desconocida, y sentí que su afabilidad trazaba tenazmente entre ambos una enorme distancia. Me previne de caer en la melancolía diciéndome que al menos de la visita a la quinta me resultarían unas vacaciones pagadas. Resolví pasármelo bien, descansar, no pensar en nada ni alentar fantasías.

Pero mi torpeza y mi impaciencia no tardaron en querer probar a Simone. Sin venir a cuento le pregunté cómo había salido en las evaluaciones finales. Calló de pronto. Lamenté haber desviado su fluida conversación. Entonces reconocí que sus anécdotas eran simpáticas e interesantes.

—Salí bien —y reelaboró su sonrisa—. Menos en una materia.

—¿Cuál? —dije estúpidamente.

—¿Sabes? No te lo había dicho. Precisamente para esa materia había yo pensado en consultarte, pero me daba pena interrumpirte cuando te encontraba leyendo en la biblioteca o en los jardines.

No supe qué decir y más estúpido me sentí.
–Pero ya no importa. Éste fue mi último curso. Nomás espero tener el diploma en mis manos. Yo odio ir a la escuelita ¿sabes?... –con enorme gracia pasó a detallar su aversión a la Facultad, a imitar a los profesores y al decano. Yo me solacé en pensar que había logrado comprobar que Simone era Simone. Como si esto significara un triunfo, me acomodé mejor en el diván. Había anochecido. Los guiños de las luciérnagas y la ausencia de viento me hicieron imaginar la temperatura de la oscuridad. Pensé que sería muy agradable sentir su cálido abrazo junto con las formas de Simone. Deseé que ambas apapacharan mi cuerpo desnudo–. ¿Te aburro? No, ¿verdad?
–Claro que no, por favor sigue.
–Mira nada más: ya se nos hizo de noche. Aunque, si quieres, podemos dar un paseo por el pasto. Ooo... supongo que la cena ya estará lista. ¿Quieres que veamos qué preparó Alicia?
–Yo estoy bien.
Entonces se levantó. No era alta. Supongo que se habría teñido el pelo porque le brillaba acariciantemente con tonos rojizos. Caminaba de puntas, lo cual acentuaba el volumen de sus nalgas a cada paso. Desapareció por la cocina y casi enseguida volvió con una botella en la mano. Abrió la primera puerta del corredor después de la de la cocina y desde el umbral me miró:
–¿Te gusta el rioja? –en la otra mano llevaba un tirabuzón–. ¿Me ayudas a abrirlo?
Coloqué junto a las copas la botella descorchada.
--Ven, mientras el vino respira te voy a decir cuál es tu habitación. Te escogí la más grande, con chimenea y dosel.

Al acompañarla en su recorrido por los portales del casco de la quinta me di cuenta de que había muchas recámaras; sin dificultad pude imaginar que estaba en un hotel secreto y casi lujoso. Frente a la puerta de mi habitación había una fuente desde cuyo brocal acechaban el agua varias ranas de barro, piedra o plomo, algunas ya muy despintadas. El cuarto, en efecto, me pareció amplio y agradable. La iluminación indirecta, la sobria elegancia de los muebles y la cama enorme me hicieron sentir como un duende en un castillo.

–Es bonita ¿verdad? –le respondí con un movimiento de cabeza–. Si te da frío, que no creo, allí en ese armario hay otro edredón. O si quieres le puedo pedir al señor Arturo que prenda la chimenea.

–Gracias, creo que no es necesario.

Me entregó una llave grande y fría a pesar de que la había traído en la mano todo el tiempo. De camino al comedor, sin detenerse, señaló una puerta:

–Y esa es mi habitación.

Creo que ella no esperaba una respuesta, pero mi silencio me sofocó al precipitarme a pensar que había una intención ambigua en las palabras de Simone. ¿Por qué tenía yo que saber dónde dormía? Tan concentrado estaba en mis especulaciones que no me percaté de que la mesa ya estaba puesta. Al cabo del primer brindis Simone se dirigió a un extremo del salón.

–¿Ponemos musiquita? –me obsequió una sonrisa arrobadora.

Una punzada en el pecho me hizo reconocer que ya estaba a su merced. Y esto me producía sentimientos contradictorios. Yo había venido por ella: ¿por qué me atemorizaba y encolerizaba sentir su disposición al acercamiento? Quizá temía que a final de cuentas me rechazara. Se me ocurrió también que yo la odiaba porque me aceptaría.

Llamó a Alicia sólo para que me hiciera saber que comeríamos chamberete de res en salsa de nueces. Simone comió con apetito y cierta prisa. A excepción de una frase elogiosa para Alicia, no dije nada más a lo largo de la cena. La hora, el cansancio, la comida y el vino me suspendieron en un dulce sopor que se alimentaba nada más que de la voz de Simone. Como si sus palabras fueran imágenes vine a enterarme de la extensión de la quinta, de las tierras cultivables, de quién la había fundado, de los viajes de sus padres y de que había tenido un novio. Cuando Alicia apareció para recoger la loza, y aunque no nos habíamos terminado la botella de vino, vi que Simone estaba achispada. El arco árabe de sus cejas brillaba un poco menos que sus pupilas exultantes. No sé por qué pensé en una ramera. Enseguida me sentí culpable y solo; y mezquino por no permitirme la dicha nada simple de estar junto a Simone.

–Mmm –Simone se había cruzado los labios con el índice derecho–. Y ahora ¿qué te parecería una copita de anís?

Nomás de olerlo me invadió tal paz que me hizo sentir inocente y bueno. Nunca me había detenido a degustar las potencias del anís. Con la segunda copa emergió algo parecido a la lujuria pero concentrada por el rayo del licor en una consciencia casi mística de mis sentidos. En algún punto cristalizado de mi cuerpo fulguraban la música, la calidez, el sabor y la vibrante figura de Simone. Cuando se me ocurrió servir otra copa, ella se me acercó:

—Creo que estoy siendo muy desconsiderada contigo... Las horas de viaje y lo que batallaste para dar con la quinta... Creo que ya quieres descansar ¿verdad? –la noté sinceramente afligida–. Ni siquiera te di tiempo de una ducha... ni nada.

—No te preocupes, yo estoy bien y... –entonces a mí me pareció imprudente no haberme ido a dormir antes–. Aunque... quizá quien quiere descansar eres tú... Perdona...

—No. Nada de eso.

Para romper esta situación desatinada resolví levantarme y darle las buenas noches. En parte por torpeza y en parte porque quería le di un beso en el pómulo y me despedí.

La cama era más que confortable. Me metí desnudo a las cobijas; dejé encendida la lámpara del buró para no sentirme tan solo y contrarrestar esa sensación que a menudo me visita de ser una persona absurda. Inconscientemente comencé a manipular mi sexo. Tal vez por inseguridad no me atrevía a elaborar fantasías sexuales con Simone. Mientras escuchaba a los grillos roer la oscuridad pensé en una novia que tuve a los dieciocho; yo deseaba que nos casáramos. Un día, ya presintiéndolo, después de nuestro diario paseo me dio un sobre. No pude evitar emocionarme; acostumbrábamos intercambiar cartas para decirnos que nos queríamos y otras cosas a lo mejor sin importancia pero que no nos atrevíamos a comunicarnos oralmente.

—No lo abras hasta que llegues a tu casa –me dijo.

Yo le obedecí y me sentí doblemente humillado porque mi madre me sorprendió llorando. Con argumentos más líricos que inteligibles ella me decía que nuestra relación no podía continuar. A cambio me ofrecía que fuéramos amigos. Por algo más que orgullo rechacé su amistad y en secreto comencé a odiarla. Y este sentimiento me autorizó la alegría cuando supe que el hombre por el que me había cambiado ahora la abandonaba a ella y además la dejaba encinta. Un año más tarde conocí a otra mujer de la que me enamoré con igual arrebato. Y casi no podía creer que con ella me sucedió exactamente lo mismo que con la anterior, hasta en los detalles: la carta, el dolor, el embarazo y mi alegría.

Desde entonces no me había vuelto a enamorar. Interrumpió mis recuerdos una tos que sonó muy cerca de mi puerta. La fuerza del subsiguiente carraspeo me permitió inferir que aquel era el señor Arturo, quien además de jardinero era el velador de la quinta. Después de un rato se me ocurrió dar un paseo por el jardín, pero me abstuve de ello porque me pareció un acto injustificado y extravagante. Logré quedarme dormido cuando la temperatura había bajado sensiblemente.

Fresco y descansado salí de mi habitación a las once de la mañana. Me encontré a Simone leyendo en los portales. Echada sobre sus piernas encogidas, me miró acercarme: ya cuando me encontraba a unos pasos de ella saltó del sillón: sus pies descalzos rozaron de puntas las baldosas. Llevaba una minifalda blanca que resaltaba la aceitunada desnudez de sus piernas.

–En la cocina hay café y jugo de naranja –me dio un beso en la mejilla–. Y fruta, si quieres.

En cuanto me vio, Alicia me preguntó qué deseaba desayunar. Luego quiso saber si apetecía algún platillo en especial para el almuerzo.

–No, cualquier cosa que usted cocine será magnífica.

Cuando volví a los portales Simone me entregó un sombrero de jipijapa.

–Quiero llevarte a conocer los alrededores. Por aquí cerca hay una laguna de aguas mansas. Podemos nadar si quieres.

Llevaba un sombrero igual al mío pero pequeño. ¿Cómo contradecir a tan deliciosa criatura? En menos de treinta minutos su auto nos condujo al sitio prometido por ella. En su bolso llevaba una botella de vino blanco –que puso a enfriar en la corriente–, dos copas en un estuche y un par de toallas que extendió en una roca lisa donde nos sentamos descalzos a mirar cómo el agua acariciaba nuestros pies. Al cabo de un plácido silencio Simone se irguió. Echó los hombros y el pecho hacia delante mientras sus brazos aleteaban detrás de su cintura y sus nalgas. Bajé la mirada a las perfectas uñas de sus pies, recién pintadas de bermellón. En un instante se quitó la blusa y la minifalda y se tiró a la laguna. Se zambulló varios segundos y emergió como a diez metros de donde me encontraba. Me hizo señas con la mano de que la siguiera. Entonces me di cuenta de que yo no llevaba traje de baño o un pantaloncillo para nadar. Creo que si Simone no hubiera traído bikini yo hubiera accedido a nadar desnudo. Por tímido, por apocado, por qué sé yo, no me atreví a sacarme la ropa y saltar al agua. Ante mi indecisión, Simone se aproximó a la roca:

–Anda, el agua está muy buena.

–No vine preparado...

–No importa. Salta.

–Es que tengo frío –al escucharme decir estas palabras me sentí ridículo y vulnerable.

Simone me hizo el favor de no insistir y yo desvié la atención a la botella de vino.

—Ya ha de estar a punto. Ábrela mientras me doy otro chapuzón.

Completó el periplo y como una nereida salió del agua. Se sentó en la roca y se apresuró a acomodarse el sombrero.

—Este es el momento más peligroso para el cutis —le lancé una mirada de interrogación—. Cuando la piel está mojada no se sienten los rayos pero el agua actúa como una lupa y aumenta los malos efectos sobre las células dérmicas.

—Mmm...

—Lo digo en serio, no te burles.

—Claro que no me burlo.

—Perdona —me inundó con su franca sonrisa—. No hay nada que más me horrorice, además de las arrugas, que el cáncer de piel. Debe una asolearse sólo en seco y protegida por un buen bronceador.

Le alcancé la copa de vino. En silencio, aunque hombro con hombro, nos dedicamos a mirar los pasos de las sombras. Simone descubrió unos pajarillos ocultos bajo los árboles. Vio que cada uno se colocaba debajo de la sombra de una hoja y milimétricamente avanzaba con ella.

—Se mimetizan. Algo similar nos había contado el profesor Antón. ¿Te acuerdas?... No, tú no tomaste su curso ¿verdad?

—No... Ni siquiera lo conozco...

Terminaríamos en la quinta la animada conversación que suscitaron los pájaros. Cómo se disimula uno ante el mundo y ante sí mismo. Dijo que una vez había estado muy enamorada y que no se dio cuenta de ello hasta que aquel hombre se fue. No sabe si por orgullo evitó llamarlo; además era amigo de su familia. Sin perder la sonrisa, terminaría contándome que nunca lo hizo y que eso había sido lo más cerca que había estado del amor.

 Cuando se levantó para buscar las llaves del auto me pidió que condujera de regreso. La delicia inesperada de maniobrar su coche apaciguó mis inseguridades. Apenas entramos a la quinta le acometió gran somnolencia. Ya en los portales, le pidió a Alicia que la despertara para la cena y se retiró sin despedirse. Alicia me ofreció un emparedado y una cerveza. Me fui a fumar debajo del colosal árbol que preside la quinta. Más tarde me senté al borde de la fuente de las ranas. Fui tirándolas al agua mientras pensaba que anoche durante un instante había sentido que era inminente que Simone abriera la puerta de mi cuarto. Y apenas en este momento me animé a imaginar que entraría graciosamente en mi cama y mientras yo paseara mi nariz y mis labios de su ingle a sus pezones ella pronunciaría mi nombre. Que luego acariciaría mi sexo, demorándose maliciosamente en mis testículos, lamiéndolos hasta oír su voz cantarina y ronca: «Los tienes muy redonditos».

 Me reí como un tonto al lanzar la última rana a la fuente: no se hundía, era de goma. Me volví hacia la recámara de Simone. Entonces advertí que había oscurecido: en vez de las molduras de la puerta se distinguía un resplandor que escapaba por el umbral. Me sorprendió el croar de las ranas. Caminé a la habitación de Simone casi convencido de tener algo importante que decirle. Apenas toqué ella gritó que pasara.

–¡Ay, qué sueño me dio! Fue por el sol. Ya lo sabía, a mí me hace mucho daño asolearme.

Vi sobre el sillón su ropa y el bikini, en el piso la toalla. Inferí que estaba desnuda bajo las cobijas. Hizo unos movimientos muy curiosos para levantarse porque trataba de salir de la cama envuelta en la sábana. Al darme cuenta de ello le ofrecí ir al pasillo mientras se vestía.

–Espera –me dijo–. Te voy a pedir un favor. ¿Mientras me ducho podrías traer un par de cervezas?

Alicia ya había puesto la mesa. Al verme pasar preguntó qué vino quería yo que se sirviera. Me atreví a responder que ninguno, que no cenaríamos. Encontré a Simone ya vestida; había tendido la cama y recogido la ropa. Al acercarme me cautivó su efluvio: gravitaba entre el aroma de un vino y el de una colonia. Me pareció una mujer que uno puede comerse y acariciar al mismo tiempo. Le alcancé la botella de cerveza. Encendió un cigarrillo. Abrió la ventana, y frente a ella nos acomodamos en unas butacas que yo no había visto.

Bajo su perfil distinguido, la mirada abierta y el cuello grácil alcancé a descubrirle, más por empeño que por azar, un airecillo de vulgaridad en la casi imperceptible violencia al pronunciar frases como «por supuesto» o «ya lo sabía», emanada de un dolor no purgado aunque evidente al darle largas y embebidas pitadas al cigarrillo. Y sentí rabia e insignificancia por no poder ni saber resarcir de su pena a esta mujer. Como si adivinara mis pensamientos algo mencionó del novio que se había ido. Enseguida experimenté un regusto amargo que se regodeaba en la idea de que a pesar de ser muy hermosa y engreída, un hombre la había abandonado.

En ese momento centré mi atención en el fragmento de ella que más me seducía y me enamoraba. Aunque era más bien esbelta, me resultaba irresistible su vientre ligeramente abultado. Y había sentido un poderoso impulso de postrarme ante esa perfecta curva cuando estábamos sentados en los sillones de los portales la primera noche. Sí, ella era como un horno de pan. Un sitio en donde yo podría meterme y resguardarme de los fríos de la vida. Una caverna en penumbras, cálida y perfumada donde en algún recodo me encontraría con la verdadera silueta de su materia. Entonces, durante un largo abrazo fraguaríamos la creación de nuestro verdadero cuerpo. Y en ese mismo horno que era ella pondríamos a cocer la masa tierna con que se hacen las galletas que son todos los hombres. Y de pronunciar al mismo tiempo su nombre y el mío surgiría un silencio afinado, la palabra impronunciable que desde lejos parece la llama que se consume en las aguas del vacío.

–Simone: eres una cascada que se diluye en mi boca.

Mis palabras la contrariaron, y aún más porque me acerqué a ella. Se levantó de golpe y se sentó en la cama. La seguí sin titubear. Ya junto a ella nuestras narices casi se tocaban. A punto de besarla me tomó de las manos:

–Dime una cosa –en su mirada había urgencia–. En una pareja donde él es guapo y ella fea ¿qué sería preferible?: ¿tener un niño o una niña?

Cual si se tratara de una cuestión de lo más oportuna, me esforcé por dar una respuesta a Simone.

–Quizá una niña...

–¿Por qué? ¿Cómo vas a querer una niña fea?

–No sería fea: las mujeres heredan los genes del padre.

Mi respuesta pareció convencerla.

–Y si fuera al revés, que ella fuera hermosa y él feo, ¿qué preferirías?, ¿tener una niña o un niño?

Ahora me desconcertó la idea de que ella estuviera hablando de nosotros. ¿Por qué mencionaba lo de tener hijos? ¿Eso esperaba de mí?

–Pues una niña, también...

–No, eso no es lógico...

–Sólo en apariencia. Las mujeres muy guapas son la excepción: heredan la belleza a sus hijas. Toda mujer guapa tiene una madre guapa: las mujeres trasmiten la belleza de la especie.

–¿Y los hombres...? No me vayas a decir que la inteligencia... –sofocó su risa con la mano–. Bueno, a ver, dime: ¿qué sería preferible dado el caso de que él fuera guapo y ella también? Muy guapos los dos...

Sólo porque me contuvo la reflexión de que mi broma le parecería de mal gusto, no le respondí que ése era nuestro caso. Me reí y dije que un niño.

–¿Estás loco? ¿También eres de los que creen que lo mejor es para los hombres?

Entonces sentí un nuevo impulso de besarla. Que nos acomodaríamos perfectamente, sin desesperación, como si no fuera ésta la primera vez. Imaginé que el final del beso sería también como el final de una ceremonia... Sin ofuscamiento me levanté de su lado...

Nos demoramos en una mirada de ternura, casi asexuada. Serenamente volví a mi recámara. Ya bajo las mantas, me concentré en reimaginar aquel beso; la forma de sus labios, la consistencia de su lengua, su aliento... Desde hacía mucho yo pensaba que los besos demuestran que el centro y raíz del ser material, la base y el manantial de la carne es la boca. Me quedé dormido. Y nada me pareció más voluptuoso que nos encerraran a los dos en un solo sarcófago, desnudos. Nos despierta la irrupción de una mano enorme que nos arrebata de la Tierra. Vamos volando envueltos por ella, suave y cálida. Veo que nos va a depositar en un vaso. Al tocar el fondo nos lastimamos y comienzo a llorar porque veo que estamos en una licuadora. La ingente mano nos rocía con alguna especia, algún sazonador que se adhiere a nuestra piel y nos despierta la lascivia. Y justo cuando voy a penetrar a Simone la mano enciende la licuadora. Sin perder la conciencia de mí mismo me siento un caldo de su sangre y la mía. Es grumoso, en la superficie flotan trozos no bien molidos. No tengo miedo, oscuramente sé que se erguirán de nuevo nuestros cuerpos, para entonces multiplicados. Estamos ella y yo, aturdidos; los otros cuerpos no son nuestros hijos; somos también nosotros, aturdidos...

Por la mañana el señor Arturo llamó a mi puerta.

–Oiga, que dice la señorita que ya está servido el desayuno.

Eso me alegró y me dio prisa por ver a Simone. Salí sin ducharme, encandilado con la posibilidad de volver a la laguna. Me saludó su mirada brillosa. Le di un beso en la mejilla que me produjo tristeza.

–¿Qué opinas de lo que te dije del whisky? –no pude evitar una expresión desconcertada–. ¿No tengo razón?

–¿De qué? –sentí que mi pregunta resultaba descortés pero en verdad no entendí a qué se refería.

–De lo que te dije... que pone de mal humor.

–Pero ayer no tomamos whisky... –mi espontánea

respuesta me confundió al punto de tartamudear la última palabra.

Ella se rió de buena gana.

–¿Qué quieres que hagamos hoy? Yo había pensado en mostrarte la barranca... Los árboles que se ven desde aquí no dejan siquiera sospechar que hay un enorme abismo que por aquel lado aísla terriblemente a estas tierras.

–¿Las aísla de qué?

–Pues de nada... quiero decir que hacia allá no se puede ir muy lejos –comprendí que ya había tomado la decisión de que fuéramos–. Aunque no se ve se oye la cascada que cae del otro lado...

No lograba imaginarme ese sitio. Borrosamente pensé que sería incómodo e incluso peligroso. Y aumentaron mis dudas cuando ella dijo que iríamos caminando. Sin embargo no tardé en sentir el apacible efecto de las flores silvestres, el viento suave, unas mariposas extraviadas. Nos sentamos en una roca manchada de líquenes. Simone empezó a descubrir formas:

–Mira: aquí hay una virgen... Y esto parece un halcón con las alas extendidas...

Súbitamente empecé a ver yo también figuras en la piedra.

–Aquí hay un hombre y una mujer, ¿los ves? –me concentré en la mancha que señalaba mas no lograba distinguir lo que ella veía; por un momento me pareció ver dos siluetas humanas, de pie, caminando una tras otra, pero antes de que yo hablara ella apuntó–: ¿Los ves? Están haciendo el amor...

Me perdí tratando de interpretar sus palabras. Me miró a los ojos, divertida:

—Eres un tonto...

Me sentí enojado, y como un estornudo se me salió decirle que amar me era imposible. Que yo no era un hombre, un ser humano.

—Lo supe desde que te vi en la Facultad —me respondió con franca sorna—. Pero yo puedo ser lo que tú quieras; marciana, si quieres —soltó una carcajada—. Perdona, pero es que te lo tomas muy en serio..., tus ideas.

Aunque era claro que no había dicho aquello con la intención de molestarme, continué el paseo en hosco silencio. No pude evitar que me saliera una risa ahogada cuando se me acercó.

—¿Te puedo hacer una pregunta? —sentí que le decía que sí con los ojos—. ¿Qué animal te gustaría ser?... A mí me gustaría ser vaca. Ser de esas vacas que logran envejecer, que han parido muchos novillos, toros negros y malos, de esas que han alimentado con su leche a todos los niños del pueblo...

Cuando regresamos dio órdenes de que prepararan su auto. La miré en espera de una explicación, que nunca llegaría. Una vez que el señor Arturo se retiró, Simone me dijo:

—Tú me gustas porque eres tierno.

Fingí que no me sorprendían sus palabras porque me sentí avergonzado. Entonces pensé que a mí me gustaría ser un perro, de esos grandes, bravos y leales que aúllan hasta morir cuando han perdido a su amo.

Esbocé una parca sonrisa cuando me pidió que la acompañara a llevar un baúl a su auto. Me pareció que estaba vacío y más de una vez lo moví con el pie durante el rato que estuvimos conversando antes de que se marchara. No sé cómo vino a cuento que le mencionara un recuerdo de mi infancia. Se refería a mis padres, que no se habían querido. Él era celoso y mi madre orgullosa. Mi hermana ya se había casado cuando ellos finalmente se divorciaron.

No supe a dónde había ido Simone. Me demoré en el jardín más allá de la hora del frío. Jamás la interrogaría al respecto. Desde mi insomnio en la cama la escuché llegar casi de madrugada. Llamó a mi puerta a las nueve; no parecía desvelada. Desayunamos en el fondo de un silencio de vidrio. Me había sido inevitable pensar en un amante y ahora creía que ella me buscaba temprano para que yo no sospechara. A causa del imaginario juego de fuerzas en que me desgastaba yo le había dicho a Simone en algún momento de la tarde anterior que tenía planeado irme mañana de la quinta, es decir hoy. Me quemé la lengua con el café, y eso me sirvió de pretexto para moldear un gesto de mal humor. Supuse que en cualquier momento soltaría una frase en alusión a mi partida, que estaba de acuerdo con ella. En auxilio de mí mismo me abstraje en saborear el pan dulce.

Simone cruzó los brazos sobre la mesa, y casi me volvió la alegría al mirar cómo la presión redondeaba aún más sus senos.

–Cómo tú quieras... –lo dijo de buen talante, aunque no dejaba de interrogarme con sus ojos. Por un momento creí que en su mirada había desolación, pero enseguida me pareció que me lanzaba un desdeñoso reproche por mis celos injustificados.

Cuando me fui de la Quinta Margarita comencé a llorar en el cruce de la carretera. Me aturullé tratando de secarme las lágrimas al descubrir en su sitio al policía.

Oculté el rostro bajo el ala del sombrero de jipijapa que Simone me había regalado... Aceleré, consciente de que aún podía regresar, ella había dicho que estaría allí todo el verano.

Qualia

Hay un sentir cualitativamente especial allegado a cada tipo de estado consciente, y estamos en desacuerdo sobre el modo de hacer casar estos sentires subjetivos con nuestra concepción general del mundo como un mundo consistente en realidad objetiva. Esos estados y acontecimientos reciben a veces el nombre de *qualia*, y el problema de dar cuenta de ellos dentro de nuestra concepción general del mundo se llama el problema de los *qualia*... Yo mismo vacilo en el uso de la palabra *qualia*, y en el de su singular, *quale*, porque sugieren que hay dos fenómenos separados, consciencia y *qualia*. Ello es, no obstante, que todos los fenómenos conscientes son experiencias cualitativas, y de aquí que sean *qualia*. No hay sino consciencia, que consiste en una serie de estados cualitativos.

John R. Searle, 1997

Otro caso del doctor G.

Una mañana la señorita Olivia me entregó el expediente de Manón Turpi, un paciente ingresado en el Hospital del Sagrado Corazón, donde debería acudir a visitarlo. «El consejo académico lo ha derivado a su agenda, doctor», me aclaró Olivia. En esa época los residentes y mis colegas nos quedábamos a discutir los casos recientes por las noches; nos los repartíamos, diría yo. A este paciente me lo habían adjudicado en ausencia, durante un breve viaje que había hecho con la intención de tomar alguna perspectiva para reflexionar acerca de mi vida privada.

Hoy en día, cuando me fatigan demasiado mis labores en la Clínica, me basta mirar a los jóvenes para entusiasmarme de nuevo. Son ambiciosos y arrogantes, quieren los «mejores» pacientes, los que les reporten experiencia o reconocimiento. Pero uno no debe tardar en aprender que no existen pacientes «malos», que aun el caso más fútil puede revelar al terapeuta un aspecto de su propia persona. Y aunque fuera cierto que en la relación terapéutica es uno quien elige a la otra parte y no a la inversa, nadie puede saber si el paciente «elegido» tiene una enfermedad «contagiosa» o trae una información capaz de trastornar al médico, como le sucedió al doctor Gaudí con la mujer que «se parió a sí misma».

Los datos preliminares del expediente de Manón Turpi revelaban de inmediato que no era un paciente «atractivo», pues uno tendría que vérselas con un hombre que rebasaba los setenta años, ubicado en el pabellón amarillo, el de enfermos terminales. No había manera de negarse porque la solicitud del paciente venía acompañada de un requerimiento firmado por el director del hospital. Yo nunca había atendido a una persona mayor porque nunca se me había presentado; además consideraba que eran otros los especialistas encargados de tratar a estos pacientes, por una razón simple y dura: la gente que *busca* la atención de un alienista no rebasa cierta edad y se encuentra en tal situación o actitud que se ve impelida a revisar su historia, a «sanarla». Esto presupone que de alguna forma, consciente o no, el paciente cree que aún tiene *tiempo,* que aún le resta suficiente vida para beneficiarse con un cambio de sí mismo.

Independientemente del hecho de que los encuentros iniciales –el «tanteo»– entre paciente y médico suelen entrañar alguna hostilidad, ya en la entrevista de reconocimiento me sentí incómodo, no únicamente por tener que escuchar a Turpi en su cuarto de hospital, lleno de libros y efectos personales, donde flotaba un tufillo úrico sobre el olor característico de tales pabellones. En principio fue difícil el acercamiento: no me permitía rebasar la barrera del «usted», como si se llamara Usted. Sentí que era casi una falta de respeto decirle señor Turpi, o don Manón o alguna palabra con matices amistosos. En segundo término, mi ojo clínico se empañó: no lograba yo formarme idea alguna de este caso.

Amén de ello el paciente, de rostro sanguíneo, por encima de sus espejuelos de lectura me lanzó una mirada escrutadora que me pareció desdeñosa. El libro que estaba leyendo lo sostuvo con la mano derecha para señalarme la única silla de la habitación.

–¿No es usted muy joven? –su gesto era malicioso, lúcido–. No necesito una absolución.

Estuve a punto de responderle «yo no soy cura», pero intuí que tal afirmación nos distanciaría irremediablemente; además me dio curiosidad porque me había recibido con un prejuicio análogo al mío. Miré mi reloj mientras trataba de elaborar el tono de un parlamento que alentara la representación que iniciaba Turpi, pero se me adelantó:

–¿Es usted casado?

–No he venido a hablar de mí –le dije–. Estoy aquí en atención a una solicitud suya.

Mis palabras desarticularon su hostilidad por un momento. Enseguida quiso hablar del «mal trato» que le daban, de las «desatenciones» de su médico. Le prometí que me encargaría de que no lo descuidaran. Me pareció natural que se acompañara de libros sobre materias religiosas; sus insistentes quejas las sentí relacionadas con su condición de desahuciado.

Antes de abandonar el hospital pasé a saludar a mi amiga la hermana Anet. Sin preámbulos abordé el tema Turpi.

–¿Ha hablado con él el padre Alférez? –le pregunté.

–Por supuesto, pero ese paciente no quiere saber nada de nosotros. Hace cosas inaguantables, impredecibles; insultó a monseñor, le lanzó el plato de comida a la hermana María... Blasfema todo el tiempo.

No resultaba difícil percatarse de que uno de los apremios de vejez de Turpi era contar su vida y anudar ciertos cabos que andaban sueltos, pero sus relatos eludían el «tema central». Alcancé a vislumbrar que había cierta inautenticidad en su mal humor. Imaginé que estaba enojado porque se sabía próximo a la muerte y de algo quería descargarse pero despreciaba a sus semejantes y no lograba confiar en nadie. Por eso se mantenía en el terreno neutro de las anécdotas, referidas casi siempre a su profesión. Sin perder la calma le dejé valerse de sus reticencias, confiado en que él mismo se hartaría. Iniciamos lo que a mí me pareció una especie de torneo de ajedrez que ambos jugábamos contra él. Se me ocurrió que nuestras dificultades para «sintonizarnos» estribaban en que yo no lograba infundirle confianza. No solamente no congeniábamos: en uno de los momentos más difíciles de nuestra relación llegué a rumiar que tenía muy merecidos sus tormentos, y que me importaba poca cosa lo que le sucediera en adelante.

–¿Por qué me mira de esa manera tan displicente? No está usted aquí para ser juez –dijo, como si me hubiera leído el pensamiento–. No creo que usted pueda hacer mucho por mí. Cada vez se acomoda mejor en la butaca.

Manón Turpi había sido director de una casa editora muy reputada en su país. Publicó obras filosóficas de cuya importancia nadie se percató en un primer momento; había conseguido contratos con los inescrupulosos herederos de autores muertos y había ganado el litigio por la propiedad y los derechos para la primera edición, y en lengua española, de un manuscrito hebreo encontrado en Algeciras, lo cual significaba más que una hazaña para la gente de su gremio.

Turpi no tardó en decirse que había llegado a extremos «poco éticos» en su querella con los rabinos, y que deseaba editar este documento –un tratado talmúdico en torno a la relación entre el destino y la justicia–, no por admiración al mundo del Antiguo Testamento, ni siquiera por vanidad profesional, sino únicamente por «ganarles la partida», pues los judíos lo consideraban apócrifo y no querían que se tradujera.

Una de esas tardes en que lo encontré de peor humor, para distraerlo y con el pretexto de su apellido –supuestamente vasco– me atreví a preguntarle directamente si sus antepasados eran judíos. Me lanzó una mirada estupefacta; quizá en su interior decía «¿Cómo se atreve a preguntarme algo tan absurdo; qué tiene que ver conmigo?» Respondió que no, que había nacido en una familia cristiana, «como todos». Lo escuché con una larga mirada que él prefirió no sostener.

No me sorprendió que en la siguiente sesión Turpi me dijera que había estado pensando que ya no deseaba mis visitas.

–Usted no podrá darme lo que yo necesito –fue su argumento.

Pensé que intentaba apelar a mi orgullo para llevarme al plano de lo personal, fuera de mi posición de terapeuta. Le había significado un gran esfuerzo atreverse a pedir ayuda, y ahora se esforzaba por ocultar este hecho. Al descalificarme, él mantenía su «superioridad».

Siempre llega el momento en que el paciente se decide a jugar fuerzas con uno. Comienza por preguntarse «¿Cómo sabe este tipo qué es lo que a mí me pasa?»,

¿cómo sabe que es verdad lo que le estoy diciendo?, ¿qué puede darme a cambio de mis sufrimientos?» Y tiene razón.

—Sería bueno saber qué cree usted que necesita.

—¿De qué manera podría ayudarme si no ha sido investido de poder alguno? Usted se cree sano y mejor que yo. Pero yo no sé quién es usted, ni por qué habría de importarle mi vida.

No hay que olvidar que todo aspirante a redentor está aconsejado por el Diablo. Ciertamente, no es fácil percatarse de que uno está calzado con pezuñas de cabra cuando el *espejo* sólo nos deja ver la aureola que peinamos en nuestra cabeza. Hace falta mucha soberbia para pensar que se puede ayudar a otro, y no precisamente a cargar un saco de cebollas; cada vez que demos un paso en ese sentido tendríamos que preguntarnos si nuestros actos no están más preocupados por satisfacer a nuestro propio ego que se cree poderoso que por auxiliar al prójimo. Es casi imposible lograr certeza alguna al respecto, por eso hemos de tener gran cuidado de que nuestra buena disposición no oculte un acto impío.

Por mera inspiración, y amoldándome a su manera de ver las cosas, le respondí que por el mismo motivo que él se había empeñado en publicar aquel manuscrito judío.

Para escabullirse de sí mismo, Turpi intentaba continuamente sonsacarme datos personales. Más de una vez me había preguntado por mis padres, o daba un rodeo con preguntas acerca de cómo había sido mi formación. Él se limitaba a hablarme de sus logros. Aunque mi paciente sabía que ya no recuperaría la salud física —una vez se congestionó en mi presencia— continuaba desafiándome, dedicaba nuestras entrevistas a abordar temas eruditos para probar mis conocimientos... Me divertía que creyera que yo fingía ignorar de qué hablaba. Y aunque sólo yo lo visitaba, insistió en su hostilidad.

Después del retiro, Turpi se había distanciado aún más de sus colegas. Ahora no trataba a ninguno de esos «ignorantes». La enemistad con personas de las que uno debería ser amigo es una mala pasión donde se mezclan la fatuidad y un intento fallido de afirmarse a sí mismo. Adopté un gesto de preocupación antes de preguntarle, para presionarlo, si planeaba romper también conmigo. Mientras aguardaba su respuesta me cuestioné acerca de si era posible la amistad con un paciente, y en qué consistía el afecto que ya sentía por Turpi. Creo que él contestó por ambos:

–Si usted entiende que estamos solos y que eso no tiene solución, algo nos podremos decir...

A partir de esta fecha cambió la tónica de sus relatos. Comenzaron a hacerse más personales. En el curso de los siguientes tres meses Turpi lograría menguar su mal humor. La hermana Anet no volvió a quejarse de su temperamento irascible, y se sintió reconfortada de que el paciente aceptara humanamente sus atenciones.

La noche anterior a mi siguiente visita a Turpi tuve un sueño que comienza con una boda. Una mujer, que me recordó a mi esposa, mira la ceremonia desde el bosque. De pronto un viento negro borra la escena. Enseguida esta misma mujer aparece llorando, y es arrebatada por un remolino que la eleva hasta unos peñascos desde donde se tira al vacío; antes de destrozar su cuerpo sobre las piedras, ve un carruaje en un solitario claro entre los pinos. Lo conduce un joven que se apea para cortar flores, escasas en ese sitio. Apresura la selección y suma al hato una rama de belladona negra que le entrega una anciana que pasa velozmente a su lado. Él sabía que ésta era una planta maligna, mas por una invencible negligencia no la desecha ni va a buscar otra flor para sustituirla. Si el joven se había detenido a juntar flores en el bosque, se debía a que no se había tomado la molestia de comprar una joya o un vestido o un instrumento musical para su dama. Se atuvo a que un regalo tan silvestre como las flores no sería mal visto, antes bien se consideraría un signo del nacimiento natural del amor del caballero por la dama, y así lo había entendido la enamorada del joven, que ahora se precipitaba en el abismo. Estas imágenes me arruinaron la mañana, y yo trataba de entender por qué se suicida la mujer que *ya* está envenenada.

Hallé a Manón Turpi inquieto, diría que impaciente por mi llegada. Dio en contarme una anécdota erótica que, por ciertas conjugaciones de los verbos, me pareció un episodio sucedido no hacía mucho. Contra lo que suele creerse, es raro que los pacientes relaten a detalle sus experiencias sexuales. (En cierta ocasión el doctor Vayeca me confesó que había descubierto que uno de sus motivos para dedicarse a nuestra profesión era que esperaba escuchar múltiples confidencias excitantes. Y tal parece que al cabo de quince años se halla por completo decepcionado de su trabajo.) Antes de entender que la protagonista del relato era su esposa, intuí que por fin habíamos tocado uno de los verdaderos motivos de su malestar. En un principio no comprendí por qué agregó que al cabo del «breve éxtasis amatorio» se apoderó de él un megalítico sentimiento de culpa, y durante dos años evitó tocar a su mujer, lo cual tuvo como consecuencia la separación de la pareja. Ella volvió a casarse, y Turpi se concentró en sus libros.

Ya cuando iba de salida me dijo que deseaba hacerme un obsequio. «Lo he conseguido para usted»: era el documento judío que había consagrado su carrera. En él leí un fragmento que guarda cierto paralelismo con mi sueño; el ambiente es distinto, así como la naturaleza de sus personajes. La historia ocurre en una aldea turca, la suicida se quita la vida con un puñal, el príncipe es un cerrajero promiscuo, está contada por la esposa de éste, y es ella quien pregunta a los sabios levitas en la diáspora qué debe hacer, según la Ley, para terminar con la tribulación que le causa la infidelidad de su marido. Estos santos varones le contestan con una sola palabra: «perdonar». Pero la mujer se suicida. En el caso del varón, según apunta el Rabbí que comenta el texto, su «pecado» no era el adulterio sino la dureza de su corazón que le impide estar con su esposa, «vivir para honrar a su Eva».

Durante la siguiente visita a Turpi quise preguntarle qué interpretación le daba al pasaje en cuestión.

–Veo que le interesó... Esa es nuestra maldición ¿sabe? En mis horas más sombrías he llegado a sospechar que estamos en un purgatorio, y lo triste no es estar solo sino roto... Para los rabinos, el matrimonio es la mejor manera de no darse cuenta que de nuestra primera muerte nos viene el odio a esta vida siempre incompleta...

Esa conversación me sacó de la cabeza que Turpi era mi paciente. No me di cuenta en qué frase se desvió a una correría de muchacho.

Su familia no era pobre pero sí muy religiosa. En la velada del fin de cursos del liceo, Manón Turpi «se dejó convencer» por sus condiscípulos y se dirigieron a un lupanar. Por supuesto, todos mintieron aventuras anteriores. Turpi esperó a emborracharse antes de elegir cortesana. Cuando despertó había olvidado gran parte de la noche. Estaba en su cuarto y encontró dormidos en el sofá a dos de sus camaradas. En cuanto abrieron los ojos comenzaron las bromas y las jactancias. Turpi opina que fue por envidia que sus amigos quisieron negar lo que él relataba. Entonces le dijeron que era un lerdo por no haberse dado cuenta que había yacido con una mujer enferma, que cualquiera podía ver que era «sifilítica». Turpi quiso ocultar su terror con puñetazos. Durante meses, cada día Turpi se revisaba debajo de la ropa y se miraba en el espejo en busca de alguna manifestación de la «peste». Un día se descubrió en el cuello un liposoma que él quiso llamar «tumor».

En su medio social y familiar, aquel padecimiento era «el mayor de los oprobios» y «el justo castigo para el peor de los pecados». Turpi jamás reconocería que había visitado una casa de mala nota pero ¿cómo podría ocultar la «marca» que había sacado de allí? Y acudir al médico significaba delatarse. Turpi tenía una novia con la que no pensaba casarse. Los padres de ambos se frecuentaban y no veían con malos ojos la posible unión de sus hijos. El joven Turpi no lograba desentrañar si amaba de verdad a la muchacha, bella y rica pero «provinciana». Le tenía lástima y le escatimaba sus afectos porque secretamente Turpi consideraba que él se merecía un «mejor partido». Sabía que al terminar el verano él iría a una metrópoli a estudiar derecho, y calculaba que en ese ámbito no le sería difícil conquistar a una mujer de su «altura». Pero había aparecido el «bubón» y Turpi prefirió casarse con la chica... Finalmente, Turpi no estudió leyes, aunque sí marchó con su esposa a la metrópoli, a ocupar un puesto en la casa editora de los tíos de ella. Y así empezó su inopinada carrera.

Antes de «confesármelo», aclaró que esta era la primera vez que contaba lo que había pensado en su noche de bodas: se acercó a su esposa no con deseo sino con la intención de un fauno enfermo que sólo desea transmitir su mal. Pensó que ya no estaría solo en la enfermedad, que su esposa estaría obligada a cuidarlo, que incluso podría culparla, que ella le serviría para justificarse ante los hombres. Se llevó una mano a la frente e inició un movimiento que me hizo pensar que se arrodillaría. Con el pretexto de abrir la ventana, me puse de pie. Él entendió por qué me había yo levantado y volvió a sentarse en la cama.

Rectificándose, primero dijo que por «ignorancia» él había actuado de esta forma. Luego se juzgó cobarde, impío y enormes cosas más. Y en esta sesión alcanzó a asombrarse de sus palabras y se dijo que al apostrofarse de una manera tan superlativa no estaba sino solazándose en su «soberbia». Súbitamente guardó silencio hasta articular una carcajada, pero enseguida se pasmó de nuevo porque vio en la risa un segundo intento de «salir airoso», entonces siguió un tartamudeo incomprensible, que luego consideró un «mezquino truco», el intento de hacerse pasar por «débil mental» y descargarse así de cualquier responsabilidad. Y continuó diciendo que «confesar la verdad» era el penúltimo de los recursos de un pecador, porque la última «estafa del canalla» era pedir el castigo, «porque la mayor apostasía era no querer ser quien se es, quien ha querido Dios que se sea, y por eso mismo el perdón es tácito...» Un providencial estornudo evitó que los silogismos de Manón Turpi derivaran, muy probablemente, en el *samsara* o la reencarnación...

No compete a mi labor dirimir qué es el *destino*. Nadie ha logrado demostrar empíricamente su existencia, pero lo cierto es que cuando un hombre analiza su vida y le atribuye un sentido, espontáneamente aparece en él la noción de «destino», que puede asimilarse a un periplo que se cumple cabal e ineluctablemente. Poco interesa cuán tortuoso sea, lo importante es su cumplimiento y aceptación. En su caso, Turpi había descendido de mirar su particular destino a la contemplación horrorizada y rabiosa del destino general de los hombres. Había ido al fondo de la soledad, donde ni siquiera está el individuo entero. A tal angustia se sumaba la exacerbada consciencia de la condición sexuada.

En nuestro encuentro ulterior Turpi me contó un sueño que había tenido años antes y que de pronto había recordado, creía que a raíz de nuestras conversaciones. Va conduciendo un auto a gran velocidad por un túnel solitario. La iluminación es deficiente. En mitad del túnel encuentra una estación de gasolina. Al apearse se da cuenta que es un teatro. Entra pero éste es una caseta telefónica. Allí lo recibe una mujer vestida de enfermera; con un movimiento de dedos le da a entender que la siga. Pasan a otra caseta iluminada como un camerino. Ella tiene la piel muy blanca y está desnuda. Él siente imperiosos deseos de besar a la mujer, la atrae con un brazo. Parece que la mujer cede, pero enseguida le pone las manos en las solapas y le dice «no». Cree que ha cometido un grave error y retrocede. «Perdóname», le dice a la mujer. A lo cual ella le responde: «no estamos aquí para ser perdonados». Entonces el hombre sale apresuradamente. Encuentra el túnel aún más oscuro. Su coche ha desaparecido. De pronto siente un viento fortísimo que empuja infinidad de partículas que le raspan el rostro. Ve una luz que se acerca. Se pone de espaldas a la pared mientras pasa estruendosamente un tren negro que le deshace la ropa y lo despierta.

Espontáneamente entendí que el auto y el túnel eran el trance por el que estaba pasando. La enfermera, una mujer que había conocido hacía poco. Al teatro, que se convierte en caseta telefónica, lo relacioné con mi profesión. Creo que la mujer desnuda era mi esposa y el tren era la vida. Turpi esperaba que yo le interpretara el sueño y no ocultó su molestia cuando le dije que no lo entendía. Horas más tarde vine a darme cuenta que eso había significado una deslealtad de mi parte.

Dejó pasar dos sesiones antes de revelarme que su esposa había muerto de sífilis, ya vieja. (Debo reconocer que me sorprendió.) Cuando los hijos de su segundo matrimonio aún eran pequeños, ella había ingresado en un hospital por una dolencia menor y allí fue infectada. Manón Turpi sintió que el pasado volvía como la cinta de una pianola para hacerle escuchar un réquiem que creía conjurado. Y aún más indigno se sintió cuando sus patéticas lágrimas de anciano recibían la compasión de sus allegados. Él había vivido con la culpa de la muerte de su esposa desde casi cincuenta años antes de que eso sucediera. Dijo que ya «viudo» había venido a reconocer que ella era la mujer que «Dios me había dado», la compañera de su vida; y aunque lo sabía inútil, lamentaba no haber sabido pedirle perdón ni perdonarse... Me pareció oportuno recordarle que en nuestra primera entrevista él había dicho que no necesitaba una absolución.

Qualia

Cuando te encuentres una moneda en la calle recuerda que mi amigo Domingo me contó que se sentía nervioso porque quería casarse y su amada, extranjera, aún no le daba una respuesta. En junio supe que Domingo se iba de viaje, no de bodas sino de luto.

A su regreso me invitó a beber una copa. Se hizo de noche; me había servido una bebida negra, muy dulce. Encendió un tabaco antes de referirme la desgracia de su novia. Me arrobó su confianza. Al final, con el alba encima, balbució algunas cifras respecto de una herencia. Ya sobrio me pareció que aquello significaba una fortuna, exageraciones de borrachos.

La siguiente tarde leí en un diario que en la oficina de unos abogados muy importantes le entregarían a mi amigo Domingo los documentos correspondientes a la posesión legal de una herencia. Su difunta prometida le había legado las cuentas de banco que tenía alrededor del mundo. Me emocioné vivamente, sin embargo me contuve de ir a verlo en ese momento pues parecería una visita por puro interés. A la postre no tuve que buscarlo porque esa noche se pasó por mi casa. Traía una botella de ese anís negro que él acostumbra, pero cuando vio la botella de aguarvá que dormía en mi cava prefirió una copa de éste. Yo también me serví, sólo un poco, pues no deseaba que en esa ocasión también nos emborracháramos.

–Quiero hacerte un obsequio –dijo.

Del bolsillo superior de su chaqueta sacó un sobre. Lo tomé, indeciso. Dentro venía un cheque por una cantidad de dinero de esas que uno puede acumular sólo en el juego del Turista, o con billetes de fantasía o dólares con la cara de un pato. Y aunque no supe si sentirme ofendido o agradecido o asustado, estaba seguro de que no podía aceptar ese obsequio. Y cuidé mucho de enojarme porque sabía muy bien que él estaba cometiendo tal disparate no con la intención de molestarme o agradarme, sino porque se sentía abatido por la muerte de su prometida.

–Este regalo –le dije– quiero que me lo guardes hasta el día de mi cumpleaños.

Las semanas pasaron sin que yo supiera nada de él; temí que mi respuesta a su generosidad la hubiera tomado como un desaire, que no volviera a saludarme siquiera. Pero justo por la noche del día en que me arrebataron estas reflexiones llamó por teléfono. Su invitación a cenar la sentí casi como una reconciliación de pareja. La conversación iba de un tema a otro sin ilación aparente. Me pidió disculpas por lo de la otra noche. Tuvo el buen tino de no insistir cuando le respondí que no tenía razón alguna para disculparse. Enseguida se tornó sombrío. Dijo que la riqueza lo estaba matando. Que había deseado que su fortuna socorriera al prójimo pero sólo había ocasionado dolor. No había querido recurrir a fundaciones de beneficencia, fideicomisos internacionales ni firmas financieras para ayudar con su dinero a los pobres de África, para empezar. Pues los funcionarios de cada una de esas instituciones veían en las donaciones en metálico no un auxilio directo sino la materia prima para abrir cuentas de inversiones, la codiciada oportunidad de tener dinero y multiplicarlo, dejando en un segundo plano a los necesitados, que no era raro que finalmente usaran el dinero de la beneficencia mundial para comprar armas, que vendía la misma beneficencia mundial. Lo cual, al sentir de mi amigo Domingo, significaba un acto inhumano en que de nueva cuenta el dinero se ponía por encima de las personas. Decidió entonces que lo repartiría directamente. Se dirigió a una estación del tren metropolitano ubicada en un barrio miserable de la periferia. Al pie de una mampara que mostraba el mapa completo de las líneas de trenes dejó el equivalente a cien dracmas, recibidas en una remesa especial de su banquero en Grecia. Se había apostado en un extremo del andén para ver qué pasaba, quién hallaba el dinero. Como ese día hubo una demora en las corridas de trenes los pasajeros no tardaron en aglomerarse. Así que de un instante al siguiente el paquete desapareció. Domingo dice que no supo qué había sucedido, pero que de pronto se desató una riña en la estación. Cuando aparecieron los gendarmes en las escaleras, columbró que más de una mano había querido quedarse con las monedas y se alumbraron los puñales.

Con la idea de dejar atrás lo más prontamente posible esta obra fallida, planeó ir a la mañana siguiente con unos francos en el bolsillo y entregárselos a la primera persona que surgiera a su paso. Por supuesto, se encontró de inmediato gente en las calles pero iba apurada o mirando hacia otro lado y mi amigo no se atrevía... Llegó a la esquina siguiente, donde se topó con una muchacha de aspecto menesteroso. A mi amigo se le aceleró el corazón, de gusto, de caridad, de orgullo. Cuando le tendió los billetes a la chica, ésta le devolvió un bofetón entre gritos de auxilio a la policía. Lo acusaron de actividades en favor de la prostitución y le impusieron una multa que triplicaba el monto de la cantidad con que supuestamente había querido corromper a la joven.

Lejos de desanimarse, se prometió que apenas quedara libre le donaría seis runas a un pordiosero que conocía de enfrente del templo de la Virgen de Josafá, cantidad bastante para que abandonara la mendicidad. Así lo hizo. Al palpar el dinero, el desdichado ciego comenzó a increparlo, lo llamó Judas, Pilatos, Caín. Que esa suma con que quería comprarlo era uno de los denarios del diablo. Mi amigo no tuvo más remedio que alejarse. El bastonazo en la frente, un mero rasguño, le ardía más que si le hubieran puesto el número de la Bestia.

Por encima de la vergüenza logró mantenerse en su voto de dar cada día un poco de su fortuna, con la súplica al Cielo de no morir hasta haber cumplido su misión. Se dijo que todo sería más fácil conforme fuera cobrando experiencia. Esta vez dejaría simplemente el dinero en una banca del jardín, sin detenerse a mirar qué sucedía. Pero sucedió que una muchacha y su abuela lo miraron olvidar el dinero. Ellas pensaron que estaba comprando drogas o que era un robachicos. Lo tomaron de las solapas, le metieron los pesos en el bolsillo interior del saco junto con el pañuelo usado de la abuela y le lanzaron como piedras Bastardo, Malnacido.

Al día siguiente Domingo consiguió abandonar sin que nadie lo pillara el equivalente a treinta y ocho zuzim debajo del asiento de un autobús. Un hombre se percató de los billetes. Se desplazó hacia el asiento junto a mi amigo. Con suma discreción se agachó a pasar su mano por sus zapatos y hábilmente recogió el dinero. Domingo aleteaba de felicidad porque le pareció que para el hombre el hallazgo era casi el milagro que había estado pidiendo. Mi amigo fue tras él cuando descendió. Era un sujeto de mediana edad, con la ropa percudida de los desempleados, llevaba alianza matrimonial y seguramente tenía hijos. Fue al mercado, donde Domingo pensó que compraría un vestido para su esposa, un caballo de madera para el hijo, un pollo asado y pan. Independientemente de las ideas políticas existen los individuos concretos, que suelen creer en la Fortuna, la Providencia, los castigos y las recompensas. Hay quienes dicen haber hablado con ángeles, así que por qué no este hombre agraciado con los treinta y ocho zuzim habría de comprarse una botella de aquafort. Se puso contento, hasta bailó con su mujer; luego muy borracho la golpeó a ella y a los niños.

Mi amigo Domingo había venido a decirme que es él quien tendría que estar en la cárcel. Tomé sus manos y le aseguré que no. Sabiendo que le reconfortaría más mi solidaridad de amigo que cualquier razonamiento, lo animé a perseverar.

I Ching

Para Aurelio Major

Tardé dos horas en darme cuenta de que Yavir no llegaría por mí al aeropuerto. Había marcado ya demasiadas veces su número telefónico sin que nadie contestara... Nunca había visto tantos taxis ni tanta diligencia en los taxistas. De pronto, como si lo hubiera llamado, uno de ellos tomó mis maletas.

–Adónde te llevo, chaval –su pregunta era una orden.

Reconocí que este sujeto había aparecido en el momento en que mi paciencia se agotaba. Yo no tenía la dirección exacta de Yavir pero recordaba perfectamente el nombre de una plazuela donde, según sus propias palabras, pasaba la mitad de la vida. El plan inicial era alojarme en casa de mi amigo, pero como me había plantado le indiqué al conductor que me dejara en algún hostal del centro. En realidad me sentía cansado, había sido un vuelo muy largo –no me gustan los aviones– y esta vez fue peor porque las azafatas estuvieron de lo más holgazanas y díscolas. De tal forma escatimaban el trago que daban ganas de pellizcarles una teta.

Aunque era la primera vez que venía a este país, por las conversaciones con Yavir me había formado cierta noción de las proporciones de su ciudad y de la distancia que separa al aeropuerto del centro. Y recuerdo que, quizá premonitoriamente, en alguna ocasión él había comentado que de un punto a otro una corrida de taxi no costaba más del equivalente a ocho dólares. A la cuarta vez que el taxista, mirándome por el espejo retrovisor, me dijo «Ya falta poco, chaval», sentí nacer en mi cuerpo un enojo que me dolió a la altura del páncreas. Yo estaba más que perdido porque el vehículo doblaba en una esquina tras otra. «Este hijo de perra ya me jodió», masculé al percatarme de que el taxímetro marcaba algo aproximado a los 18.50. Para colmo, había comenzado a llover cuando llegamos al hostal y el taxista se negó a apearse para entregarme mi equipaje guardado en el maletero. Le pagué con dinero local, y con asombrosa rapidez me devolvió un puño de monedas.

En la recepción bostezaba un hostelero mal encarado que no ocultó el gusto que le daba que no hubiera nadie que me ayudara a subir mis maletas al cuarto piso, donde me asignó una habitación. Sin prender la luz ni cerrar las persianas me quité la ropa y me metí en las cobijas. Echado boca abajo, con una fatiga y un humor tales que me impedían dormir, al cabo de un rato se me apareció en el magín la calderilla que me había dado el taxista. Salté de la cama para mirar detenidamente esas monedas; las extraje del bolsillo de mi pantalón y casi sin asombro vi que no eran monedas de aquí, sino de Taiwán o de Corea. Había algunas con una perforación cuadrada en el centro. En todas brillaban escrituras no occidentales, en dos o tres figuraba el rostro de algún personaje de facciones mongoloides. Ya con la certeza de haber sido timado volví a la cama y pude dormir.

Como nadie atendía el teléfono de Yavir, después de desayunar me informé de la ubicación de la plazuela Garcilazo. Mi hostal se hallaba a sólo dos calles de ese lugar. Sin prisa me aproximé a allí. Era una ínsula en medio de dos viaductos. Se entraba en ella por el este o el oeste mediante un túnel. Sus paredes, por completo pintarrajeadas con graffitis ininteligibles o en otro alfabeto, chorreaban desde el techo agua verdusca y apestosa. Eran oscuros y no sólo en los rincones había caca de caniche. Pero eran breves y rápidamente se salía al sol y los árboles de la plazuela. La luz tan agradable hacía que al cabo de pocos instantes dejara de oírse el paso a gran velocidad de los autos en uno y otro sentido.

No había niños ni mujeres. El ambiente lo dominaba el humo azul de los habanos y las voces casi guturales de la infinidad de viejos reunidos en la plazuela. En el primer grupo al que me acerqué discutían acaloradamente. Algunos agitaban la mano derecha mientras en la izquierda sostenían un par de cubos metálicos. Otros apretaban un cubo en cada mano, y se les veían los puños enormes y siniestros por las pecas de vejez. A todo este parloteo vino a poner fin la voz grave y abombada de un hombre como de cuarenta años. Su ropa y su piel mostraban desde lejos que se trataba de un árabe. Enseguida me percaté de que lo acompañaban otros dos, más jóvenes. Entre ellos hablaban en su idioma. Luego el primero sacó a los viejos de la gravilla, y se me hizo evidente que aquello era el espacio de un juego. Desde mi posición, sentado en uno de los bancos que bordeaban las veredas de la plazuela, distinguí varios grupos de ancianos enfrascados en el partido. El hombre árabe, que al parecer comandaba el grupo más próximo a mí, había declarado nulo el último lance. De su boca los sonidos del castellano salían como esquirlas. Me miró de tal forma que preferí avanzar hacia el centro de la plazuela. Así descubrí varias explanadas donde se efectuaba este curioso juego, y que sólo lo practicaban ancianos. Conforme recorría la isla trataba de responderme qué haría mi amigo Yavir en este lugar. Ya casi persuadido de que no daría con él, me propuse gozar del paseo y salir de la plazuela por el otro túnel, de allí caminar al parque central y dedicarme a turistear. Me permití enojarme durante un minuto para mandar al carajo al infame Yavir. Él me había invitado muy formalmente a venir a su país, me había dicho que no me preocupara de los gastos locales, que me hospedaría en su casa y comería donde él comiera. Calculé que mi dinero me alcanzaría a lo más para una semana. Por algo mi intuición me dijo que no viniera aquí totalmente atenido a Yavir... Al fin y al cabo yo deseaba conocer esta ciudad y mis ahorros estarían bien empleados. Apuré el paso al pensar en una botella de vino. Me detuve un momento a observar que los viejos no estaban mal vestidos ni sucios, seguramente cada cual recibía una pensión de jubilado, lo que es usual en estos países. Abandoné la vereda para tomar un atajo. A unos pasos de la boca del túnel saltaron gritos y carcajadas de otro grupo de viejos. Parecían muy animados. Entonces me percaté de que en cada grupo se infiltraban dos o tres hombres jóvenes, que también reían. Pensé que acaso se tratara de hijos o nietos o sobrinos del abuelo. Sin embargo, aunque los jóvenes no me parecieron irrespetuosos, se dirigían con demasiada autoridad a los jugadores. Uno de éstos se separó del corro y fue a sentarse en una banca. Se sobaba el brazo, apretaba mucho los párpados, indudablemente adolorido. De pronto se inclinó ante él un hombre ágil. Se quitó el saco para cubrirle la espalda. Comenzó a frotarle el brazo como he visto que hacen a los lanzadores de béisbol. Me quedé perplejo al suponer que el dolor que padecía el viejo en el brazo izquierdo no guardaba relación con los tiros sino con el anuncio de un infarto. Además, el tipo que lo frotaba no era muy afectuoso con él. Inconscientemente, sin reparar en las miradas recelosas que me perseguían, entré en la gravilla de juego donde tan divertidos estaban los viejos. Allí reconocí a Yavir. Se había dejado crecer la barba, al parecer más por descuido que por voluntad. Sus manos sucias aferraban un montón de billetes. Abrazó a uno de los viejos y lo llevó a sentarse a las bancas. Del bolsillo interior de la chaqueta extrajo una cajita azul. Enseguida le gritó a un muchachillo que traía una pequeña maleta. De ésta Yavir sacó un termo en cuya tapa sirvió café o té. Acuclillado, se la entregó al viejo junto con una píldora también azul. Me coloqué al lado de Yavir, decidido a no hablar hasta que él sintiera mi presencia. Levantó el rostro instintivamente, como un animal acechado. Forzó una sonrisa y de un salto se puso de pie.

—Pero ¿cómo estás, viejo? ¡Qué gusto verte! ¿Cuándo llegaste?

Enseguida me abrazó. Aunque su entusiasmo no era fingido no pudo ocultar su azoro al verme. Yo me sentía igual: no lo reconocía emocionalmente. Me contrarió que me llamara «viejo», era la primera vez que le escuchaba ese trato. Siempre me había llamado por mi nombre o «hermano». Colegí que en realidad no me esperaba o había olvidado que vendría a visitarlo. Mi desconcierto creció casi hasta la indignación cuando se buscó en los bolsillos del pantalón un billete y me lo entregó:

–Anda, viejo, tómate algo en lo que termino aquí.

No me dio oportunidad de contestarle, llamó al muchachillo de la maleta para ordenarle que me acompañara al «bar de Ronaldo». Mejoró mi ánimo cuando el chico me explicó que era una costumbre en esta ciudad recibir a los amigos de fuera con una moneda o un billete, que el dinero era una forma de hacerlos ciudadanos automáticamente. Yavir no tardó en aparecer acompañado del viejo al que le había dado la píldora, que por cierto se notaba muy fatigado. Aunque habían entrado al bar hablando en voz baja, noté en sus ademanes una violencia contenida. El chico y yo nos trasladamos de la barra a la mesa que había elegido Yavir, que ya daba palmadas para pedir vino al mozo, y el menú.

–Para empezar, te recomiendo los caracoles –se dirigía a mí con familiaridad, quizá demasiada.

No entendí por qué Yavir demoró hasta que trajeron los platos fuertes para revelarme que el hombre que lo acompañaba era su padre. Éste comía ávida y silenciosamente; no manifestaba ningún interés por la conversación. Casi al final, cuando ya habían recogido la loza, se guardó en la chaqueta los trozos de pan que habían sobrado. Yavir le dijo al oído unas palabras al chico, que salió a la calle apresuradamente. Volvió en menos de cinco minutos. Yavir le puso una mano en el brazo a su padre:

–¡Hoy estás de suerte, viejo! Ya vámonos para la casa –luego se volvió al tipo que secaba vasos en la barra–: ¡Eh, Roni, pónmelo en el cuaderno!

Durante el trayecto, Yavir me repitió que dejaría en casa al viejo y de allí nos iríamos a beber unas copas, y más tarde, si me apetecía, podíamos irnos de putas.

En realidad, desde que conocía a Yavir nunca me había dado el tiempo de imaginar cómo vivía o qué hacía en su país, y de su familia sólo sabía que una hermana de él estaba casada con un suizo.

Yavir vivía en un apartamento amplio en la tercera planta de un edificio antiguo. En el portal despidió al chico. Apenas abrió la puerta del apartamento comenzó a dar gritos:

–¡Eh, golfa, ya llegué! ¡Golfa, ya sé que estás allí! ¡Sal, coño, que quiero presentarte a un amigo! ¡Que salgas, te digo! ¡Golfa!

Yo me quedé de pie en el vestíbulo. Yavir empujó al viejo a una de las habitaciones. Enseguida se asomó a la puerta entreabierta de la habitación del fondo. Ya no gritó; en voz casi cariñosa dijo:

–¡Eh! Minerva, ¿estás dormida? Ven, que quiero que conozcas a un amigo mío, del que te he hablado... –nadie respondía.

Antes de entrar al apartamento había imaginado que estaría en absoluto desorden, con ropa en los sillones y trastos sucios sobre la mesa grasienta. Olía ligeramente a vinagre y ningún caos se veía en la placentera penumbra que producía el balcón cerrado. Cuando Yavir lo abrió vi que apenas había muebles; además de la mesa y una vitrina, el apartamento contaba con cinco banquillos como los de los bares. Estaban formados junto a la pared. A una señal de Yavir tomé uno de los bancos y me acomodé a su lado en el balcón. En el edificio de enfrente unos chicos miraban la televisión. Noté un abatimiento en Yavir que él se apresuró a ocultar encendiendo un cigarrillo. En ese acto logré reconocer a Yavir: tenía la costumbre, cuando fumaba, de entregarme perentoriamente en la mano un cigarrillo, no me preguntaba si lo apetecía o no, me ordenaba fumar.

—Estoy quebrado, hermano. Si no fuera por la casa dormiríamos literalmente en la calle, como perros, como gentuza.

El tabaco era de buena calidad y me concentré en degustarlo. Me dio pereza y algo de pena buscar la frase apropiada para seguirle la conversación a Yavir.

—Esto nos lo dejó mi vieja, ¿entiendes? —me hablaba como en secreto—. El banco estuvo a punto de quitárnoslo. Es todo lo que tenemos, hermano; es la herencia que me dejó mi vieja... Mi viejo no sabe, cree que ella todavía vive...

Y entre más hablaba más se me escabullían las palabras. De la situación vino a salvarme un grito del padre de Yavir, lo llamaba. Mi amigo se levantó y de mal modo fue a decirle que se durmiera, que no saldrían por la tarde. Yo no me quería volver al interior del apartamento; preferí mirar las formas de los coches que pasaban por la avenida, hasta que Yavir volvió al balcón, con una botella de vino y un platito de aceitunas, agrias. La conversación encontró el tema de la noche en que me hice su amigo. Yo regresaba a casa por la parte vieja de mi barrio, cuando dos sujetos se me acercaron con la intención de asaltarme. Yavir decía que de haber notado que los tipos venían armados de navajas no se hubiera metido en una riña callejera. La verdad es que mi amigo convirtió aquello en un escándalo por la golpiza que le acomodó a los salteadores. Y como sucede en esos barrios, más vale huir antes de que llegue la policía. Ya en mi apartamento le serví un trago, y nos terminamos la botella como camaradas de toda la vida. Pensé que era justo darle la mitad del dinero que no me habían robado. El tiempo que Yavir estuvo en mi ciudad, nos reuníamos de tarde en tarde ante un vaso de té o una copa de vodka. La nuestra era una amistad hecha de circunstancias que la gratitud y el honor no podían soslayar.

Justo cuando iba a preguntarle por qué había decidido tan intempestivamente regresar con su familia, oí que alguien llegaba. Yavir dio un salto y gritó el nombre de Minerva. Entonces me di cuenta de que había anochecido y que la penumbra de la casa se había convertido en tiniebla. Como un relámpago, vi la silueta de una mujer en el umbral. La raquítica bombilla del pasillo parecía un sol detrás de la cabellera revuelta de Minerva. Aunque no podía verle el rostro ni entender sus palabras rasgadas por su propia boca, su presencia llenó toda la casa. Yavir la transportó casi en vilo hasta su cuarto; cuando reapareció, su ropa se había impregnado del dulce tufo nauseabundo del vómito de Minerva.

–No pasa nada, viejo. Mira, perdona, que el tiempo se nos ha ido volando con la charla, y bueno, que aquí tienes tu casa... ¿Por qué no vas por tu equipaje al hostal en lo que yo suavizo a esta hembra? No pasa nada... Hazme ese favor, ¿sí? Ve por tus cosas y te instalas aquí, hay un cuarto para huéspedes, para las visitas, ya te lo había dicho. Ya verás qué amplio es. Mira, y sirve que me das tiempo de ponerle sábanas limpias a tu cama.

Salí rápidamente del edificio de mi amigo no precisamente para ir por mis maletas al hostal, ni siquiera para darle oportunidad de controlar la situación, antes bien para tomar un poco de aire que me ayudara a decidir el paso siguiente. Dejé transcurrir cuatro horas para volver a la casa de Yavir.

Hallé la puerta abierta. La lámpara de pie estaba encendida y vi en la mesa dos botellas de ginebra, que jamás había bebido. Yavir ocupaba uno de los banquillos y Minerva un regio sillón que seguramente había estado en su cuarto. Sobre los tersos y altos pómulos le brillaban unos ojos de vidrio; por el ángulo de la luz o el de la postura de Minerva el resto de su cara permanecía en sombras. Era un solo trazo las líneas de sus piernas y sus brazos. Su actitud, indolente y lánguida, creaba una atmósfera opuesta a la que había sentido durante su llegada por la tarde. Llegué a dudar que se tratara de la misma mujer.

Yavir se había duchado y vestía ahora un saco de paño fino. Y me pareció casi cómico que también se hubiera recortado la barba. Al cabo de unos instantes comprendí que la nitidez del cuadro era por completo artificial. Desde mi entrada al apartamento Yavir y Minerva no habían pronunciado palabra ninguna y habían mantenido una sonrisa afable que ya me parecía imbécil. Creo que mi circunspección transformó la sonrisa de Yavir en una carcajada. Se levantó del banquillo a llenar los vasos de ginebra, sólo dos.

–A ella le sienta mal –respondió a mi mirada demasiado inquiridora.

–Bueno, ¿dónde pongo esto? –me refería a mis maletas.

–Pasa por acá, viejo... Mira, éste es tu cuarto. ¿Qué

te parece? Esto vale más que un hotel de cinco estrellas: porque además del servicio está el afecto.

Me dio gusto su abrazo y me contrarió un poco el olor de su loción o la mezcla de éste con el de la ginebra. Enseguida me acomodé en un banco al lado de Minerva. A la altura de la tercera copa –Minerva seguía flotando en su lánguida sonrisa– Yavir me hizo una propuesta que lejos de escandalizarme me pareció de lo más oportuna y natural:

–¿Te quieres pinchar? Bueno, viejo, como tú quieras. A nosotros ya nos llegó la hora, ¿sabes?...

Yavir agachaba un poco la cabeza y echaba los ojos para arriba, como si me mirara por encima de unas gafas invisibles. Comenzó a rechinar los dientes y a tensar los músculos del cuello, cuyas venas me parecieron anormalmente gruesas.

No imaginé que ya tuviera la jeringuilla preparada. Deslizó la mano por debajo del sillón de Minerva y de allí salió el avisponcillo de émbolo rojo. Como un galeno tomó el lacio brazo de Minerva, le levantó la manga del vestido y le aplicó el remedio. La visión de la lanceta penetrando producía en Yavir un gesto de lujuria.

–Bueno, viejo, tu turno. No me tomes a mal que te deje al último pero creo que tú eres novicio y no te conviene una dosis muy briosa. Mira, es lo justo para ti, ya verás que te va a caer muy bien este piquito. Y después de todo lo que has viajado, dormirás como príncipe... y aquí en la casa de tu hermano, de tus hermanos, es decir –le tomó la mano a Minerva y se acercó a darle un beso en el cuello.

Debo confesar que a mí aquella sustancia me produjo un relajamiento físico y tal estado de indolencia psicológica que nunca me había sentido tan entero y a gusto. Animadamente le relaté a mis anfitriones las peripecias, ahora me lo parecían, de mi viaje, cómo me había birlado el taxista y del infame hostal al que me había llevado. Minerva tenía una risa muy alegre, y nada me importaba si era por mi historia o provenía de ese limbo químico en que bogaba.

No sé qué hora era cuando escuchamos un golpe seco. Minerva siguió riendo. Yavir se levantó al instante.

–¡Coño! ¡Mi viejo! ¡Cómo fui a olvidarme de darle la gragea! –entró en una de las habitaciones y salió con la cajita azul–. ¡Minerva! ¡Coño! Trae un vaso de agua. ¡Minerva!

Fui tras Yavir a la habitación del viejo. Su mismo cuerpo bloqueaba la puerta. Yavir, como pudo, pasó sobre él. Le ayudé a incorporarlo y sentarlo en la cama. Respiraba con dificultad y le buscaba la mano a su hijo.

–¡Minerva! ¡Qué pasa con esa puta agua!

Al parecer, Minerva ya no reía mas tampoco escuchaba a Yavir. Éste salió atropelladamente hacia la cocina. Volvió con el vaso de agua. En eso se escuchó un portazo.

–Esta golfa me lo va a hacer de nuevo...

Yavir me entregó el vaso junto con la medicina y corrió en pos de Minerva. Recargué al viejo en mi pecho y le hice tomar la gragea. El viejo no me soltaba, quería seguir bebiendo agua, lo cual hacía muy despacio. Los gritos de Yavir no se acallaban pero yo no me alteré. Con una ecuanimidad que me desconocía dejé que el viejo siguiera bebiendo. Miré en su mesilla de noche los restos mordiscados del pan que había hurtado del bar de Ronaldo. Había estado dormido con la ropa de calle, no tenía pijama y sus zapatos contenían una plantilla de cartón para evitar que el pie tocara el piso. Un nuevo portazo vino a interrumpir mis observaciones. El viejo se me quedó dormido en los brazos. Desde la calle me llegaban por la ventana más gritos y taconeo. Sin prisa acomodé al viejo antes de echarle la cobija encima y apagar la luz. Pasó media hora que utilicé en beber otro poco de ginebra, echar un vistazo a la habitación de Yavir y contemplar el cielo lechoso de la ciudad. Una débil luz que iluminó la acera durante unos segundos me avisó que habían abierto el portón del edificio.

Cuando llegué al umbral del apartamento, Yavir venía de regreso por la escalera. Traía casi desprendida una manga del saco y revuelto el cabello. Se llegó a mí y me estrechó:

–Se fue, hermano, se fue –comenzó a sollozar–. Esta golfa putrefacta me ha engañado hasta con mi viejo.

La imperturbabilidad del buen humor que me embargaba me ayudó a escuchar los gimoteos de Yavir, a llevarlo a su cuarto y decirle que no se preocupara, que todo estaba en orden. Y lo que yo sentía no era afecto ni compromiso ni amistad: mi actitud era el resultado de la conciencia de que no podía hacer nada mejor por mí.

La luz de la aurora me hizo saber que no había yo dormido en toda la noche. Echado en la cama había pensado en acudir a primera hora a una agencia de viajes a cambiar mi vuelo de regreso para lo antes posible. Recuerdo que estuve durante un buen rato dándole vueltas a la pregunta de dónde guardaba el viejo sus cubos metálicos. Inferí que estaban en el armario del cuarto de Yavir y Minerva, porque no los vi en la desnuda habitación del viejo. Tampoco pude responderme por qué el viejo no tenía su medicina al alcance de la mano. El sol ya estaba en la ventana cuando escuché que llamaban a la puerta del apartamento. Fue el viejo quien se levantó a abrir. Quizá el saberlo vivo me ayudó a dormirme por fin.

Salí de la cama casi al medio día. Me habían despertado unas botellas que se rompían y los subsecuentes gritos de viejas y criadas. Me asomé al balcón. Los tonos pastel dominaban en el cielo, y abajo los estridentes colores de los autos que cruzaban a increíble velocidad por la avenida que alcanzaba a verse al fondo de la calle. De vuelta en el salón encontré en la mesa –ya no estaban las botellas de ginebra– una nota y una llave. Yavir me sugería bajar a tomar un café y una tostada al bar de Ronaldo. La llave era de la puerta del apartamento. La nota también decía que mi amigo y el viejo habían salido a la plazuela y que no volverían antes de las tres. Me asomé a la cocina: no había un solo trasto. En el fregadero yacían seis vasos sucios, ninguno igual a otro. Había gas en la estufa pero por ningún lado se veían las cerillas. En la alacena encontré una caja de bicarbonato y un paquete no sé si de sal o de azúcar.

El café era de buena calidad, y lo sé porque después de beber una taza persiste su sabor en la boca más o menos durante una hora. Al salir del bar estuve tentado a pasarme por la plazuela, pero me dio pereza. Pensé que sería mejor acomodarme en la frescura del balcón de mi amigo y fumar hasta que él volviera o me entrara hambre. Cuando abrí la puerta me detuvo en el quicio un olor inesperado: de resina o de un solvente para la limpieza. Desde la puerta de la cocina Minerva se asomó por un momento, su aparición no duró más de lo que tardó en decir «Ah, eres tú». Lo que olía tan mal era una pasta amarilla que calentaba en un cacharro. No supe qué decirle, y mi resistencia a la conversación fue mayor porque no la reconocía. A la luz diurna le descubrí en las mejillas sin maquillaje más cicatrices de acné de las que un rostro puede soportar con dignidad. Se le veían como abolladuras en la piel de la papada y del principio del cuello.

–¿Qué te ha dicho de mí?

Su inopinada pregunta en tono ríspido me cohibió un poco.

–¿Qué me ha dicho de qué?

–De mí, el Yavi, ¿qué ha dicho?

–Nada... Que te quiere mucho.

–No es cierto.

Noté que tenía muy abultado el hueso de donde sale el dedo gordo del pie. Se volvió para remover el cacharro que calentaba en la estufa. Durante la velada anterior no la había visto de pie ni un momento; en realidad de ella no había visto sino figuraciones. Me la imaginé más que verla. Tenía el culo flaco y la cabellera un tanto reseca. Apagó la hornilla y teatralmente se dio la vuelta hacia mí. Su vestido, un poco desabotonado, me dejó ver granos vivos de acné en su pecho.

–El Yavi está en el juego...

Preferí salir de la cocina, no por mojigatería o una supuesta lealtad al amigo. Estaba desasosegado porque Minerva no me era físicamente atractiva pero el espectro emocional que abría me resultaba alucinante. Es más, esto que me había parecido una insinuación no era sino una respuesta espontánea y casi orgánica de mi mente. Lo confirmé porque la misma Minerva se abotonó inconscientemente el vestido y llevó a su rostro un velo casi palpable de pudor. Tardaría en desmenuzar mis impresiones; podría empezar a entenderlas apenas por la noche, cuando la vi echada en la cama con Yavir. Él no podía penetrarla, la estimulaba con un tubo de plástico. Y eso era Minerva, no existían los hombres ni los afectos, vivía en un estado de incandescencia que en un primer momento podía ser nombrado con una palabra soez.

Entré a mi habitación pensando en fumar un cigarrillo ante la ventana. Además quería consultar el mapa de la ciudad, averiguar el camino más corto para llegarme a un monumento y un barrio de los que mucho había oído. En realidad poco puede saberse de una ciudad en su mapa. Lo más que se podía sacar en claro era en qué dirección caminar desde el punto en que me encontraba.

–Oye, disculpa –Minerva apareció sin llamar a la puerta–. No pude evitarlo, es muy hermosa.

Sostenida entre el índice y el pulgar, me mostró una de las monedas chinas. Yo las había dejado, junto con mi reloj, en una repisa adosada a la pared sobre la cabecera de mi cama.

–¿De dónde es? –se aproximó a mí con la moneda colocada en el centro de la palma–. No entiendo las letras.

–No sé –la moneda era una de las tres que tenían la efigie de un tipo.

–¿Sabes quién es este señor?

–No. Supongo que un gobernante o un héroe de por aquellos lugares.

—Yo sí sé quién es. Es Mao.
—No lo creo. No se parece.

Me desconcertó advertir que traía untada en las piernas aquella pasta amarilla. No hice ningún comentario, ya había decidido bajar a la calle. Al llegar a la esquina, en vez de ir hacia donde me había indicado el mapa, giré hacia la plazuela donde sabía que encontraría a Yavir y su padre. Apenas salí del túnel me sorprendió escuchar el nombre de mi amigo. Lo pronunciaba un árabe, creo que el mismo sujeto que me había mirado patibulariamente el día anterior. Su voz grave y nasal pronunciaba con mucho énfasis la última sílaba de la palabra Yavir. Éste acudió a su llamado y en un extremo de la cancha de gravilla se dieron a alegar. Había tantos viejos como ayer. Antes que interrumpir a Yavir, preferí ir a sentarme junto a su padre, a quien había descubierto a unos metros, reposando plácidamente a la sombra de un árbol, flanqueado por el chico que sostenía los dados del juego.

El viejo se hallaba de buen ánimo. No dejaba de girar el brazo derecho, primero para un lado, luego para el otro, lentamente. Me dijo que habían tenido una gran mañana. Estiré la mano, con el ademán de pedirle al chico que me dejara ver los dados. Hizo un gesto hosco y se giró, apartándolos de mí.

—Vamos, chaval, no seas desconfiado. Es un amigo de la casa —intervino el viejo.

Los cubos parecían de plomo, y aunque eran más o menos de idéntico tamaño, uno pesaba más que otro. Luego el viejo pasó a explicarme, sin disimular un cierto orgullo, que esto sólo lo podían jugar hombres mayores «en todos los sentidos», que lo importante no era la fuerza del brazo sino su equilibrio, que no importaba la velocidad sino la precisión. Cuando le entregué los cubos se puso de pie y fue hacia donde lo llamaba Yavir con la mano.

–Ya van a empezar, y éste va a ser un torneo largo –el chico hablaba sin mirarme–. Van a todo o nada. Pensión contra pensión, hasta el bono anual se están jugando.

Apenas entonces me percaté de que la manada de tipos jóvenes que se movían entre los viejos eran quienes organizaban los partidos. Y los chicos eran como los mozos que cargan los palos en el juego del golf.

–¿Y tú qué haces, a qué te dedicas? –interrogué al chico.

–Pues a lo que se ve –me respondió de mal modo.

–¿No vas a la escuela?

–No me gusta.

–¿Y cómo te llamas?

–René. También Pedro –y se echó a correr hacia Yavir.

Había cierto revuelo entre los viejos. El árabe y otro tipo les pedían que desalojaran el área de juego. Allí el campeón parecía ser un viejo gordo, lampiño, de piel rosada como la de un cerdito. El otro campeón era un viejo pecoso con el pelo pintado de rojo. Al parecer, la tercera estrella era el padre de Yavir. Algo no acababa de concretarse: el árabe y Yavir no paraban de alegar. De pronto mi amigo me descubrió entre los viejos y se le iluminó la mirada. Llegó a mí y me empujó hasta la sombra de los árboles.

–¡Coño!, viejo. Ésta es una urgencia. Tú sabes que no te pediría esto... Pero ese hijo de puta no va a dejar jugar a mi viejo si no completamos lo del depósito. Mira, yo en este momento no puedo tocar los ahorros... Pero éste es un torneo hecho, lo tenemos ganado... Sin contar que mi viejo anda en buena racha.

Una voz interior me decía que era imposible negarme. Sin titubear extraje mi billetera y le entregué a Yavir la cantidad que me pedía. Me quedaron un par de dólares y el vuelto del café de hacía un rato. Quizá como parte de las ceremonias previas al juego, Yavir le dio la medicina al viejo. Me pareció conmovedor que él le pusiera con los dedos la tableta en la lengua, que el viejo sacaba cuan larga era y no mostraba ninguna prisa por regresarla a la boca.

El primer lanzamiento lo hizo el viejo pecoso. Una parte mínima del corro lo aplaudió y muchos le silbaron.

—¡Qué dado tan tuerto, hijo! ¡Qué tuerto! —dijo uno de los viejos.

Me incomodó que Yavir no dejara de repetirme que tuviera confianza en la destreza de su padre. Y aún más que el viejo se me acercara para decirme que mi dinero estaba seguro. Le comuniqué a Yavir que iría a un almacén a comprar un encargo que me habían hecho en mi país.

Consciente de que no podría ir de compras, de que mi capital apenas alcanzaría para un bocadillo y una cerveza, fui a meterme al bar de Ronaldo. El camarero y dueño del sitio me saludó como a un cliente habitual. Me preguntó si pensaba estar varios días en la ciudad. Como respondí que sí, dijo que agregaría mi nombre en la libreta y que le pagara cuando decidiera marcharme. Me trajo un buen plato de carne de cerdo y campechanamente se sentó a mi mesa, a repetirme, lleno de entusiasmo, que Yavir le había hablado mucho de mí y de mi país. Repentinamente se asomó Minerva por el vidrio, pero no me reconoció o no le importó mi presencia. A Ronaldo se le atoraron las palabras, su gesto denotaba una duda entre la calma y la violencia. La interceptó en el umbral y la asió de la muñeca para regresarla a la calle. Esto sucedió muy rápido, antes de que pudiera articular una bienvenida a Minerva para que se sentara a mi lado.

Terminé de comer sin que Ronaldo regresara. Le hice una seña al hombre de la barra; él me respondió con un movimiento de cabeza, dando a entender que lo mío ya estaba anotado, que no había problema. Enseguida se dejó venir hasta mi mesa, donde puso una copa de brandy.

–Va por la casa.

A pesar de su cortesía, o precisamente por ella, no dejé de sospechar que él trataba de retenerme. Apuré la copa de un trago y fui directamente al apartamento de Yavir. Hallé la puerta entornada; mas contradiciendo el impulso y el ánimo que llevaba, desistí de entrar. No sé si estaba molesto o indignado, ni tenía razones para una cosa u otra. Lo cierto es que no entré al apartamento: me detuve a escuchar, sumergido en un caldo de excitación y miedo, los concentrados gemidos de Minerva. Por momentos parecían los estertores de un agonizante. Luego su voz se dulcificaba y repetía la sílaba «ya» muchas veces. Me alejé de la puerta y subí unos cuantos escalones al oír un grito largo y angustioso, incontinenti roto por la alegre risa de Minerva. Me abochornó mi respiración entrecortada como si yo hubiera participado en aquel coito. Desde el ángulo en que me encontraba vi salir a Ronaldo; iba ajustándose los lazos del mandil.

Abrí la puerta con mi llave, y en vez de la penumbra que esperaba, el salón estaba iluminado con la roja luz del crepúsculo. El balcón parecía un puerto del cielo, por él entraban flotando lentamente innúmeras partículas a las cuales se impregnaba el vago tufo a pescados o mariscos que invadía el apartamento. El ruido de la descarga del excusado me devolvió al tiempo presente. Apareció Minerva; el pelo le cubría la mitad derecha del rostro y le ayudaba a no mirarme directamente. Fijé mi atención en unos cabellos que se le adherían al cuello sudado.

–¿Quieres beber algo?

En eso empezó a sonar el teléfono. Minerva se pisaba un pie con el otro. Mantenía la cabeza inclinada y los dedos ocupados en hurgar entre su cabellera. El teléfono seguía sonando. De pronto ella bajó las manos y mirándome a los ojos volvió a preguntarme qué apetecía beber. En ese momento pensé que el teléfono sonaba sólo en el interior de mi cabeza. Con gran esfuerzo de voluntad me volví al aparato y levanté la bocina. Minerva hizo un gesto de interrogación.

–No sé. Justo cuando descolgué cortaron.

–Siempre hacen lo mismo –le lancé una mirada de no entender–. Digo, siempre lo hacen cuando no contesto yo.

Minerva dio media vuelta hacia la cocina. Volvió con una botella y un vaso.

–Tú ¿no bebes? –me molestó el tono grave y suficiente de mi voz.

–No, ahora no. Pero... ¿sabes?... Quiero pedirte un favor... –yo pensé en algo sexual–. No te ofendas, pero es que me he quedado sin punta –vi que algo se sacaba de la ajustada manga del vestido–. El Yavi no sé a qué hora piense regresar... y yo comienzo a sentirme fatal —cuando tuve la jeringuilla en mis manos, vi que se le había quebrado la aguja—. ¿Podrías bajar a comprarme una? Es aquí muy cerca... A mí no me venden.

Quizá por mi calidad de extranjero, el empleado de la farmacia me despachó sin chistar el par de jeringuillas que pedí.

Me asustó el estado de Minerva cuando retorné al apartamento. Encaramada como un pajarraco en uno de los bancos, respiraba como si sollozara. Un sudor viscoso le salía de las sienes. Se frotaba con los antebrazos las pantorrillas depiladas. La cabellera se le había encrespado. A pesar de la temblorina de sus manos, con visible pericia le quitó la aguja a una de las jeringuillas nuevas y se la colocó a la que tenía ya preparada. Después del pinchazo, como si cambiara de personaje en una pieza teatral, adoptó un talante aristocrático y ficticio, igual al que le había visto la noche anterior.

A mí también me relajó ya no verla descompuesta. Aún entraba buena luz por el balcón pero quise levantarme a encender la luz para evitar que se cumpliera la amenaza de la asfixiante penumbra.

—¿Sabes? Yo conozco a un tipo que compra monedas como las que tú traes. Hoy le fui a preguntar y le mostré la que me regalaste. Claro que esa no la vendería, pero si te interesa puedes ofrecerle el resto...

No quise evitar responderle con un hosco silencio.

—Oye, espero que no estés molesto conmigo.

—Claro que no —hubiera querido responder menos rápido y cortante.

—Sí, yo sé que ya te dio. Me pasa con todos los chicos, me ha pasado siempre.

–¿Qué cosa?
–Yo quisiera que no hubiera hombres, ¿sabes? Ni hombres ni mujeres.
–¿Y eso...?
–No lo soporto... Me parece un castigo. ¿Por qué no puedo conversar tranquilamente, por qué no podemos pasear sin tener que tocarnos y estar como bacterias restregándonos unos con otros? Es horrible: es peor que esto –blandió la jeringuilla–. Te llegan las ganas y ya no puedes hacer nada, quedas bajo su poder. Es una necesidad, una carencia, una fiebre impostergable... Es como si de pronto te amputaran un brazo, y al darte cuenta de que se te escapa empiezas a correr tras él como si todavía lo pudieras pegar a tu cuerpo.

Se interrumpió para beber un trago de mi vaso. Yo experimentaba un doble malestar ante su presencia. El primero: por sentirme atraído por ella. El segundo: por resistirme a esa atracción. Inconscientemente miré mi reloj.

–Seguramente el Yavi volverá tarde... –se llevó las manos a la cintura–. Pero no te lo digo por lo que sé que estás pensando, sino porque quiero que me dé tiempo de conversar contigo algo que me importa... ¿Tú sabes a qué se dedicaba el Yavi en tu país?

–Trabajaba en un proyecto del Estado... No sé exactamente.

–Mejor. Él nunca habla de sus cosas, pero en algunas ocasiones me ha hablado de ti. Dice que eres un imbécil. Engreído y pobretón. Lo repito no con la intención de molestarte, ni para perjudicar al Yavi... Te lo digo para que te des cuenta de que hay muchas opiniones que la gente dice de uno y no tiene razón. Yo creo que tú y yo no nos vamos a volver a ver, digo, después de que te vayas. Por eso te quiero contar –me señaló con la jeringuilla– que si no fuera por ésta desde hace mucho ya me hubiera tirado por el balcón. Yo enganché al Yavi, que de ramera no iba a sacar para pagármela. Antes sólo la vendía... Era su clienta... ¿Sabes que el Yavi no me da pena? Todo el perro día jugando al bóker con el pobre anciano... ¡Vaya que hay que joderse!

La mirada le brillaba y toda ella era como una figura de cera en el museo del olvido. Sin motivo aparente me levanté a apagar la luz; fue un acto espontáneo y diría que casi piadoso, como cubrirle la cara a un difunto.

Creo que no pasó mucho tiempo hasta que repentinamente se abrió la puerta. No haber percibido los pasos ni la entrada de la llave en la cerradura me hizo suponer que me había dormido o embotado demasiado. O quizá había caído en un cierto estado de sonambulismo porque no reaccioné hasta que Yavir encendió la luz.

–¿Qué? ¿Están en misa negra, cabros?

No encontré otra respuesta que reírme. Detrás de él venía el viejo, se veía muy asoleado y polvoso.

–¡Eh, eh! Espérate que todavía no es hora de irse a la cama –Yavir detuvo al viejo y lo llevó a la cocina a beber un vaso de agua.

Ya cuando comenzaba a preguntarme por los cubos, apareció el chico con ellos. Venía jadeando y algo le dijo a Yavir en el oído. Los tres estaban muy inquietos. Cuando salieron de la cocina, Yavir gritó el nombre de Minerva. Ésta se limitó a abrir los ojos, una rayita negra nada más. A mitad del camino hacia nosotros, Yavir se detuvo en seco.

—¡Eh, Pepín! Todavía no estás libre. Lleva al campeón a dar su vuelta.

Pero el que protestó fue el viejo, no con palabras sino con un bufido y dándole la espalda a Yavir.

—Anda, viejo, ya lo sabes... No quieras que te deje sin la gragea —Yavir se llevó la mano al bolsillo y extrajo la cajita del medicamento—. Anda viejo, que si ganamos, y eso es un hecho, ya me encargaré de que vayamos a visitar a mamá.

Seguramente mi gesto de azoro obligó a Yavir a afectar una carcajada apenas salieron su padre y el chico.

—Así es esto, viejo. ¡Coño!, él ya lo sabe... Cuando juega todo el día tiene que dar una caminadita antes de acostarse porque si no se congestiona. Es una cosa breve, un par de vueltas a la manzana y ya está... Bueno, y lo de su gragea es una broma, la única forma que tengo de presionarlo... Y tú no sabes lo que es lidiar con él cuando le da por negarse a jugar.

Yavir se sirvió una generosa dosis de ginebra, en el mismo vaso alto en que le había dado el agua al viejo. Tomó un banquillo y se sentó al lado de Minerva; algo le dijo en secreto, supongo que relacionado con la jeringuilla. Minerva apenas sonrió. Yavir se quitó la chaqueta y comenzó a arremangarse las mangas de la camisa. Diría que se encontraba en un impredecible estado de ánimo. Mezclaba sonrisas y bufidos, miradas lánguidas con movimientos temblorosos. Se sirvió más ginebra, lo último que quedaba en la botella, y se fue bebiéndola de camino a su habitación. No tardó en ocupar de nuevo su lugar. Ahora parecía enojado. Se había sacado el cinturón, con el que comenzó a ahorcarse el bíceps izquierdo. De pronto se desentendió de lo que estaba haciendo para tirar un poco de la bastilla del vestido de Minerva, para cubrirle la rodilla y parte del muslo que desde hacía horas estaban al aire.

—Minerva —lo dijo muy serio—. Vete al cuarto.

Yo pensé que esto iniciaría la discusión, pero ella, sin agrandar ni un milímetro la mirada, obedeció inmediata y silenciosamente. Yavir reinició los preparativos para pincharse.

—Perdona, viejo, pero... ¿no te importa que ahora no te invite? He tenido una faena muy larga, y ya tú ves que estoy cagado.

En verdad no me importaba, ni deseaba experimentar de nuevo esa sustancia.

—Voy a pedirte de favor que cierres la puerta en cuanto vuelva mi viejo y que le des su medicina —fue lo último que dijo antes de inyectarse.

Enseguida yo desaparecí, y el apartamento y el mundo, menos Minerva. Me fijé en que Yavir pisaba chueco los botines, y vi que era en las rodillas donde falseaba el paso. Quien avanzaba por el pasillo era el molde hueco de mi amigo. Era como esos sarcófagos egipcios que reproducen la silueta del muerto. Oí el ruido que hacía al tumbarse en la cama. Cuando la curiosidad ya me había empujado a asomarme a ver qué ocurría allá, llamaron a la puerta. El viejo venía solo.

Sentados en su cama, me dijo que estaba muy preocupado, que tenía por delante un torneo difícil.

—Es lo único que me queda... El cheque de mi pensión no alcanza para comprar los medicamentos de mi mujer. Lleva años enferma, ¿sabe? Son sus huesos y su útero malo. Por ahora no se le puede visitar, está siguiendo un tratamiento muy estricto... y muy costoso... Pero este brazo lo pagará, ya lo creo...

No había más qué hacer y yo estaba cansado; no quise desnudarme para dormir porque se me ocurrió que en alguna hora de la noche tendría que levantarme rápidamente, y porque las sábanas estaban frías y un tanto pegajosas.

Igual que la mañana anterior, me despertó el timbre de la puerta. Entre toses, taconeo y palabras apuradas se llevaron al viejo. No quise asomarme a indagar si Minerva se había ido con ellos o continuaba en la cama. Insensiblemente volví a quedarme dormido. Al parecer la temperatura había subido porque desperté empapado en sudor, lo cual me urgió a ducharme. Esto me hizo bien, me elevó el ánimo y me dio el cinismo suficiente para bajar a beber un café fiado en el bar de Ronaldo. Después me fui caminando a la plaza que deseaba conocer. Allí pregunté por las oficinas de la línea aérea, de donde salí con un rasposo sentimiento de rabia y resignación. Cambiar la fecha de mi vuelo conllevaba un cargo tan oneroso como la mitad del precio de un vuelo redondo. Con todo, costara lo que costara, no tenía dinero. Volví al apartamento de Yavir pensando en lo que Minerva me había dicho ayer. No recordaba haber mirado la repisa por la mañana, y empujé la puerta de mi habitación con más que el presentimiento de que las monedas ya no estaban.

Qualia

Un baño en el Yang-tsé, 1959

El Pelochido

Como si no fuera yo voy a contar la historia de Leonardo. Poco ha transcurrido de aquellas madrugadas polvosas bajo el cielo amoratado que soplaba su rabia en la escuela. A las siete de la mañana llegaba a los campos de fut el hombre del portafolios. Y no exageraba porque antes de las ocho ya había vendido una docena de rollos de mota. Ese día Leonardo amaneció tirado en los vestidores. Martín lo había andado buscando y al hallarlo fingió que no sabía por qué estaba borracho. Inusitadamente el hombre del portafolios quiso invitarles un marro. Leonardo no fumó porque sabía que le daría el cagazo. Ya con la voz aletargada Martín le informó que ayer noche había regresado el Viejo a un departamento en el tercer piso del edificio M. Lo tenemos perfectamente ubicado y la UNO nos dio un arma. Hoy se verá la magnitud de tu compromiso. Leonardo no se atreve a preguntarle si ya volvió Maripía.

Salimos por el lado de las canchas para bajar a los baldíos por donde entran las vías del tren a la ciudad. Cerca de las fábricas encontramos un perro destripado y me alegré de no haber chupado del marro del hombre del portafolios. Me sentía muy tronado y sin dificultad me hubiera hundido en visiones macabras. Martín comenzó a reír arlequinescamente: señalaba los despojos mientras repetía que así iba a quedar el Viejo. Dejamos de caminar entre las vías cuando divisamos la estación y los primeros edificios de la Unidad. No lograba entender los planes de Martín. Los ojos irritados y la boca escaldada me hacían imposible llevar mi energía a los pensamientos. Era una mañana tan luminosa como aquella en que llegamos a la Unidad mis jefes y yo. Él no tardaría en perder el empleo y hasta la voz por la madriza que le surtieron los goris del sindicato. Mi madre ya había decidido que destinaría sus ahorros a pagarle la universidad a mi carnal el mayor, que vive en Estados Unidos desde hace rato y nosotros aquí en la Unidad.

Pienso que ella ya ni se acuerda de su jeta, y si su memoria guarda alguna imagen de él seguramente ahora nada tiene que ver con mi hermano. Mi hermano mamón y consentido que cada diciembre manda una carta para presumirnos lo aventajado que lleva los estudios y exigirle dinero a su mami. Y chíngueme yo porque mi hermano sí tiene cabeza y es alto y galán: asevera mi padre.

Los dientes de Martín parecen más grandes bajo el sol. Me arenga para convencerme de la urgencia justiciera de eliminar al Viejo por ojete y traidor. Leonardo intenta decirle que no comparte o no le importan sus odios, que sólo quiere conseguir cerveza y una tira de tabletas de Lexotán. Y sospecha que Martín sabe a dónde se fue Maripía. Cuando aparecen Malena y la Gordis suben todos al departamento de Martín. Su madre no podía sino encontrarse en la sala, acompañada de una botella de brandy y su baraja española. En la mente de

Leonardo la escena es siempre la misma, no había antes ni después: la madre de Martín interroga eternamente los naipes ya sin esquinas y con figuras casi invisibles. El rey de copas conserva un jirón de su manto encarnado, la sota de espadas la sonrisa, el tres de bastos el cordón...

Pasamos a la recámara de Érick. Ya no estaba la cama ni su ropa. Martín tenía alineados en una mesa los cacharros que habíamos confiscado de los laboratorios de biología de la escuela. Estos materiales son los adelantos para la fundación de la universidad proletaria. Sobre un archivero cerca de la ventana estaba colocado el microscopio. Malena sacó la cajita de plástico donde guarda insectos. La Gordis la abre y minuciosamente le amputa las alas a una mosca. Martín introduce una de ellas bajo el objetivo al tiempo que Malena enciende un marro. Fumamos en silencio hasta que la música que había puesto Martín parece bajar del cielo y entrar por la ventana. La grifa inspira acciones revolucionarias, dijo la Gordis. Enseguida me asomo al visor. Con profusas raíces adventicias las moscas se sostienen en el aire: cristales que se desdoblan y aglutinan en una tela vertiginosa. Y el ojo de la mosca son mil ojos que miran desde el abismo de la materia que explota en la luz. En cuanto medio de circulación, por el contrario, el dinero está instalado permanentemente en la esfera de la circulación y trajina en ella sin pausa. Das Kapital-Kritik der politischen Ökonomie.

Martín y Leonardo se habían conocido en el bachillerato, no en la Unidad. Al cabo del primer semestre mandaron al carajo el programa oficial de estudios para abocarse a la revolución y la lectura de las netas de la economía política. Los dirigentes de la UNO-Bolchevique no tardaron en distinguir a Martín para comisionarle la cabeza de un batallón de activistas, previa recomendación del Arquitecto. Y lo de batallón no era lisonja sino presagio. Martín engarfió a Leonardo: No seas maricón, mira a tu padre culeado por los perros del imperialismo. El puto gobierno va a lanzar el ejército a las calles y nos va a joder si no nos armamos. Date cuenta de que son sodomitas. ¿Nunca has tenido una pistola en las manos? ...No. Cada jueves venía el Viejo a llevarnos allá por las vías antiguas, al otro lado de las fábricas caídas. Portaba dos pistolas para el entrenamiento. Cada quien tenía derecho a doce tiros. Jamás sonreía: no le tirábamos a latas o botellas ni había un instante de juego. Y sus rollos duraban largo: a qué distancia disparar: los que titubean se mueren. El proletariado debe entender que la lucha en esencia es armada, V. I. Lenin, Isbrannie Proisvedania. Al final el Viejo se separaba del grupo para perderse entre las fondas de obreros. Sin dificultad se había acomodado las pistolas en la cintura. No se le notaban. Cada vez que venía a la Unidad refrendaba la promesa de armas para todos: Porque la revolución no es una cena de gala, ni una obra literaria, ni un diseño, ni un bordado. Ella no puede llegar a completarse, cumplirse, con elegancia, tranquilidad, delicadeza, o con mucha dulzura, amabilidad, cortesía, restricción y generosidad de alma. La revolución es un levantamiento, un acto de violencia en el que una clase cambia para ser otra. La revolución en el campo es la revocación por el pueblo del poder feudal de los propietarios de las tierras. Para decirlo francamente, es necesario que se establezca en cada región rural un breve periodo de terror: con Mao

Tse-tung nos acompletaba al ruso, causando además la suspicacia ideológica del Arquitecto.

A Leonardo le desagrada mirar por el microscopio. Le asfixia y quiere salir a la sala con el pretexto de tomar aire. En realidad desea consultar a la madre de Martín. La mira concentrada en los monos de la baraja y no se anima a distraerla para preguntarle dónde encontrar a Maripía. Hace un mes de eso... La mujer lo escucha y casi siente lástima de los ojos desolados del muchacho. Sus manos artríticas le dificultan rellenar la copa de brandy. Leonardo intenta ayudarla: ella lo detiene con la punta afilada de sus dedos izquierdos: enseguida le pide que se acerque: ¿Sabes qué me gusta de ti, Leonardo? Me gustas cuando callas porque estás como ausente... Ja... No. Tú me recuerdas las calles de la Habana Vieja, jajá. No, mira, en serio: me gusta que te dejas llevar por la corriente. Eso puede ser bueno cuando no tienes miedo y estás perdido, porque sales a flote. Pero te has vuelto muy aprensivo y frágil: tendrás que convertirte en un demonio para sobrevivir a lo que viene... No te rías: mira: el nueve y el tres de espadas no anuncian nada bueno, luego el nueve de bastos y el ocho de copas: aunque no pierdas acabarás escondido... Deshazte de esos deseos... La señora bebe, enciende un cigarrillo, bebe: No, Leonardo, no sé dónde ande mi hija... Sólo sé que la llamé Maripía porque supuse que eso le traería buena suerte.

Pinche bruja pinche. Leonardo se da la vuelta y camina a la recámara de Érick pero se detiene ante la puerta cerrada de la de Maripía: no hay nadie en la cama sudada, huele a cenicero atestado... Es el turno de Malena de mirar por el microscopio. Ella siempre ve que los bichos se mueven y la ven, por eso ya no le hacíamos caso. Martín va a su recámara, que antes compartía con el Arquitecto, a sacar una caja de zapatos de debajo de la cama. La abre súbitamente y aparece una caja más pequeña. Malena se desentiende de la araña viva para mirar lo que ha traído Martín. Al cabo de un silencio, Martín destapa la cajita: ¡Son las balas! Como la rueda de un panal de abejas, plomos de miel. Martín da un brinco hacia atrás: se lleva la mano a la cintura y alumbra un revólver. ¿Qué opinan, bellacos? Sonríe como cuando dice que toquemos su pelo. Se la tiende a Leonardo. Éste duda antes de aceptarla. ¡Ponle las balas!, ordena Martín. Después Martín recoge la pistola, mira que esté bien cargada y la guarda en la caja. ¡Hoy la estrenaremos!, se emociona la Gordis, nos apura.

Bajamos a las jardineras a esperar al Arquitecto, él debía dar el visto bueno y confirmar la orden de eliminar al Viejo. Habían sido amigos. Y a pesar de su pinche vanidad el Arquitecto lo había reconocido como cerebro. El camino al infierno está empedrado de buenas intenciones, y con el mismo fundamento el capitalista podría abrigar la intención de hacer dinero sin producir: fue la conclusión textual del Arquitecto acerca del Viejo. Éste apantalló a Leonardo desde la primera vez que llegó con sus ofertas. Se nos acercó en las canchas de fut. Él nos indicaría los sitios de operación. Colocar explosivos en los restaurantes de la burguesía, en el aeropuerto y las instalaciones de la compañía telefónica. Me ha comisionado el brazo secreto del Partido: nos interesa su capacidad de acción y les daremos la oportunidad de sumarse a nuestras fuerzas, fue el argumento central del Viejo. Martín se prendió con eso de organizarnos como escuadrón fiscal del Partido. Empezaríamos a cobrarle a la burguesía la sangre de nuestros estudiantes y obreros. Y en breve el Comité nos daría armas de fuego para realizar cobranzas en grande. Que no habría peligro: él nos protegería. Si alguien cae yo lo saco, además tendrán beneficios y dinero del Partido. El Viejo: albino, piel arrugada, greña larga, voz chillona, viste de blanco; pero era acaso un año mayor que Martín. Nos mandaba robar en los supermercados, al menudeo: delincuentes pobres. Tardamos en darnos cuenta de que cuando apañaron al Gordo ya todos estábamos identificados por la policía y el Viejo no había cumplido ninguna de sus promesas. Le reclamamos. Nos aventó unas camisetas. Rebajó nuestra célula a banda de raterillos: Martín nos azuzó. La Gordis se emputeció en la prisión: porque antes era el Gordo. Él fue el primero a quien el Viejo le metió la idea de escudar en el Partido nuestros atracos independientes. Para ellos sólo son lumpen, vagos viciosos, vidas muy prescindibles, le dijo. No seas pendejo, ni alguien como el Viejo puede ganarles. Ni te creas que el Partido se va a dejar que lo usemos, le previno el Arquitecto, leal a la UNO. Él está traicionando nuestros principios ideológicos, ya lo echó el Partido de sus filas.

Aunque sabía que el Arquitecto jamás llegaba a la hora convenida, Martín no se atrevía a ser impuntual. Lo aguardábamos en el sitio donde nos habíamos ocultado de los policos el año pasado, en el nudo de los edificios P Q R. En el mismo lugar en donde Leonardo se había enamorado de Maripía. Se acababan de conocer y ella estaba drogada, no con mariguana sino con los cristales que empezaba a repartirnos el Viejo. Sus palabras brotaron silenciosa e inesperadamente, como un tumor o una patada: Yo quiero un hombre que sienta lo mismo que yo, no me importa si me ama... ¡Soy yo!, pensó Leonardo, absolutamente convencido por su propio deseo. Para Leonardo el dolor de Maripía era una criatura que se dejaba acariciar por su olfato. ¿Cómo salto hasta ti? ¿Cómo te digo que soy yo quien te siente como un hueco aquí en el fondo del tórax? Maripía no lo escuchaba; comenzó a reír cuando vio llegar al Arquitecto. Leonardo levantó la botella de vodka. Se acercaron Martín, Malena, el Gordo y dos camaradas que habían ido a traer más cerveza. Martín abrazó al Arquitecto y éste lo sostuvo como un oso y luego a Maripía. Venía a trasmitir la orden del Viejo. El tren del próximo miércoles traerá un vagón cargado de botas: las encargó el capitalista para sus obreros de las fábricas de cable. El Arquitecto era el hermano mayor de Martín, usaba pantalón de cuero sin camisa, su pecho peludo lo cubría con un collar de apache hecho de colmillos, conchitas, huesos, piedras brillantes y un insecto rojo bordado en el centro. Vivía en algún edificio de la Unidad, solo, nadie sabía dónde porque él no quería. Indicó que deberíamos allegarnos a los guardavías desde la madrugada. Ellos pedían a cambio una parte del botín. Con la posibilidad de retener la mercancía como valor de cambio o el valor de cambio como mercancía, se despierta la avidez de oro. Tomo I. Dalo por hecho, le respondió su hermano, que se queden con el quince por ciento de las cajas. Lo demás va al brazo armado del Partido. Maripía encendió otro marro y entonces los camaradas que habían ido por la cerveza comenzaron a señalar hacia arriba y uno de ellos corrió hacia el edificio Q. Se habían juntado varias personas, alguna gritó que llamaran a los bomberos. Érick estaba en la cornisa: daba un paso al frente y luego retrocedía. Gran inventor de juegos: al asomarse al abismo se levantaba un clamor de susto y él soltaba la carcajada. Así varias veces, como si dirigiera un concierto. Martín y yo subimos al último piso, luego por la escalerilla de la trampa. Las azoteas no estaban inclinadas pero no tenían barda. Llamamos a Érick: sentados en cuclillas: en susurros. De pronto se detuvo, se volvió a mirarnos, no nos reconocía. Su pelo rizado parecía un injerto en su rostro transparente y aterrado. No hacía falta la ayuda del viento para percibir su tufo a thíner. Caminó al otro extremo y también se puso en cuclillas. Comenzó a levantar los brazos, como para espantar avispas. Nos acercamos sin erguirnos: Érick. Érick. Pareció tomar algo por encima de su cabeza. Por sus movimientos entendí que era una cuerda tirada desde el cielo, un brillo metálico... Érick decía que allí estaba la muerte, que venía a cortarle su cordón de plata. ¡Sálvame, carnalito, sálvame!, repetía angustiado. Martín le dijo no tengas miedo, dame la mano, ya le dije a la flaca que se fuera. Con muchos trabajos bajamos a Érick porque no quiso asirse a la escalera de los bomberos, los únicos uniformados que tenían acceso a la Unidad.

Una semana después el cerebro de Érick se desinfló de veras en el hospital: fofo, sin hueso, evaporado por el thíner. Su cabeza de pulpo se resbaló hacia un lado de la cama, y aunque ya había expirado se le movía la boca como una ventosa. Las enfermeras llamaban al médico, con gritos resistían a los insultos de Maripía, le buscaban el pulso al paciente y nos miraban azoradas mientras trataban de echarnos del cuarto.

A la mañana siguiente se reunió la multitud de vecinos para acompañar a la familia de Érick al cementerio. Maripía andaba trabada por tanta mariguana que se había metido. El Pelochido tenía la mirada vidriosa, no se limpiaba los mocos y su pelo lucía opaco. Me invadió un odio abstracto y amarillo cuando oí que ni su madre ni el Arquitecto asistirían al entierro de Érick, que por su propia seguridad. Desde luego el Viejo ya había desaparecido. La gente comenzó a inquietarse, a girar con nerviosismo como un rebaño de cabras que ha olfateado al coyote. Sentí que el grupo se cerraba. El vecindario respetaba al Viejo y al Arquitecto porque se decía que gracias a ellos los edificios de la Unidad se habían convertido en propiedad de sus habitantes, aunque ya se rumoraba que el puto Viejo era un infiltrado maoísta.

    No sólo por compasión me llegué hasta Maripía para abrazarla. El calor de mi cuerpo la destrabó y se dio por fin a llorar. Al guarecer su rostro en mi pecho miré al suelo y enseguida calibré cuál había sido la estratagema del Viejo. Comencé a volar en un remolino cuya violencia mezclaba los sucesos, los rostros y las fechas más dispares. ¿Qué había permitido que los camaradas reunidos para el cortejo fúnebre de Érick vinieran calzados con un par de botas de las que habíamos robado del tren? Toda la célula estaba marcada y tarde nos dimos cuenta que la inquietud caprina la venía produciendo la tensión que en el aire causaba el hedor de los policos que nos rodeaban. Nos iban a apañar como animalitos. Tiré de la mano a Maripía y mientras emprendíamos la carrera me dio fuerza sentir la humedad que habían dejado sus lágrimas en mi pecho. Yo sabía que nadie nos perseguiría hasta el nudo P Q R. Desde esa fecha, Leonardo llevaba a Maripía a alguno de los departamentos desocupados.

No repararon en el abandono ni el mal olor de las habitaciones. Por mudo acuerdo permanecieron calladitos hasta que las sombras surgieron. Aunque la redada habría pasado hace mucho, seguramente habrían quedado celadores en el perímetro de la Unidad. El abigarrado amontonamiento de edificios nos resguardaba de muchos enemigos hasta que el Viejo reveló los caminos. Yo me imagino que desde un avión esto debe parecer un desfiladero. Leonardo no dejaba de pensar en Érick pero no se atrevía a articular pregunta alguna sobre el paradero del cadáver. Y se olvidó de éste y de Martín y del acecho porque Maripía le dijo me has de tener paciencia... me tardo mucho. Te espero hasta que el mundo se acabe, hasta que la revolución se consume: pero Leonardo galopó lo que sus inexpertas dotes le permitieron. Y al rato, cualquier día, tú ponte abajo y yo arriba. ¡Qué rostro el tuyo! Leonardo quiso pensar en el Arquitecto, en el hombre del portafolios, en el Viejo, en el bufido de los trenes en la madrugada, en su hermano triunfando allá en el norte, en la baraja de la madre de Martín, en el thíner de Érick, en el frío, en el pelito chido de Martín: para contener el semen. Y de pronto Maripía se detuvo, sus tetas vibraron al ras de mi cara, un instante hueco y al siguiente Maripía comenzó a convulsionarse. Aquello no era orgasmo sino transfiguración. Desde entonces no me importaba gozar sino verte gozar, observar cómo te raptaban los diablos de tu propio cuerpo, los deliciosos dolores a que te entregabas ya sin alma, pura sangre, puro nervio, pura baba... Los actos que impulsan la Historia son los dialécticos actos humanos. No Dios ni las supersticiones sentimentales que sostienen el podrido tejado de los hogares burgueses. Hasta de tus ojos brotaba espuma. Imaginaba que ese rescoldo tuyo habría de vagar como un cometa en la eternidad, los planetas, el tedio, la ausencia. Era la concentración momentánea de la fuerza que yergue al mundo. Luego te levantabas, me desconocías, impúdicamente te lavabas el coño y los pelos se te apelmazaban, ni siquiera te ponías el calzón y te ibas. ¡Soy yo, Maripía! Yo soy a quien buscas. Y nada, Leonardo, yo no soy de nadie, vete mucho al carajo...

Nos sorprendió que el Arquitecto no llegara por alguno de los andadores sino que saliera del edifico P. Después de ajustarle cuentas al Viejo dejarán la pistola en el cementerio de trenes. La semana entrante recibiremos nuevas instrucciones y serán definitivas. Si cumplen esta misión les daré el pase para salir de aquí y se integren a los escuadrones obreros ya adoctrinados. El Arquitecto se dirigía a nosotros mientras caminaba. Ya sabes quién es el primer comisionado, le dijo a Martín en tono de advertencia. Salimos de la Unidad por el lado de las casas de dos pisos que miran hacia el terraplén de la aduana y la estación de trenes, luego doblamos por el andador que lleva al edificio H, el más alto y antiguo de la Unidad. Yo sospecho que aquí se halla la guarida del Arquitecto. Se nos unen otros camaradas. El Arquitecto corta el tema del Viejo para darse a teorizar sobre el mundo post-revolucionario, la abundancia y la justicia que nos esperan. Malena extrae de su morral una de sus cajitas mágicas y a cada cual le entrega un marro bien forjado.

El Arquitecto fue el primero en traer mariguana a la Unidad, mucho antes de que mis jefes y yo llegáramos a vivir aquí. Yo comencé a fumar en la escuela, con Martín. Como activistas revolucionarios nos aplicábamos un marro por la madrugada antes de apostarnos en las puertas de la escuela para repartir volantes o pasar a las aulas a informar de las decisiones de la UNO o de reuniones próximas. Nuestra acción inminente se concentraría en arrebatarle al Sistema el plantel de la escuela. La UNO diría qué se enseña. El Arquitecto sería tan cínico como para proponerse para una cátedra... Según yo, la madre de Martín tenía hipnotizados a sus hijos para que no se fueran. Aún no sabía por qué Martín afirmaba que su madre constituía la pieza clave, la única persona que en verdad le interesaba al Partido. Por eso es nuestro rehén. Y antes hubiera sido Érick la presa del Partido de no ser por su debilidad, de no haberse dejado ahogar en el thíner que le dio el pinche Viejo... Al contrario de su madre, sus poderosas visiones no estaban empañadas por remordimientos.

A Leonardo le fatigaba fumar en grupo porque perdía el hilo de las conversaciones, olvidaba lo que iba a decir o le atacaban delirios de persecución o angustia. Prefería no esforzarse en comprender y abandonarse al flujo de lo inmediato, al absurdo y la risa facilona. Maripía a veces lloraba de amor y odio a no sabía quién. Cuando no se descomponía evocaba a su padre y sus tardes de princesa en alguna nevería del Centro. Y para la Gordis lucubrar significa maldecir: porque me cago en todos: puta madre: me la maman. A la Malena se le endurecen los pezones y se pone cachonda. Martín desenrolla discursos sobre cualquier tema hasta que de súbito se calla y comienza a pasarse la mano por el cabello. Toca, mira: se siente bien chido mi pelito. Por algún cannabáceo efecto, cuando Martín fuma mota su pelo alcanza una sedosidad de marta. Sólo en secreto le decimos Pelochido, pues no sabemos cómo reaccionaría.

Esta tarde Martín ha vuelto a hechizarnos: sentado en medio del círculo, con la cabeza ladeada, deja que le acariciemos el pelo, fascinados por su suavidad y brillo. Imitando la seguridad del Arquitecto, declara que hemos llegado a un punto climático del movimiento. Dada nuestra sólida organización sólo nos resta aguardar a que haya armas para todos y entonces sí salir a romper madres: fase número uno: ejecutar traidores: fase número dos: secuestrar enemigos: fase número tres: dinamitar las telecomunicaciones: fase número cuatro: dinamitar intereses norteamericanos... Le advierte a Leonardo que tendrá que probar que no es débil, porque lo que viene es ya la auténtica acción revolucionaria.

El Arquitecto le releva: Los comunistas consideran indigno ocultar sus ideas y propósitos. Proclaman abiertamente que sus objetivos sólo pueden ser alcanzados derrocando por la violencia todo el orden social existente. Las clases dominantes pueden temblar ante una revolución comunista. Los proletarios no tienen nada que perder en ella más que sus cadenas. Tienen, en cambio, un mundo que ganar. Manifest her Kommunistischen Partei.

A Leonardo se le ocurre que si acaso algún día su hermano vuelve de los Estados Unidos, no debería venir a la Unidad pues aquí le acecharían grandes peligros y cartuchos de dinamita. Observa minuciosamente al Arquitecto: sus ademanes y voz convincentes dan mucho de perverso a su apariencia de espantajo. ¿Cómo un sujeto tan estrambótico se atreve a prometer el Paraíso aquí en la Tierra? De pronto el Arquitecto desenvaina su mirada y Leonardo no guarda fuerza para esgrima alguna. Se agacha, finge que busca sus cerillas en los bolsillos de la chamarra, tose. La humillación le saca astucia a la rabia. Insiste en observar al Arquitecto, quisiera descubrirle al menos un rasgo que lo hermane con Martín y Maripía. Pero tampoco el Pelochido se parece a ella y menos a Érick. Piensa que su madre los recogió de la calle uno por uno o se los robó en la estación del tren. Del padre nada se sabe. No, los tuve de fornicar con cada uno de los caballos de la baraja, le aclara entre risas. Leonardo reconoce que ni en una situación de peligro extremo se atrevería a mostrar al Arquitecto sus sentimientos por Maripía. Pero el Arquitecto es muy poderoso y adivina los enclenques pensamientos de Leonardo. Enfrente de todos le tira de una oreja y le escupe que ella se fue a cumplir una alta misión y antes preferiría la tortura o la muerte que vivir un amorcito burgués con un pendejo como tú Leonardo. Leonardo le da un manotazo al Arquitecto y le grita: Manipulador. ¡Ya te condenaste, puto! Se arma la gresca, se abren varias ventanas, viejas gordas y bigotonas vociferan y amenazan con lanzarles baldes de agua si no se largan de aquí pinches mariguanos. El Pe Ce no tiene derecho a hablar por todos los rebeldes. El Arquitecto me clava el índice en el cuello: ¡Voy a hacer que te comas tu propia mierda! Lo empujo: La revolución es uno. Malena se interpone entre ambos: el Arquitecto la retira suavemente. No te voy a engañar, Leonardo. Somos iguales porque somos camaradas, pero en esta revolución no te mandas solo. La tarde emite un cómplice silencio, como cuando las locomotoras toman aire para lanzar su bufido. Pero allá a lo lejos se escuchan risas de niño. Deja de pensar en pendejadas, Leonardo. Dentro de unos minutos entraremos al edificio M, en cuanto vuelva la Gordis. Leonardo quisiera tragarse una docena de Lexotanes. Martín se me acerca: No te sulfures, vete a caminar por allí un rato. No se me hubiera ocurrido mejor salida: ya estaba yo tramando ir a consultar otra vez a la jefa de Martín. Olvidé los odiosos gestos del Arquitecto en cuanto me encaminé hacía allá. Oí voces desde la escalera: la puerta del departamento se encontraba abierta. Me pareció que eran los mismos tipos que le habían prometido al Arquitecto la pistola para acabar con el Viejo... los pinches líderes roñosos.

–¡Díganos! ¡Díganos! Eso ¿qué significa?

–Mire, señora... camarada... esto resultará en un beneficio para su familia. Para Martín se abre la posibilidad de estudiar en el extranjero. Eso es algo que a usted jamás se le hubiera ocurrido...

–¿Qué más quieren? Se han llevado a todos mis hijos. De mi pequeña hicieron una cualquiera... El enemigo, que es idéntico a ustedes mismos, me envenenó al más chico... Mis hijos grandes ya son de los suyos, son como ustedes. ¿Qué más quieren?

Un bocinazo del tren me hizo brincar, sobrevino el ladrido de los perruchos famélicos de las vecinas. El sol rojo hacía más patente el peligro de esta tarde mugrosa.

–Sus muchachos son valiosos pero no tienen... lo que usted...

–No haga enojar a los dirigentes: están siendo muy

consecuentes con usted... Ya le han consentido que pueda hacer las interpretaciones aquí en su casa. ¿No se da cuenta? Usted no sobreviviría a la vida clandestina.

–Ya las niñas me dijeron que no debo confiar en ustedes... No debo ya darles ninguna respuesta. Confórmense con esto último... Después de todo, les salieron buenos augurios, ¿no es cierto? Ya no me molesten. Las niñas pueden enojarse, y más que sus dirigentes.

–¡Perra bruja!: me importa mierda lo que digan tus putas niñas... Hay que dar todo por la causa. ¿No vives aquí gracias a nosotros, perra? Si no, estarías en la calle... donde debes estar, pero muerta.

Se escuchó un florero chocar contra el piso. Un empellón, un manotazo asfixiado.

–¡Cálmate, cabrón!... Le pido, compañera, que por favor perdone al compañero, hemos estado muy presionados. Llevamos dos noches sin dormir... Lo de octubre es muy importante. Comprenda. Peligra este lugar y usted y sus muchachos. Necesitamos hacerles más preguntas a las niñas, a sus niñas... Le prometo que le daremos una casa, para usted sola, fuera de la Unidad. Y Martín se irá a Polonia o a Moscú. ¿Qué dice?

Oigo un movimiento brusco, luego como si se hubiera caído el cenicero.

–¡Suéltelas! ¡No las toque! ¡Suéltelas!

–¡Cálmate, cabrón! Así no vas a arreglar nada...

–¿Cómo chingados no?

Se han decidido a la violencia. Yo bajo corriendo al sitio donde me esperan Martín y los otros. Ya había llegado la Gordis con una bolsa: cachuchas y máscaras. Maldicen al Viejo. Leonardo recuerda una de las sesiones de la UNO: El lumpenproletariado, ese producto pasivo de la putrefacción de las capas más bajas de la vieja sociedad, puede a veces ser arrastrado al movimiento por una revolución proletaria; sin embargo, en virtud de todas sus condiciones de vida está más bien dispuesto a venderse a la reacción para servir a sus maniobras. Manifest her Kommunistischen Partei. Imagino que el Arquitecto y sus jefes me han sentenciado y que en la siguiente etapa del movimiento seré fusilado y que Maripía dará la orden: ¡Fuego! Trabado de rabia miro la mano de Martín despidiendo a su carnal el Arquitecto, que escupe al pasar junto a mí. Tu puta madre ya se chingó, pienso. Contrarresto la humillación con recuerdos de gestos y caricias de Maripía.

La peligrosidad de Maripía estriba en que no es leal a ninguna causa. Los del Pe Ce ven en ella un perfecto garlito, aunque son tan soberbios que creen que la gobernarán: a un animal como Maripía ni con terror psicológico. Su lengua besaba hasta el cerebelo. Sentía un estoque de olvido, apenas me quedaba una brizna de yo para sostener las innúmeras columnas del goce. Y sólo por su voz ronca se sabía que no era una niña. Dejó de besarme para decirme que Martín y el Arquitecto le habían prohibido los amores. Pero a mí no me manda nadie –sonreía– y me doy mis escapadas contigo. El propietario de la fuerza de trabajo es mortal. Por tanto, debiendo ser continua su presencia en el mercado –tal como lo supone la continua transformación de dinero en capital–, el vendedor de la fuerza de trabajo habrá de perpetuarse, del modo en que se perpetúa todo individuo vivo, por medio de la procreación. Será necesario reponer con un número por lo menos igual de nuevas fuerzas de trabajo, las que se retiran del mercado por desgaste y muerte. La suma de los medios de subsistencia necesarios para la producción de la fuerza de trabajo, pues, incluye los medios de subsistencia de los sustitutos, esto es, de los hijos de los obreros, de tal forma que pueda perpetuarse en el mercado esa raza de peculiares poseedores de mercancías...

Cuando se propuso contarle los pelos del coño a Maripía, ella, remilgosa, se dejaba palpar y al sentir los dedos de Leonardo emanaba un vaho que empañaba la vista y me hacía salivar. Entonces perdía la cuenta, los pelos me hacían trampa, los contaba dos veces, se multiplicaban de tal forma ante mis ojos que los veía emerger de la gruta rosada y molusca. Pero antes de que la cifra fuera impronunciable Maripía cerraba las piernas y sácate Leonardo, no seas maniático...

Martín da la orden y atraviesan a trote ligero el zaguán del edificio M. Suben las escaleras y actúan como si hubiera gente armada esperándolos. No hay nadie, a esta hora la Unidad recibe adoctrinamiento. En el tercer piso, puerta doce. Leonardo había pensado que la tirarían a patadas, pero Martín saca una llave. Mira su reloj. Indica a la Gordis que se coloque al pie de las escaleras. Pone a Malena a sus espaldas; me entrega la pistola y dice: En cuanto abra, disparas. Acata sin preguntas. La puerta cede: Leonardo mira sin entender: ¡Dispara!: Por infiltrado y maoísta, hijo de perra: la voz le sale de la garganta al Pelochido ya con eco. Las detonaciones me hacen ver durante unos instantes un bosque tupido. Se eriza el silencio antes de que la gente comience a salir de los departamentos, como si se interrumpiera un rezo. El Viejo estaba sentado en el sofá. Tenía un cigarrillo en la mano que fue a rodar a los pies de Leonardo cuando se le desmadejó la cabeza y su blanquísimo traje se empapaba de sangre. A su lado cayó Maripía, con la blusa desabotonada. La miré como si no fuera yo, como si otro empezara a vivir mi vida y que ya no era el hombre que esperaba Maripía.

Qualia

La multiplicidad de las almas es la base de la personalidad múltiple y de la disociación de la personalidad. Sin embargo, esta multiplicidad indica también algo más que la posibilidad de patología. Las muchas voces de las muchas almas hacen posible la diferenciación psíquica. Descendemos de la Torre de Babel. Y Babel no es sólo la imagen de la diferenciación externa en varias culturas, refleja también la realidad psíquica interna. La algarabía de las voces interiores produce contradicciones de la voluntad, fantasías floridas, abanicos de puntos de vista, conflictos y elecciones; esta Babel interna significa que *no podemos entendernos a nosotros mismos*. Nuestra razón nunca puede abarcar completamente nuestro diálogo interno, por eso nunca podemos llegar a estar tan integrados como para hablar con una sola lengua. La multiplicidad de las almas y sus voces significa que siempre seremos parcialmente extranjeros en nosotros mismos, enajenados, alienados. De esta autoalienación interna nacen necesariamente las descripciones psicopatológicas. La psicopatología es el resultado de Babel, de la comunicación disociada entre las numerosas voces del alma. No podrá haber una única psicología omnicomprensiva que abarque toda la psique hasta que se cumpla la utopía en la que la psique –ese complejo de todos los opuestos– devenga una, total y simple.

James Hillman, 1992

Ricachá

No te creas tú que me invitaron a su pachanga sin la mira de embarrarme aunque fuera de rebote. Me late que ya en los últimos días se sospechaban que mis hembras y yo los fisgoneábamos. Yo y mi mujer Dioteria sentíamos un auténtico afecto por una esposa de Vladimir. Cuba cubita cubera: aparecía cantando por las mañanas: llévate la luna rumbera que no me deja dormir. Sarita decía que esta changuita se la vivía singando con el marido. A su favorita el Vladimir se la recetaba hasta en las fechas revolucionarias. La Cheli, también muy linda con sus cachetitos verdes, insistía en que no era celosa, que al fin y al cabo Vladimir se había casado primero con ella y auméntale que tenían dos hijos. Y, bueno, compay, yo a la Dioteria la quiero más pero prefiero culear con Sarita. Porque se hace la que no, la que nunca tiene ganas.

El caso, mi socio, es que me arrepentí. Se lo solté a mis hembras. Ya ni para qué te metas, cómo vas a solucionarlo, tú lo denunciaste: soltó la Sarita, que tiene su cabronez: y con el escándalo que arman... Cuando vimos que se acercaban los pardos me dije voy a subir a prevenirlo al Vladi. Y lo intenté. Me trepé por la escalera de servicio, lo cual ya significaba un desvarío. ¿Qué crees tú que pasara si los pardos me hubieran detectado? Para peor: sin avisarle a Vladimir ni a sus esposas me asomé por su ventana. El montón de conspiradores de nada se enteraban por andar bailando: ese ritmo que trajo su amigo el cubano. Aunque lo más comprometedor les caía por el lado de que estaban tomando café, que a no dudarlo también les contrabandeó. Fumaban lo normal. Los miraban los posters de la revolución en la Tierra, de los jefes guerrilleros y los mártires. Pero aquí no paró la cosa, mi socio: en un rincón, semioculta con unas pieles de iguana y a un lado de la cama, veneraban una foto del mismísimo Fidel, de Fidel Castro. ¿Te imaginas qué embalse hubiera significado para mí? Me hice el güiro y me bajé corriendo a mi casa. ¡Las dos, la Dioti y Sarita, se zurraban del miedo! ¡Ay qué bueno que volviste, creímos que a ti también te agarrarían! Ya estaban subiendo...

Luego empezaron a reñirse entre ellas. ¿Qué vamos a hacer? Te advertí que debimos de haber pensado que cuando se los llevaran nos iban a traer a otros vecinos. ¡Quién sabe quién llegue! A lo mejor los ponen para espiarnos. Un buen rato estuvieron jeringando con esas vainas. Sin embargo se dieron cuenta antes que yo de que ya los estaban subiendo a los camiones: en uno a Vladimir, en el de atrás a sus esposas, y enseguida a sus dos hijos. En un camión aparte se llevaron al mulato. Y en el colectivo metieron al resto de la gente, seguramente con una paliza de camino a sus casas.

Después de que sólo quedó el yip de la escolta, vino a tocarme la puerta el teniente. Al principio muy respetuoso; se quitó el quepí. No quiso pasar a la pieza. Me molestó su falta de tacto: plantado en el pasillo, enfrente de todo el mundo del vecindario agazapado en las ventanas, me entregó el sobre con los vales recompensa. Era un tipo joven, despistado. O a lo mejor fue a propósito eso de soltársele la lengua. Ya los están interrogando: me comunicó, sin ninguna obligación de hacerlo. Yo adiviné que este pardo taimado se había quedado para preguntarme algo, que seguramente tendría que ver con la foto detrás de las iguanas. Además del de los vales traía otro sobre, uno negro. Calibré que allí estaría el retrato del barbón. Ya había ensayado mi argumento: yo le avisé hace mucho que aquí venía un negrito, está legalmente aquí, es directivo en una embajada de la Tierra en nuestro planeta, ustedes tendrían que saberlo antes que yo... Pero el pardo ni se había fijado en eso de la foto...

Algo dijo luego del café, que ya lo habían bajado en unas cajas. Puse una rebosante jeta comemierda cuando abrí aquella vaina negra y saqué de adentro el disco que estaban oyendo Vladimir y su gente. ¿Y esto qué coño quiere decir? Está prohibido, sí, ¿pero qué vaina? Aquí todo el barrio lo oye. Esto lo baila hasta el hijo de un comandante que vive en la esquina. El pardo éste empezó a ponerse pesado. Quién sabe por qué jodidos le había cogido tirria a esta música. Matrero, dijo vamos a hacer una prueba. Y yo dije que a cuenta de qué, de qué se trata, bongosero. Entonces ya se metió a la pieza. Le ganó el bulto a Sarita y colocó el disco en el aparato. Al primer bombazo de los instrumentos todos nos miramos, tiesos. El puto pardo escolta del teniente, el muy cabrón, nos hizo la finta de que se iba a poner a bailar, a ver si caían estas brutas de la Dioti y Sarita.

Pero ¿cómo ves, mi socio, que la paridera estuvo en que mordió el anzuelo el teniente? Quiso detener el giro guapachoso con una risita mameluca: ya no podía hacernos creer que había sido una broma: su prueba había fallado, pero nomás con nosotros, de allí la poderosa sinrazón de sus posibles represalias.

Vi cómo le pasó por el pelo a Sarita la idea de jodernos al teniente: levantarle un informe. La Dioti y yo nos cruzamos de ojos, confirmando mutuamente que nuestra posición no era tan fuerte. ¡Qué tal si se nos voltea el tiro! ¡Qué tal si nos dan con la otra punta de la reata! Y yo me dije luego van a venir otros pardos más felpudos y estos carambas sí se van a dar cuenta de la foto de Fidel y anexas. No habría forma de evitar que saliéramos salpicados. Así es que nos quedamos callandito. ¡Que este puñetero despotrique lo que quiera!

De pronto, de un saltito se me acercó y muy confidencialmente me toqueteó con la pregunta de si aquí en el edificio alguien tiene un bongó. ¡No!: dijimos a la vez Dioteria, Sarita y yo. La Dioti había tenido la buena idea de mandar a los hijos unos días donde el padre de Sarita. ¿Y saben quién esconde café?: insistía con su vocecita viscosa el muy lupercio. Entonces, por pura distracción y nerviosismo, se me ocurrió sacar del sobre de los vales un papelito que los acompañaba. Dioteria y Sarita se me pegaron una detrás de cada hombro. Al unísono conmigo se enteraron de que era una carta firmada por Víktor Vílker, que representaba al Partido en el barrio y por ende era superior tanto de nosotros como de este lelo pardo. Se trataba de un machote en donde nos expresaba su agradecimiento, pero que finalmente él no era nadie para andar agradeciendo, que lo que habíamos hecho era un servicio a la revolución y la patria. Que los agradecidos deberíamos ser nosotros por haber sido dignos de un honor tan alto. La posdata iba dirigida al oficial de turno, que en este caso era el teniente. Allí le indicaba que para proteger nuestro testimonio nos confinara en el reclusorio preventivo y que clausurara nuestra pieza. Acompáñenme, iremos en mi vehículo particular a un área donde estén seguros. ¡Sí, chucha!

El escolta se puso detrás de nosotros mientras trepábamos al yip. Sarita se sentó junto a mí y la Dioti enfrente; el escolta iba en el estribo y el tenientito conduciendo. De improviso se volvió muy amistoso, hasta nos ofreció cigarros de los que había requisado en la pieza de Vladimir. Estaban sabrosos, tabaco terrícola. ¿Y cómo no ponerse más desconfiados? El escolta bien que le cuidaba debajo del asiento dos manitas de café, él mismo se las ha de haber mangado. Se nos dificultaba atinarle a la conversación del teniente no nada más porque íbamos zurrados sino porque el pardo decía pura huevonada. Nos acalambramos con lo que mentó del cubano, que lo iban a desintegrar, que muy a tiempo había caído la oportunidad de romper las relaciones diplomáticas. Que ya se podían justificar atentados y ejecutar prisioneros, y demás descargas de su sangriento catálogo.

Al menguado escolta, que llevaba en el cinturón el disco, en un brinco del yip se le escapó. Frenó el teniente, le tiró un vainazo... Pensé en la Cheli, mi socio; y que Vladimir no resistiría que un pardo de éstos le soltara un bofetón a sus hembras... Enmierdado del susto, el escolta se bajó a recoger el sobre. El teniente gritaba que eran las pruebas, que ese disco significaba su ascenso. Y más vainazos al pardo escolta, hasta le rasgó el uniforme. El teniente se acomodó en el asiento para introducir el disco en el aparato del vehículo, que para probarlo, no se haya estropeado para siempre. No dejaba de repetirle al otro que por su hijueputa culpa se había perdido la evidencia, que le iba a levantar un informe por complicidad y disidencia. Pero no: el disco sonó. El ritmo que le gusta también a mi mamá... A Marte y Neptuno iba una chiquita...

Qualia

La mercancía que te he vendido se distingue del populacho de las demás mercancías en que su uso genera valor, y valor mayor del que ella misma cuesta. Por eso la compraste. Lo que desde tu punto de vista aparece como valorización del capital, es desde el mío gasto excedentario de fuerza de trabajo. En la plaza del mercado, tú y yo sólo reconocemos una ley, la del intercambio de mercancías. Y el consumo de la mercancía no pertenece al vendedor que la enajena, sino al comprador que la adquiere. Te pertenece, por tanto, el uso de mi fuerza de trabajo diaria. Pero por intermedio de su precio diario de venta yo debo reproducirla diariamente y, por tanto, poder venderla de nuevo. Dejando a un lado el desgaste natural por la edad, etc., mañana he de estar en condiciones de trabajar con el mismo estado normal de vigor, salud y lozanía que hoy. Constantemente me predicas el evangelio del «ahorro» y la «abstinencia». ¡De acuerdo! Quiero economizar la fuerza de trabajo, a la manera de un administrador racional y ahorrativo de mi único patrimonio, y abstenerme de todo derroche insensato de la misma. Día a día quiero realizar, poner en movimiento, en acción, sólo la cantidad de aquella que sea compatible con su duración normal y su desarrollo saludable. Mediante la prolongación desmesurada de la jornada laboral, en un día puedes movilizar una cantidad de mi fuerza de trabajo mayor de la que yo puedo reponer en tres días. Lo que ganas así en trabajo, lo pierdo yo en sustancia laboral. La *utilización* de mi fuerza de trabajo y la *expoliación* de la misma son cosas muy diferentes. Si el periodo medio que puede vivir un obrero medio trabajando racionalmente asciende a 30 años, el valor de mi fuerza de trabajo, que me pagas cada día, es de 1/365 x 30 ó 1/10,950 de su valor total. Pero si lo consumes en 10 años, me pagas diariamente 1/10,950 de su valor total en vez de 1/3,650, y por tanto sólo 1/3 de su valor cotidiano, y diariamente me *robas*, por consiguiente, 2/3 del valor de mi mercancía. Me pagas la fuerza de trabajo de un día pero consumes la de tres. Esto contraviene nuestro acuerdo y la ley del intercambio mercantil. Exijo, pues, una jornada laboral de duración *normal*, y la exijo sin apelar a tu corazón, ya que en asuntos de dinero la benevolencia está totalmente de más. Bien puedes ser un ciudadano modelo, miembro tal vez de la Sociedad Protectora de Animales y por añadidura vivir en olor de santidad, pero a la *cosa* que ante mí representas no le late un corazón en el pecho. Lo que parece palpitar en ella no es más que *los latidos de mi propio corazón*. Exijo la *jornada normal de trabajo* porque exijo el *valor* de mi mercancía, como cualquier otro vendedor.

Das Kapital, 1872

Cartas desde lejos

Lucas, XXIII, 43

Salgado quería convencerse de que si por lo menos la garúa se aplacara Serraldo llegaría entero a la madrugada, creyendo aún posible escapar a los leales de Céspedes. El avance continuo lo libraba de las acometidas del miedo y la claudicación. La carta no se había mojado y le bastaba con colocar la mano en el pecho para darse ánimos. Se le reponían las mismas fuerzas que ya desde antes de los entrenamientos le servían para pensar en cómo habría de ser el mundo que ganarían con esta lucha. Además estaba seguro –como su madre de las fuerzas del cielo, como las viejas en el pueblo creían que la Providencia haría llover panes– de que la carta los salvaría. Podría ser su salvoconducto y el acta de fundación de una nueva columna: pero había que atravesar la sierra. Antes de perder el conocimiento –con la pierna herida en tres puntos, seguramente para quedar a lo menos cojo– a Serraldo le vino un ataque de rabia y soledad. Se había zafado del hombro de Salgado y casi se le dispara el arma al caer. Se arrastró entre los árboles mojados y se le aparecieron ataúdes: volaban al ras del cielo como en ronda de pajarotes. Los ahuyentó con gritos de sáquense a la mierda pal carajo...

alguno se le pegó a la mano y tuvo asco. Salgado intentó reanimarlo. Creyó que se había muerto y entendió por qué Serraldo le había llamado la atención sobre una frase que el Che puso en su diario que escribió en Bolivia: Tu cadáver pequeño de capitán valiente ha extendido en lo inmenso su metálica forma. Salgado había oído que ese huevón del Che ya había pensado en el epitafio para cada uno de sus hombres. Se dijo que a Serraldo le hubiera gustado una lápida con una frase del Che, pero en realidad Serraldo se aferraba a la vida porque aún creía que llegarían los refuerzos: bajados del cielo o brotados de la sierra aparecerían los cofrades que los sacarían de allí. Salgado traía la espalda manchada con un salpicón de lodo, parecía una flor. De esa imagen se había sostenido Serraldo. A Salgado lo conocía de años; habían sido muy compas en Bélgica, cuando él estudiaba ciencias políticas. Entonces jaló al muchacho, lo afilió a su círculo de estudios económicos y luego consiguió que lo mandaran para acá, primero al punto cero y enseguida a los focos de guerra. Se le apareció frente a los ojos la hoja mecanografiada con las instrucciones: cada efectivo debería llegar a la zona de operación por su cuenta y riesgo. Media hora antes de su salida, Serraldo recorrió los alrededores de la estación del tren. Se detuvo en la cafetería a comprar una gaseosa. Oculto tras el kiosco dominaba el vestíbulo de la sala de espera. Allí divisó a un mulato flaco con bigotito de indio: Salgado: imposible no reconocerlo al compa. Por la misma inquietud, a Serraldo le dieron ganas de orinar. Fue una tirada larga, con la vista en el techo. Al accionar la palanca del agua vio que algo se movía en el fondo del retrete: primero le pareció una mancha de sebo, de esas tornasoladas; luego pensó que acaso era su reflejo distorsionado en el agua. Fijando la vista en el centro del remolino, distinguió la nariz de un rostro que giraba en el otro sentido: frente amplia, brillosas pupilas, piocha. Se dijo que eran visiones causadas por los madrugones o esa bárbara costumbre guerrillera de para todo echarse agua fría en la cara. Con inquietante nitidez escuchó que Salgado le daba ánimos. A pesar de la oscuridad, en torno a ellos veía una luz. Se concentró en escuchar el ruido irritante que hacía Salgado al unir los dos impermeables de hule para echárselos encima y no le mojara tanto la lluvia, no se te vaya a pudrir la pata. Cuando ocupó su asiento en el vagón, aunque le jodiera la lengua escaldada de tanto fumar pitillo tras pitillo, se encendió uno más y mientras se asomaba de reojo al andén creció su malestar porque ahora en el humo volvió a aparecer aquella carita del excusado. La del Padrecito, como le decían los estudiantes en México, que ya lo andaba buscando, como le anunciaron en Bruselas. No sabía si eso ya había pasado o estaba por venir. Cuatro asientos adelante se había acomodado Salgado. Esta vez lo reconoció por las botas, y pensó que cualquier cachimbo podía establecer que venían en pareja nomás de mirarlos calzados igual. Y lo peor fue que por inconsciencia o indisciplina, cuando el tren dejó la estación, Salgado se le sentó al lado, como un niño. Serraldo apreciaba en Salgado que supiera conversar, que tuviera el pudor del soldado en campaña que no habla de mujeres. Con nerviosismo pensó que le sería más soportable y racional hablar de hembras que de quimeras, así que nada le dijo de sus visiones. Hacia la mitad del trayecto subió mucha gente desplazada y campesinos con cajas y pollos. Algunos venían pedos, se empujaban y reñían por los lugares. ¿Cómo anular la incompatibilidad entre la visión anarquista del poder proletario y la centralista del poder del partido?... Ésta es la mera principal razón de controversia entre los compañeros porque estos cabrones cabecillas del partido todavía no ganan y ya quieren gobernarnos, Céspedes ya quiere decirle a uno por uno lo que tiene que hacer y pensar. Salgado asintió: Aunque más bravos han salido los compañeros maoístas, casi todos peruanos, demasiado dispuestos a la violencia. Salgado reconoció que aunque su compa se quebrara no se atrevería a abandonarlo aquí, sería como dejar tirado a su padre. Además la gente le creía a Serraldo, había sido el elegido para guiarlos. Caviló que esos concha de su madre de Céspedes seguramente ya los esperaban en la garganta de abajo. Acomodó a Serraldo contra un árbol, y lamentó no poder ofrecerle un pitillo. Se dijo que atajarle la lluvia había sido una buena idea porque el compa se quedó dormido, su respiración se había acompasado. Como si estuvieran sincronizados, el agua paró al amanecer. Entonces Salgado se animó a bajar hasta la cascada. Le sorprendió que el río fuera tan rápido, como ya en la plena temporada de lluvias. Buscó un buen punto para rellenar la cantimplora. Ya con un pie en el torrente, río abajo distinguió decenas de gallinazos: diseminados en la orilla cual flemas de demonios: varios de ellos se oreaban con las alas extendidas y nerviosamente movían sus cabezas como mocos. Se están secando, pensó Salgado: volvió a la ladera para dar un rodeo y llegar hasta allá: no: ¡se estaban banqueteando unas bajas! Salgado imaginó que de los contras, que el río había arrastrado los cuerpos que no enterraron.

Pero éstos eran muchos. Se sintió aturdido al descubrir que eran gente de Céspedes: reconoció a Manuel Benítez. Entonces se volvió corriendo a donde había dejado a Serraldo, columbró que eso quería decir que los chuchas de la contra ya habían roto la línea de los Céspedes. Serraldo boqueaba. Ni siquiera pudo beber, y ya lo electrizaban temblorinas. A Salgado casi se le salían las lágrimas y sacó fuerzas de quién sabe dónde para echárselo a los hombros. Ya desde los días en que los fueron aislando de manera que la contra los pudiera emboscar, para Salgado había sido una mala señal que Serraldo le pidiera que él guardara la carta; fue como cuando algún compa mortalmente herido le da a otro, como una reliquia, el reloj o el cuchillo para que lo entregue a la esposa, la madre o los hijos. Pero resistieron completos los once que quedaban y no se dejaron cercar por los contras. Entonces ya de plano el cabrón de Céspedes les bombardeó la posición, para impedir a toda costa que abandonaran el monte, para acabar con la amenaza que le significaba la carta. Ya muchos creían que la columna de Serraldo y Salgado estaba llamada desde siempre a ser la punta de lanza, el mortero que le rajara la chucha al ejército y sus asesores. Habían tumbado un batallón entero, con inclusive sus helicópteros. No imaginaron que al lograr tal capacidad ofensiva pasarían a convertirse en problema de rivalidad para el teniente Céspedes, ahora comandante. Este hijo de la suya esperaba que se ganara la guerra para cumplir sus planes de hacerse con la secretaría del partido, y enseguida en comandante de la patria. La autoridad de Serraldo constituía el único obstáculo, y ya no los restos del ejército. Céspedes primero ambicionó jalarse partidarios de Serraldo con el argumento de que no se podía gobernar al pueblo con lo que él consideraba una patraña; eso le fracasó, pero que otras gentes se unieran a Serraldo lo logró impedir con ofrecimientos de jerarquía en la dirigencia. Lo de la carta al principio era secreto, no salía de la tropa de Serraldo, además no hubiera estado bien visto que los mismos guerrilleros malhablados y ateos andaran con cuchicheos de aparecidos. Como quiera que sea, los compas de armas juraban por la realidad de la carta y por Serraldo, y eso se notaba en que esas columnas eran la que más le habían hecho bajas al enemigo. ¡Aquí déjame, compa!: Serraldo creía que sus palabras aún eran inteligibles. No se daba cuenta de la desesperación de Salgado, a quien incluso ya le habían pasado por las mientes las palabras para justificarse ante sí propio darle un tiro piadoso al capitán Serraldo. De nuevo se detuvieron a descansar. Salgado lo vio muy tranquilo, como cuando en Papalucas un piquete del ejército paró el tren. Ellos iban sin rasurar y con ropas al modo de la gente. Cada quien traía su leyenda preparada. Soy de Aguamanilas y voy a visitar a mi madre enferma, diría Serraldo, aquí vean mi credencial de transportista; un gremio de esquiroles. Pero si le hicieran hablar mucho correría el riesgo de que lo delatara el acento o se le escaparan palabras que no se usan en el país. Serraldo se había mantenido impasible aunque no dejaba de preocuparle la pendejada de las botas... Los soldados subieron a buscar armas o bultos muy apretados. Antes de media hora se bajaron del tren, sin arrestar a nadie, sin mirarlos casi. La joda del calor y la lenta marcha vino a aligerarse con el anochecer. A la derecha tenían la Cordillera Madre y al oeste un impensable mar de arena. Sólo lo sabían, porque en la oscuridad de las diez de la noche no podía verse nada, apenas el interior de los vagones sobrepoblados y malolientes. En un caserío sin estación se detuvo la locomotora y se lanzaron a las tinieblas y el terregal. En esta zona aún había ejército y policía, pero ya de un poco adelante el tren se tenía que regresar. La ruta pa integrarse al campamento incluye cruzar un tranco de desierto, de allí a las minas y luego a la Cordillera Hija. La oscuridad era aún más oprimente porque a una distancia indefinida se veía una luz amarilla y parpadeante, insegura, triste. Caminaron hasta dar con una casa de barro. Serraldo llamó y no pronto respondió una voz indefinida, ni de hombre ni de mujer. Con la contraseña les abrió la puerta una silueta robusta y ensombrerada, de palabras risueñas, que los debía de estar esperando. Salió a atrapar a Serraldo en un abrazo –a Serraldo mucha gente local ya lo conocía–; saludó de mano a Salgado y se presentó como Tomás, el compañero Tomás. Les pidió que lo siguieran. Anduvieron casi un kilómetro guiados a tientas por el sonido del manojo de llaves que cargaba. De pronto apareció un portón y tropezándose pasaron a una construcción en ciernes o derruida. De la única habitación con puerta salió un hombre con una lámpara sorda que echaba una luz verde. Ése sería su práctico: un taimado hondureño, aindiado, labio trompudo, gediondo a trago. Había llegado ayer, nadie lo conocía pero traía referencias de Morón. Y pa qué carajos lo queremos si tú ya has andado por aquí, le dijo Salgado a su compa, casi celoso. También es combatiente, le respondió. ¿Dónde habrá quedado ese hijueputa?, dijo Serraldo sin evitar quejarse.

Salgado entendió que le pedía agua, pero el compa no reaccionó al contacto con la boca de la cantimplora. Ahora sí se le escaparon las lágrimas. Para consolarse, Salgado se inventaba que cuando saliera del monte le entregaría personalmente la carta a la hija del capitán Serraldo. La original y la hoja de la traducción que había hecho el sargento Prieto. Ya las dos estaban muy ajadas. Porque éstas son las originales, no las que se hizo el hijueputa Hondureño. No podía pensar por dónde seguir ahora. Así que cubrió a Serraldo con unas ramas, para luego subirse a otear si se podía brincar a la Sierra Gemela, pero le regresó el desánimo aun antes de incorporarse y quiso sacar la carta; las letras estaban casi borradas, mas eso no tenía importancia porque Salgado se la leyó de memoria. Por encima del misterio de la aparición de las criaturas, está la naturaleza fallida de sus relaciones. La voluntad de poder que hay en cada individuo es un buen aditivo para la Revolución. El equilibrio social y la armonía de la convivencia que nos augura el comunismo dan como prenda la incondicional promesa de la desaparición del Estado. Estoy consciente de que en estos días la reflexión y la teoría carecen de prestigio ante la deplorable realidad de los estados comunistas. Jamás la religión persiguió tan ferozmente a sus adversarios. Los líderes que no han sabido reconocer la contundencia de nuestro papel en la Historia, aseguran inevitable pero provisional haber llegado a ese extremo represivo. Yo he permanecido a la espera de que las condiciones políticas favorables a la Revolución mundial sean el resultado de la absoluta organización de la consciencia del proletariado. No estoy muerto sino exiliado de este mundo, como antes lo estuve en Suecia o en Francia. Y ustedes verán que volveré cuando los pueblos de todas las naciones del mundo estén preparados para desprenderse del cascarón del capitalismo y las nacionalidades, cuando quieran exorcizar al demonio del dinero, cuando quieran dejar atrás el mezquino modelo de la sagrada familia: prenderé la Revolución en todos los rincones del orbe. El primer día, después de los fusilamientos, los hombres no podrán sino ver en todos sus semejantes lo mismo a un hermano que a un hijo o un padre. Se verá que todos somos frutos del mismo árbol. Y terminará la Historia, la recordaremos como una pesadilla de los combates en la Tierra de dos fuerzas que, por innombrables, el materialismo asegura que no existen. Los varones y las mujeres vivirán cada uno en tal estado de éxtasis que podrán prescindir por fin uno del otro y cohabitarán en indistinta casa como camaradas. Esta es la verdadera Revolución: vivir sin explotar nada del cuerpo ajeno. Sé que no olvidan que el camino al Edén es un río de sangre. Muchos sacrificios se le piden a los hombres. Mas el sacrificio espurio hace vano al hombre. Pensemos que esa sangre es la nuestra, pidamos que se derrame sólo en la batalla, confiemos en que llegaremos al gran día en la memoria de quienes nos sobrevivan. Mucha suerte, camaradas. ¡Héroes ustedes que llegarán primero! Y la firma. Estas palabras aprendidas como letanía les habían dado más arrestos para el combate que los pertrechos acarreados por los compañeros cubanos. En ese momento incluso hicieron que Serraldo abriera los ojos, pero tuvo miedo porque se sintió ya enterrado. Y aunque aún no estaba vacío de fuerzas no quiso hablar, para no decirle a Salgado que lo quería como a un hijo, porque pensó que tal declaración lo lastraría, que no acabaría de irse. ¡Muévase, compa!: logró articular, pero al abrir los labios no le salieron los sonidos, en la boca le cayó tierra con restos de lluvia, que le supo a la caña que el Hondureño sirvió en unos vasos inmundos. Aunque la bebida del práctico era marranilla, funcionó para enfebrecer la conversación y los planes sobre la ruta que tomarían al día siguiente. A partir de aquí ya no hay ejército y los pocos que hay no se avientan a recorrer el desierto. Pero en el otro borde sí hay un batallón de la policía. Hay que eludirlo y ya salimos. Estos cachimbos serían los primeros que tumbarían no bien estuvieron acomodados en el monte. Si acaso nos terminamos el agua, advirtió el práctico, podremos reponerla en el cráter, que de todas maneras era un punto obligado y la señal de que iban bien, de que ya sólo les faltaba un cuarto de camino. Serraldo se sintió fuerte cuando el práctico dijo que los compas obreros sí habían cumplido sus promesas: además de las botas ya entregadas, mochilas con ración seca para seis días, instrumento de orientación, cobertor, municiones y un Kaláshnikov por cada tres efectivos. Eso había llegado ya al campamento; mientras tanto no tendrían más que lo que llevaban puesto y una pistola que les dio Tomás. Tomás les confirmó que en días pasados habían partido cuatro compañeros y que ya estaban en la zona del teniente Céspedes, más para dentro de donde iban Serraldo y Salgado. Ahora las cosas habían cambiado porque los terrenos de combate se habían recorrido hacia el norte. Salgado calculó que Céspedes querría hacer las paces con Bejarano Salas para machucar en pinza a los sardos. Seguramente Céspedes se granjeará a este cabrón arribista. Con los últimos ánimos, casi clarividentes, a Salgado se le ocurrió buscar a Morón. Nos ayudará si es que anda vivo y no se ha alineado con Céspedes. Miró apesadumbradamente el bulto de hojas bajo el que yacía su compa: se lanzó a correr y encontró el paso franco hasta la punta del siguiente cerro. Empezó a espiar con los binoculares en busca de humo o pájaros que se alborotaran. El aguacero de anoche había lavado muy bien el aire, y la claridad le dio esperanzas a Salgado. Pensó en seguir él solo y buscar un médico. ¡Pero cómo abandonar al compa tantas horas! Regresó por Serraldo, le quitó las ramas para abrazarlo, decirle que no había obstáculo pa alcanzar por lo menos la ladera interior de la Sierra Gemela. Le vino esa fiebre tremenda de lucha que a los combatientes les sube al mismo tiempo que se plantean la pregunta de qué caso tiene todo esto si nos matan. Cargó con el capitán como si fuera el ligero saco de las provisiones. A Serraldo Salgado le pareció un muchacho de paseo por el campo. Caviló que en medio de la guerra hay momentos que se dirían independientes, brotados de sí mismos, ajenos a lo inminente. Son respiración y contemplación. Puro aliento que nada piensa. Con una mirada superficial apenas se percibe un puñado de astros: conforme los ojos se empeñan en el cielo aparecen más y más estrellas... Cada punto del firmamento está iluminado... se dijo el compa. ¿Y cómo esconderse de algo que está en todas partes? El sol rabioso latía como encerrado en una botella de alcohol; denodadamente rebuznaban los asnos cual si su aliento sostuviera la imagen casi espejismo del rústico caserío. Desde muy temprano el aire estaba caliente. La Cordillera Madre parecía el espinazo del mundo, el desierto su vientre lampiño. A Salgado le arredró un poco calcular la distancia que deberían recorrer. Los cactos y las plantas espinosas al principio le impusieron el ritmo a sus trancos. Ninguno había logrado sufrir menos de un pinchazo de saltona, una planta que al rozarla dispara sus espinas, envueltas en una vaina que produce fiebre e infecta. Al cabo de seis horas, el práctico sugirió tomar un vivaquito allá en unos arbustos como huisaches que no se veían muy lejos. Destapó la cantimplora con avidez. Serraldo y Salgado encendieron un pitillo y se sentaron en una piedra. Unos graznidos de cuervo acallaron el silbido del viento, y continuaron el camino en esa dirección. Cuando el sol tocó el punto más alto el color del cielo perdió intensidad. Salgado vagamente lucubró que llevaban buen rato sin considerar la orientación, quizá caminando en círculo. Pero ya iba siendo hora de elegir un sitio para pernoctar. Se estacionaron al abrigo de unas rocas. El práctico dijo que encendería un fuego porque aquí en la noche es el punto de referencia que impide que uno se vuelva loco en medio de este terregal de luna. No harían fogata, nomás las puras brasas. En eso escucharon pisadas y balidos. El pastor apareció montado en un burro entre medio centenar de cabras. Sabían que no era casual su paso por donde se encontraban. Esta gente le temía al ejército porque le tumbaba los animales y la tierra; también con sobrada razón recelaba de la guerrilla porque sospechaban que finalmente los despojarían nomás ganar la guerra. Al aproximarse a él, ladraron dos perros que no habían visto. Serraldo descubrió que detrás del burro permanecía en guardia un muchacho parecido al hombre. Ambos activaron la nariz, olfateándolos. Serraldo los trató de compañeros.

El cabrero les informó que antier habían llegado por su casa unos combatientes a comer queso de cabra. Luego, como si él y el rebaño fueran una sola criatura echaron a andar todos al mismo tiempo. Cuando a Salgado le tocó cambiar la guardia, el práctico comenzó a sentirse mal. Dijo que traía dolor de estómago. Había hecho lo peor que se puede hacer ahí adentro: beber alcohol: la auténtica y única causa de sus cólicos. Serraldo se acercó al práctico para sermonearle que le iba a levantar un consejo de guerra y que al llegar a los campamentos quedaría arrestado. Ahora maliciaba que el práctico no tenía nada, nomás se había hecho bien pendejo pa no ayudarnos a juntar leña. Serraldo dedicó su guardia a calcular cuánto sería prudente confiar en los granjeros. Estaba seguro de que contaban con los campesinos, pero con los ganaderos es otra cosa. La última guardia le tocaría al práctico, y cuando Salgado y Serraldo despertaron no lo vieron. No creyeron que hubiera desertado porque allí estaban su manta y su cantimplora de borracho; tampoco se había llevado la pistola. Lo aguantaron treinta minutos y se lanzaron a caminar. Vamos pal carajo. Pero ya Serraldo no está como pa aguantar. Salgado se conformó con constatar que aún lo reconocía. Le buscó un nuevo escondite entre unos matorrales. Quiso dejarle la cantimplora llena, dos raciones y un cargador, aunque supiera que eso era un desperdicio. Calculó que sería mejor dar un rodeo, no pasar de nuevo por donde ya había explorado. Además hizo otras huellas, para desviar de Serraldo a los que vinieran: sardos de la contra o hijueputas de Céspedes. Entonces le sorprendió hasta el terror encontrarse a un negro tumbado apenas a cien metros de donde ellos estaban. Era sardo y traía tabaco, y aunque después de secarlo ya no iba a saber igual, Salgado se lo guardó: pa Serraldo. Además fue un renovado pretexto para regresar al lado del compa. Decirle que esta baja era igual a un par de caídos que meses antes habían quedado después de una refriega. Los hombres de Serraldo se los toparon en una pendiente: los cuerpos habían rodado hasta quedar atorados en una roca o en un árbol. Había que llamar por lo menos al sargento Prieto pa que viniera a dar fe de ellos, sobre todo del que quedó más abajo. Tenía el pecho destrozado: hecho una verdadera cazuela: le había pegado la ráfaga desde muy cerca o le había explotado una granada. Luego de que vino el sargento, ordenó cargar nomás con el segundo, trasladarlo al campamento. Este negro muerto lo pensaron un oficial de los asesores, de esos zambos que hablan inglés. Su cadáver garantizaba que Serraldo podría probar la intervención de los norteamericanos. Pero este negrón tenía la piel como de buzo, olía como a sancocho con plátano ya cuando se está pasando... Ahí fue cuando Serraldo comenzó a sospechar que los cabronazos apenas empezaban. Por prudencia y quizá también por un poco de miedo se guardó de decirlo, sólo algo le confió a Salgado. Ellos sí se percataron de que ya en esas fechas le habían entrado a la matraca muchos compas que quién sabe de dónde coños venían. Céspedes ya se había salido del monte pa comenzar a organizar el gobierno, su gobierno. Muy astutamente había dejado adentro a varios jefes revolucionarios ocupados con lo que quedaba del ejército. Cuando Serraldo se dio cuenta ya no pudo salir. Salgado le dijo que no podría quedarse, que había huellas recientes de tropa, aunque no sabía si de la contra o de los Céspedes. Serraldo recordó que en las proximidades del cráter habían descubierto varias huellas frescas, y pensaron que no podían ser de los compas que les llevaban la delantera, sus rastros ya tendrían que estar borrados, además que su ruta no tocaba este punto. Serraldo se fue un trecho siguiendo las pisadas: parecían de una caminata sin rumbo; tampoco coincidían con las suelas del Hondureño. El paisaje había cambiado: aumentó el tamaño y el número de las cactáceas, empezaban a divisarse árboles. Avanzaban en paralelo, separados unos cuarenta metros para incrementar el perímetro de visualización. Fatigado y sin hallar más sombra que la suya, Serraldo se detuvo; quiso fumar pero el solazo le hizo desistir. Optó por la cantimplora y en tanto se mojaba los labios buscó la cordillera. Según él, debería estar a sus espaldas; dio un giro completo y no la vio, tampoco a Salgado. Se acomodó la pistola con el único propósito de que su peso lo sustrajera de la confusión. De pronto distinguió a Salgado. Habían llegado al oasis mencionado por Tomás y el práctico. Más que el agua, a Salgado le tranquilizó pensar que iban en el camino correcto. Reanudaron la caminata. Hablando a ratos, como en un sueño, debatieron el asunto de la propaganda armada y qué hacer con los desertores, con el Hondureño hijueputa. Las siguientes semanas las pasarían en interminables discusiones al respecto, como en Caracas. Algunos compas son muy rijosos y no es raro que se tiren porrazos. Les importa una coña el respeto y la disciplina. La gente de Morón, igual que los de Serraldo, mantenían suspicacias con respecto al partido, no querían lanzarse al monte sin afianzar el apoyo de las bases. Tenían muy en cuenta la experiencia del Che y su tropa en Bolivia, y asimismo lo de la traición del Caballo. Los de Bejarano Salas querían prender ya la sierra y el llano; según ellos, más valía el apoyo de la gente de afuera. Hay que aprovecharlo ahorita que está. En esto Serraldo les dio la razón, pero otra cosa son las promesas y una el apoyo real de los campesinos aquí en el terreno. ¿De qué nos sirve andar bien pertrechados si la gente se queda del lado del ejército? Serraldo confiaba absolutamente en el trabajo de adoctrinamiento, en entrenar al combatiente para que pueda argumentar más de tres razones lógicas a un campesino para que le dé agua, comida, escondite. Bejarano Salas, por su parte, calculaba que si todas las tropas entraban en ese momento podrían organizar fuerza suficiente y asaltar en unos tres meses el cuartel del ejército, además que para ese entonces ya estarían armados de baterías antiaéreas y el par de tanques que habían ofrecido los peruanos. Céspedes le agarraría la palabra. Le sonó seductora la idea, y más porque la tropa de Morón no rebatió con alguna opción mejor. Esperar, dicen. ¿A qué? ¿A que se reacomode el ejército, a que una delación descubra las casas de seguridad allá abajo? Y como los compas ya traían la mecha prendida, pues ni modo que no. Es cierto que los dirigentes del partido se acabaron de movilizar en cuanto los armados tomaron la iniciativa, como había previsto Serraldo. Y ya se comprobaría que también llevaba la razón Bejarano Salas: arrasaron al ejército antes de medio año, aunque después los gringos los rearmaron. Pero Céspedes capitalizó. Salgado descendió con Serraldo hasta una curva del río; le acomodó una piedra bajo el cuello y la nuca. Sintió que a esa hora eran muy visibles y que habían hecho mucho ruido al bajar. Imaginó que los estaban dejando llegar a determinado terreno para emboscarlos, pero ya pa qué, si es obvio que no podremos resistir ningún ataque. No había nadie en la sierra o eso le estaban haciendo creer. Pensó en un repliegue de la gente de Céspedes nomás pa dejar entrar tantito a los contras, y éstos les habían madrugado, como señalaban los cuerpos allá atrás en el río. Pueque ahora Serraldo y la carta ya no sean su prioridad sino los sardos. Pero los caídos allá en la ribera no tenían mucho tiempo, y Salgado no había oído traca-traca alguno en los últimos tres días. Entonces se le ocurrió que más bien los querían vivos, por lo menos a Serraldo, pa echarlo a la cárcel, acusarlo de traidor y acabar con el mito y con la carta. Se veía todo bien clarito: una invitación a pasar pal otro lado de la sierra. Se aventó: se subió en joda por entre el tupidero de árboles hasta la cachucha pelona del cerro. Más lo frenaban los remordimientos por abandonar al compa moribundo que la posibilidad de que un francotirador le rajara su madre. Parriba parriba parriba... Luego pabajo pabajo pabajo. Nada. No creyó que se la pusieran tan fácil: ya nomás me falta otro cerro y pafuera, pal llano otra vez. Pero se siguió por ahí por la columna vertebral de los cerros, pensando en bajar a los pueblos de Medina. Ya una vez en la carretera, con esconder el arma y sacarse la camisola podría confundirse con la gente. Esperó a que oscureciera. Con los binoculares le echó un ojo al pueblo: unas cuantas luces flacas y pura calma. Aunque no vio a nadie, identificó dos vehículos de Céspedes. Pero miren ustedes muy a su alrededor de cerca, se dijo. ¿Quiénes administran ahora las ganaderías y las granjas del Estado? Pues son estos mismos cabrones compitas que muy adrede dejaron solo al capitán Serraldo de este lado de la cordillera. Salgado se volvió al monte, por donde se acercó al siguiente pueblo, donde conocía gente y pensó que ahí alguien le podría ayudar a saltar a Bogotá o de plano a Santiago. Y que con la carta en su poder podría aglutinar a la gente descontenta con Céspedes, conformar un comando. De pronto distinguió movimientos en el perímetro. Las farolas públicas irradiaban una luz inusual, verdosa. Se arrastró hasta una posición más favorable para observar. Le palpitó el corazón cuando vio al Hondureño, pues él y Serraldo creían que había muerto desde una de las primeras zacapelas con los Céspedes. Pero aquí andaba el muy hijo de una, y al frente de una bola de compas con armas bien nuevas. Se sintió tentado a bajar a su encuentro, pero cómo saber de qué lado estaba el Hondureño ahora. Al parecer, esa tropa se preparaba a un desplazamiento hacia el monte porque iban muy pertrechados. ¿De dónde habían salido esos recursos? ¿Cómo había juntado esa gente? Recordó que en cierta ocasión el Hondureño había dicho que ellos todos pertenecían a un ejército no recién formado. Y esto vino a colación porque alguien preguntó en qué momento exactamente había empezado la Revolución. Entonces el Hondureño dijo que desde un tiempo muy antiguo y un lugar muy lejano había empezado la guerra, que las tropas revolucionarias y contrarrevolucionarias se partían la madre desde antes que hubiera gente aquí, que las organizan siempre unos cuantos, siempre los mismos. ¿Y eso cómo, pa qué, compa? Mire, compañero, pa empezar de cero: crear de nuevo cuento el mundo, el verdadero, para eso nos hemos preparado, reviró Serraldo, y no le haga caso a este comemierda. Nos van a llegar refuerzos de donde ni se imagina, compañero. Salgado pensó que el Hondureño comandaba una de esas tropas primigenias, que estaba tumbando negros en el monte, aunque no sabía si del lado de la contra o de los Céspedes. Enfocó a varios con los binoculares, carita por carita, mas a ninguno identificaba. Primero pensó que el muy judas del Hondureño los había vendido, pero luego que no, porque si el trompudo está contra Céspedes no es nuestro enemigo. De todas maneras no sentía confianza y se volvió a buscar a Serraldo. Instintivamente el capitán se había movido hacia unas matas en la ladera. Aunque a Salgado le fue fácil ubicarlo por el rastro de hojas, casi se lo zumba su compa, que ya no lo reconocía. Le quitó el arma y le revisó los vendajes. Serraldo jalaba y jalaba aire, sentía que los pulmones se le achicaban. En eso se escucharon motores junto con el traca-traca. Salgado preparó el arma pero no sabía qué hacer. Del otro lado del río se vieron fogonazos. ¿Quién contra quién? Columbró por fin que en realidad el Hondureño los había infiltrado y comandaba una tropa de la contrarrevolución primigenia. ¡Cállese, compa!, le dijo a Serraldo cuando éste empezó a gritar, miraba hacia arriba, señalaba algo. Recordó que llevaban poco más de seis horas de caminata cuando se soltó el aironazo. Pasada la tolvanera se recuperó el nivel de visibilidad. Serraldo hizo un alto para mojarse los labios y ajustarse el cinturón. Al levantar la vista distinguió un movimiento como cincuenta metros adelante. Pensó que era un espejismo o los charolazos que dan algunas piedras en el llano. Aquello parecía el sol cuando va saliendo pero en pequeño. Hasta que bajó la brillantez de la luz y una silueta se recortó perfectamente contra el horizonte. Creyó que era el práctico. Pero enseguida vio que no porque le brillaba la frente, espaciosa y muy bronceada. Traía una gorra en la mano. Su ropa, que al principio le pareció un andrajoso uniforme de soldado, era de presidiario. Preparó la pistola aunque sin apuntar: el hombre no llevaba armas y se veía muy cansado. Ya de cerca lo vio más viejo: lucía un acabamiento de esos que no vienen del tiempo sino de la tribulación. En su rostro se había fijado ya para siempre el gesto de la gente acostumbrada a las tormentas. La barbilla roja y crespa como pelos de cola de vaca, los labios partidos y los ojos casi mongoles acentuaban su desamparo. Es él mismo, le dijo a Salgado. Cállese, compa, que nos van a matar: esta vez tuvo que levantar la voz porque de aquel lado se estaban sacando la mugre en serio. Se tendió pecho tierra, tratando de descubrir algo con los binoculares. Se quedaron paralizados, sin lograr discernir si no se movían porque no lo deseaban o porque alguna fuerza invisible se lo impedía. Como ante la presencia de ese hombre a quien Salgado también reconoció y no tuvo dudas. Tal vez los vidrios de los binoculares brillaron en la oscuridad y delataron su ubicación. La primera ráfaga tumbó un tronco que le cayó en la pierna a Serraldo. Ya pa que sin duda se vaya al carajo. Vino un fregadazo como de bazuca que por un instante rojo alumbró a un montonal de efectivos. Se evaporó el zumbido de la tensión del aire que no los dejaba moverse. Salgado miró a Serraldo retorcerse y que con fuerza sobrehumana se quitaba el tronco de encima. ¡Es él!: empezó a gritar con risas de loco. El rostro le brillaba, recordó Serraldo. Enseguida surgió una luz en el cielo: era el reflejo de los rayos del sol que pegaron de lleno en una esfera que apareció en el firmamento. El hombre se puso alerta, corrió hacia el interior de la luz de donde había surgido. Se elevó en un instante, huyendo de una luz verde. Esto duró un par de segundos y retornó la calma del cielo y la tierra acariciados por el aire caliente. Cuando finalmente desapareció de vista, Serraldo reparó en la misiva que con tanto énfasis les había entregado. Lo primero que entendió fue que no estaba escrita en español. No hablaron hasta que contactaron visualmente con los primeros compañeros de la tropa, apostados en los bordes del llano. De inmediato los llevaron a reportarse con el teniente en jefe. Al llegar al campamento, a los combatientes no se les deja descansar aunque sean oficiales, en el acto les mandan actividades, pa acelerar la integración al ambiente. Pa que así después del primer sueño se despierten ya sabiendo dónde están. El práctico ya había llegado. ¿Cómo, hijueputa? Serraldo lo zarandeó. Entonces el trompudo dijo que en la madrugada había visto una luz en el cielo y se había ido a averiguar pero que luego ya no encontró el camino de regreso. Lo que seguramente era una cabrona mentira, porque cuando vio la carta que traía Serraldo, el Hondureño dijo que él también se había encontrado una pero que la había perdido. Quizá fue la perplejidad generalizada de la tropa lo que impidió que Serraldo siguiera cuestionando al Hondureño. Entonces Serraldo contó lo que les había sucedido a ellos y les mostró la carta, que se la estuvieron pasando hasta que vino el teniente Ramírez, y éste la turnó al sargento Prieto para que la tradujera. Salgado dijo que él también había visto el resplandor y corrió hacia donde se encontraba el capitán Serraldo. Cuando el hombre por fin se detuvo frente a ellos, desarrugó el semblante. Serraldo miró por encima de él, tratando de descubrir a alguien más. Le apuntó cuando empezó a llevarse una mano al bolsillo interno de la casaca, de lana cruda y abotonada como si estuviera nevando. Extrajo un sobre que les entregó sin alterar su expresión pétrea. Dijo unas palabras que no entendían, pero el tono era claramente imperativo. No supieron qué responder. Su mirada penetrante le cortó a Salgado la idea de ofrecerle su cantimplora. Algo pronunció lentamente. Aunque no comprendían su idioma les irritaba su inflexión. Serraldo desvió la vista a un parche que el hombre tenía cosido en el pecho de la casaca, justo sobre el bolsillo. No tardó en notar que sobre el bolsillo izquierdo había habido un parche igual. El hombre se puso el dedo índice en el parche, machacándolo varias veces al tiempo que repetía una palabra que acabaron por entender: Ulianov.

Qualia

No resulta difícil suponer que a la humanidad se le volverá la Tierra demasiado estrecha y que quiera escapar de esta prisión, donde no sólo existe la amenaza de la bomba de hidrógeno, sino que –a mayor profundidad todavía– el crecimiento demográfico en avalancha motiva una seria preocupación. Es éste un problema del que no gusta hablar, y cuando se hace se alude con optimismo a las inmensas posibilidades de una producción intensiva de alimentos, como si esto fuera más que un mero aplazamiento de la solución final. El gobierno indio ha dedicado en previsión 500,000 libras para el control de la natalidad y Rusia utiliza el sistema de los campos de trabajo para la esterilización y reducción del temido excedente demográfico. Los países altamente civilizados de Occidente saben desde luego apañárselas de otro modo, pero el peligro inmediato no procede de ellos, sino principalmente de las poblaciones asiáticas y africanas subdesarrolladas. No es éste el lugar para estudiar en detalle hasta qué punto las dos guerras mundiales han sido ya un resultado emanado de este acuciante problema de control demográfico a toda costa. La naturaleza se sirve de diversos medios para deshacerse de las formaciones que se desbordan. Lo cierto es que el hábitat y el espacio vital de la humanidad se van estrechando de manera creciente y para una serie de pueblos hace ya mucho que se ha rebasado el óptimo. El peligro de catástrofes aumenta proporcionalmente al creciente hacinamiento de las poblaciones. La falta de espacio genera miedo, y el miedo busca ayuda en el ámbito extraterrestre, pues la Tierra no la ofrece.

En consecuencia aparecen «señales en el cielo», seres superiores en una especie de aeronaves espaciales como las que puede fabular nuestro entendimiento técnico. A partir de un miedo, cuya razón de ser no entendemos en toda su dimensión y del que no somos conscientes, surgen proyecciones explicativas que creen hallar su causa en todas las posibles y probables insuficiencias secundarias. Algunas de ellas son tan evidentes que hoy se antoja casi superfluo indagar más a fondo. Pero cuando se quiere entender un rumor de masas que al parecer va incluso acompañado de visiones colectivas, no puede uno contentarse en todo caso con motivos racionales y superficialmente plausibles. La causa tiene que provenir de las raíces de nuestra existencia si queremos explicar un fenómeno tan extraordinario como el de los ovnis. Lo cierto es que ya se observaron en siglos anteriores como raras curiosidades, pero entonces no pasaron de originar normales rumores regionales.

Carl Gustav Jung, 1958

Arroz Fumanchú

Cierta vez en un planeta muy lejano alguien soñó que era un hombre que iba caminando por un pasaje. Introdujo la tarjeta que llevaba en la mano en el reloj checador. Luego, sin despedirse de las secretarias salió rumbo a la parada del colectivo. Se le antojó comprar cigarrillos al menudeo en el kiosco de los estudiantes. Era fin de cursos, la mayoría de los jóvenes se encontraba en el estacionamiento de la Facultad Metropolitana. Se detuvo a mirar una pareja que conversaba junto a un auto deportivo. Sintió envidia del muchacho: ella era hermosa. Mientras buscaba su encendedor volvió a escuchar un claxon desafinado. Miró con molestia hacia el sitio de donde provenía el ruido, decidido a hacerle una seña insultante al cretino que pitaba frente a las aulas. Le pareció que la luz del ocaso brillaba demasiado en las vidrieras. Se olvidó del encendedor y el cigarrillo. A la insistencia del claxon se sumaron los gritos y la risa de Emanuel. Al pronunciar mentalmente este nombre, recordó que él se llamaba Horacio. Entonces se preguntó si la existencia del puerto dependía de su presencia. No supo de dónde le llegaba con tanta precisión el recuerdo de esa risa, esos bigotes, ese rostro que era Emanuel. Mas no acabó de convencerse de ello hasta que Emanuel gritó:

—¡Gallo, hijo de tu madre!

Horacio se dijo que ese debía ser su apodo, y no tenía dudas de que Emanuel lo conocía. No sabía si le daba gusto verlo. Tampoco recordaba estar enemistado con él. Sus pensamientos recriminatorios fueron flacos para impedirle abrir la portezuela del coche. Emanuel lo prendió con sus manazas y lo atrajo con efusión hasta darle un beso tosco en cualquier sitio de la cara; Horacio sintió los bigotes y la saliva de Emanuel y no entendía por qué no le tiraba un golpe. Para entonces, quien soñaba había hecho de Emanuel el punto focal de su consciencia.

—¡Cálmate ya, pareces maricón!

A Horacio empezaba a entusiasmarle la aparición de Emanuel. Espontáneamente surgieron en su memoria las parrandas y los sitios de la última temporada que trabajó con Emanuel, quizá hacía cinco años.

—Ya no bebo —le dijo, casi con angustia.

—Y a mí qué carajos me importa —no paraba de reír ni zarandearlo—. ¿Qué, creíste que no me volverías a ver? Somos las dos caras de una moneda.

Horacio pensó que él también era Emanuel. Sintió bajo sus pies los pedales del auto y aceleró con fruición. Mientras se alejaban del perímetro de la Facultad, Horacio trataba de reponerse de la sorpresa. Se sentía afiebrado, exultante y al mismo tiempo temeroso. Encendió el cigarrillo que le ofreció Emanuel. Éste conducía rápido, parecía tener claro hacia dónde dirigirse. Hablaba como si hubieran dejado de verse sólo unas horas. Con descarada familiaridad le dijo que dentro de un rato tenía que pasar por Lorena. Horacio no sabía quién era Lorena ni lograba hacerse idea ninguna de las intenciones de Emanuel. Le sobrevino un vértigo muy parecido a aquellos que sentía cuando después de la migraña despertaba sin saber dónde estaba, qué día era ni qué había hecho. Por la avenida del malecón atravesaron media ciudad en unos instantes. Miró el mar como si acabara de descubrirlo. Emanuel detuvo el vehículo frente a una fonda cuyo escaparate mostraba a los transeúntes un enorme horno rostizador donde daban vueltas como en un tiovivo decenas de cadáveres de pollo.

Dentro hacía calor. Horacio sintió que hasta los calcetines se le impregnaban del tufo vaporoso de los pollos rostizados. En el piso cubierto de aserrín navegaban huesos, pellejos, restos de pan. El techo era de un color negro cochambre; en algunos sitios de las paredes se descubría que habían estado pintadas de verde. No había mesas como en el común de las fondas. Frente a una larga banca adosada a tres de las cuatro paredes había un tablón donde a cada cierta distancia se amontonaban una salsera, un salero y un manojo de servilletas de papel. Se comía con la mano y por encima de las conversaciones en voz baja volaba el rumor de los ventiladores, que no servían más que para dar un ritmo al oleaje del vaho casi líquido.

Emanuel ordenó dos raciones y una jarra de cerveza. Ruidosamente se chupaba los dedos brillosos de grasa y mugre. Eructaba con deleite al final de cada trago de cerveza, ni siquiera se limpiaba la espuma que se le atoraba en los bigotes. Cuando Horacio le dijo que no tenía hambre, porque acababa de advertir que el pollo le daba asco, Emanuel lo miró divertido, y con un gesto de sincera gratitud tomó el plato de Horacio. Todo se lo acabó Emanuel, y aún no terminaba de masticar el último bocado cuando encendió un cigarrillo.

–Laurita quiere verte –Emanuel finalmente pronunció ese nombre que Horacio había olvidado mas tanto temía escuchar. No se atrevió siquiera a preguntar para qué o insinuar una negativa, sintiendo que el sueño era irrevocable, como el destino–. Es una cosa rápida... Mira, aquí te manda esto –le tendió un pequeño papel.

Horacio no quiso imaginarse nada ni escarbar en sus recuerdos. Se guardó en el bolsillo de la chamarra el trozo de papel, sin abrirlo. Mientras Emanuel se hurgaba entre los dientes, Horacio se fijó en la manera en que los comensales estaban sentados. Sólo había hombres, sostenían los brazos pegados al tronco, movían las manos como si las muñecas les salieran de las costillas, no levantaban la mirada y mantenían los pies juntos. Cuando el tipo que servía, que era el mismo que atendía el horno, les trajo la nota, Horacio malició que ese era un sitio exclusivo para gente que había estado en la cárcel. La confirmación vino, por un lado, de la cantidad ridícula que les cobraban; y por otro, de las numerosas cicatrices de navaja que el sujeto lucía en el antebrazo izquierdo. Avasallado por la indolencia de sus pensamientos, infirió que esa cofradía la había organizado también Laurita, que ella era la dueña del lugar.

Con un ahogo parecido a la resignación, sin saber en qué momento habían vuelto a subir al auto, ahora vagoneta, Horacio se dejó llevar... El que soñaba gimió al distinguir los primeros caracteres de una escritura que le recordó el sonido que hacían las palabras *barrio chino* pronunciadas por una mujer que lo había amado.

Emanuel hablaba de hembras, amigos del pasado, sindicatos y asuntos que no encajaban en la fugacidad presente. Cuando Horacio vio de cerca los letreros de las tiendas y restaurantes chinos le pidió a Emanuel que se detuviera.

—No sé qué es lo que quieras que haga... pero no lo voy a hacer.

Emanuel no perdió la sonrisa ni el talante cínico.

—A mí no tienes que aclararme nada, Gallo. Laurita quiere verte y me encargó que te buscara. Arréglate con ella.

—¿Qué quiere?, estamos a mano —lo dijo sin convicción, como repitiendo un parlamento oído en una película—. ¿Por qué no lo haces tú, Emanuel?

—Yo no podría contestar tus preguntas. Sólo sé que es importante que la veas.

El coche y Emanuel desaparecieron. Alguien, que no sabía si era Horacio, avanzaba temerosamente por un pasillo rojo. Traía zapatos de mujer, pantalón de policía, luego una bata de médico o de peluquero. Cuando encendió la luz, Laurita le ordenó llegarse a una dirección detrás del Mercado Municipal. El paquete era un envoltorio burdo como los que despachaban en la pescadería. Lo acomodó parsimoniosamente en el espacio de la mochila escolar del Pollo y le ayudó a ajustársela en la espalda. Le dio unas monedas, le pasó la mano por los cabellos y le recomendó de nuevo no demorarse con los chicos del callejón Lee.

—El señor al que vas a entregarle esto te tiene que dar algo a cambio. Lo guardas en tu lapicera y la cierras bien. Te me regresas de inmediato, Pollito.

Entonces el Pollo se dio cuenta que era mudo y por

un instante creyó que esa mujer que lo intimidaba era su madre. Se vio en otro momento en que Laurita le permitía entrar a la cámara secreta, como llamaba a su oficina en los altos del Restaurant Cantón... Se impacientó porque el Pollo no dejaba de mirarla.

–Oh, lo olvidaba. El papelito –se volvió a su escritorio.

El papelito era la mitad de una hoja de su libreta. Por un lado anotaba el nombre de la persona a quien el Pollo debía buscar; por el otro, alguna frase como las que venían dentro de las galletas del postre en el Restaurant Cantón. Pero lo precioso de esos papelitos era la letra de Laurita, las líneas de una caligrafía que por sí misma era un mensaje, independientemente del sentido de los signos.

El papelito decía No pierdas el tiempo, pero el Pollo entendió Cada hombre es una estrella. Se fue caminando entre el gentío, imaginando que cruzaba la Vía Láctea hasta aterrizar en el carcomido edificio de la aduana. No tardó en aparecer el capitán Hernández; seguramente ya lo conocía de mucho tiempo porque le invitó un helado y lo hizo pasar a las bodegas, donde entre la infinidad de cajas estibadas había una butaca frente a un televisor pequeño. Esa fue la primera vez que el Pollo vio qué contenían los paquetes que Laurita le encomendaba entregar: dinero, que Hernández contó campechanamente sin dejar de atender el partido en la televisión. Los gritos sonaban ridículos en la minúscula bocina. El Pollo no pudo cambiar el canal pero logró que el aparato enmudeciera. Esto le causó un gran susto al que soñaba porque descubrió que tenía poderes telepáticos. Hernández se contrarió por unos segundos;

al ver que no lograba arreglar el sonido del aparato prefirió entregarle al Pollo la liberación de las mercancías encargadas por Laurita. Acordeones, zapatos tenis, camisetas y juguetes varios en cantidades suficientes para ajuarar a la China entera.

–Le dices que directamente en el muelle... Perdona, aquí lo anoto.

Horacio apenas entonces se percató de que era un infante. Estaba contento de la confianza que le tenían las personas que visitaba, todo el mundo lo saludaba por la calle, una chiquilla muy bonita se detenía a acariciarle los carrillos. Dio un rodeo por el aire para que no lo venciera la tentación de meterse a jugar en las máquinas electrónicas del callejón Lee. Laurita ya lo esperaba con el auto y el chofer en una bocacalle del barrio chino. Era el día del niño y Laurita se había arreglado para la ocasión.

Sabía lo que a continuación sucedería: no fue una premonición sino un recuerdo. Ella le pediría que se adelantara a los edificios donde vivían los becarios, como Laurita llamaba a la tropa. Debía apresurarse a juntar a los chicos en el estacionamiento principal de los inmuebles abandonados. Sin quererlo, apareció en el callejón Lee tripulando un bólido que a supersónica velocidad atravesaba la galaxia en busca de sus padres muertos por los enemigos de Laurita. En el camino lo interceptaron androides y sintió el furor de la guerra: los veía morir sin culpa bajo el fuego justiciero que salía de su mano. Pero prefirió dejarse matar porque ya se le hacía tarde. Apenas dejó atrás la explanada del Teatro Nacional, vio surgir la manada de perros bastardos, cojos, enfermos. Le ladraban sin dejar de mover el rabo.

Se detuvo delante de ellos. Levantó la mano derecha para hacerlos callar. Los formó en dos hileras que lo franquearon hasta la entrada de esos nidos, que ya no parecían edificaciones sino cavernas. Percibió enrarecido el ambiente, un silencio como el del fondo del mar. Nadie salía a recibirlo. Rompió la formación de los perros, que espontáneamente se dirigieron hacia el sitio donde los becarios se escondían. Le extrañó que no estuvieran tirados al sol, que prefirieran la mefítica humedad de los sótanos inundados. Vio que hacían corro en torno al chico nuevo, el único gordo de la pandilla, al que Laurita había amonestado en días recientes por andar de cabrón insidioso mal aconsejando a sus compañeros. Los perros le dijeron *be careful,* Pollo. Encontró también a los chicos que a esa hora debían andar en el Metro. Cándidamente, el Pollo batió las palmas para saludarlos. Le respondieron con un embarazoso mutis. Enseguida el chico gordo se desprendió del grupo y vino a plantarse frente al Pollo. Le dio un empujón que lo tiró al suelo; pero antes de caer sintió que se desplazaba por el negro espacio sin estrellas como un astronauta desahuciado. El dolor en el coxis y los raspones en los codos casi lo despiertan. Pero algo en su interior le dijo que no debía huir, enfrenta lo que venga... Sin darle oportunidad de incorporarse, el gordo comenzó a tundirlo. Bajo los cates el Pollo no podía usar a discreción sus poderes telepáticos: así que los hizo huir a todos porque aventó un gigantesco caldero de mierda hirviente. Desapareció la tercera dimensión. En un cromo, abrazado a sí mismo estuvo llorando. Como único consuelo se dedicó a desenterrar de la noche el cofre del tesoro donde guardaba los papelitos que le había dado

Laurita. ¡Qué paz! ¡Esos papelitos valían más que el perdón de los pecados de la cristiandad y los judíos juntos!

No pasaron ni diez años lineales cuando se abrió la puerta del estacionamiento y apareció el auto de Laurita seguido por una camioneta. Cuando la mujer recogió la foto donde aparecía el Pollo con la nariz sangrante, le limpió la cara con su pañoleta de seda lila. El olor de la pañoleta, más que la atención, reconfortó al Pollo. Otra vez pensó que ella era su madre y se vio ya viejo llorando ante una tumba, enterado demasiado tarde del sitio donde la habían sepultado.

—¿Quién te pegó, Pollo? —la mujer estaba furiosa pero no perdía la calma. Le tendió un trozo de papel y un lápiz—. Escríbemelo aquí, ponme su nombre.

El Pollo tomó el lápiz con la inconfesable pretensión de hacer unos trazos como los de Laurita: Emanuel: esa fue la primera vez que escribió ese nombre que también era él, porque vio cómo de éste salían las letras hacia el tizne carbónico, el lápiz, su mano, su cuerpo gordo y cachetón corriendo por los arrabales.

El recuerdo más antiguo de Horacio cuando volvía a ser Horacio era un arco iris que volaba como un bumerang vertiginoso en el cielo de su mente. De cuando comenzó a ver el mundo de forma consciente recuerda las tinieblas, porque estaba en un túnel del Metro. Se arrastró hacia la luz pero se detuvo ante una escalera de hierro que lo llevaría a otro túnel y luego a los subsuelos del barrio chino. Tendido en el piso estuvo contemplando las suelas y las piernas de quienes pasaban por las rejillas, sin lograr entender lo que veía. Piensa que por mera curiosidad levantó una de las trampas, la que daba a un sitio sin trajín; era el patio anejo a la cocina del Restaurant Cantón. Allí lo encontró Laurita, cuyo verdadero nombre era Lu-hui-ta, mas pronunciado por su esposo sonaba Laurita. Ellos no habían logrado tener hijos; el esposo pensaba que el gobierno los había esterilizado cuando entraron al país hacía un siglo, pero Laurita tenía la sospecha de que no se embarazaba porque nunca había fornicado, y dentro de su mente no podía disociar una cosa de la otra. Así que el chino no contradijo a su mujer cuando decidió quedarse con ese niño que parecía idiota y era mudo. Lo levantaron como se levanta a una rata de la cola.

–¿De dónde viniste?, creí que había controlado la plaga.

Tenía roña, olía a solvente, daba grima y hasta ganas de apalearlo. Con un régimen de soya, pescado y apio le corrigieron la anemia, aunque nunca consiguieron borrarle la palidez ni quitarle lo enclenque. Los cocineros le pusieron el apodo. El esposo de Laurita le mostró al niño un calendario cristiano, porque en silencio se avergonzaba de ser chino, y le dijo que escogiera un nombre.

Ver de frente durante más de un segundo el rostro de Laurita hacía que uno se convirtiera en ella. Laurita era ambiciosa, sabía sortear a las autoridades y no le temía a nadie. Organizó a su barrio, lo pertrechó legalmente y con propuestas audaces se granjeó el respeto de la policía, que no tardó en localizar a Emanuel. Sin maltratarlo, lo condujeron a los Baños Chuen, donde lo cepillaron como bestia, le dieron ropa nueva y le ordenaron que bebiera mucha agua. Luego Laurita en persona lo introdujo a un majestuoso reservado del Restaurant Cantón.

–Come, siéntete bien –le dijo y cerró el pequeño salón, muy bien iluminado.

Emanuel miró con asombro los numerosos manjares dispuestos en una larga mesa. Al principio temió que estuvieran envenenados, pero el hambre y un nebuloso sentimiento de triunfo desvanecieron sus resistencias. Esa abundancia nunca antes contemplada afiló su cinismo y comió hasta hartarse, hasta resoplar y sentir que se desvanecía. Entonces se dio cuenta que además de la única silla no había un mueble donde yacer. Se echó en el piso. Cuando lo despertaron las ganas de orinar llamó a la puerta para que lo dejaran salir al mingitorio. Nadie respondía. Se le ocurrió que ya debía ser muy noche y el restaurante había cerrado. Se percató de que en la habitación no había ninguna ventana que le permitiera darse idea de la hora. Enseguida notó que la mesa carecía de mantel y que no había consumido ni la décima parte de los platillos. Antes de quedarse dormido creyó haber visto una botella, pero ahora no encontró más que la pequeña jarra del té; de un trago vació lo que de éste quedaba y quiso orinar allí. A punto de despertar, porque sintió que se cagaría y orinaría en la cama, el soñante pensó que hubieran hecho falta muchas jarras para que no se derramara en la alfombra el contenido de la vejiga de Emanuel. Quiso mordisquear la galleta del postre. Se le adhirió a los labios un papelito que decía Cada grano de arroz es un hombre. Fue preciso atravesar las grandes aguas y cayó de espaldas de nuevo al sueño.

Le abrieron la puerta cinco días después. Laurita ordenó que lo bajaran a la pescadería y lo fregaran con el agua a presión con que limpiaban el piso y las paredes.

—A causa de tu insensatez los muchachos andan ahora desperdigados –le dijo, sin haberle dado oportunidad de secarse–. Ellos, con sobrada razón, no confían en los adultos, así que tú te vas a encargar de juntarlos para repartirles sus regalos. Antes, mandarín, vas a limpiar mi salón.

Emanuel sintió dos nudos de ira que se le paseaban por el cuerpo, como si se le hubieran zafado los testículos y anduvieran buscando su acomodo por debajo de la piel. Entonces reconoció que había estado muerto, enterrado en una catacumba tragándose su propia podredumbre. Junto a Laurita estaba el Pollo, medroso. Al otro lado de la mesa, dos oficiales de la policía lo miraban con sorna; seguramente este par de alacranes cebados con lamentos de niños y mujeres eran los embajadores en el mundo de las fuerzas tenebrosas que buscaban imponerse.

—No insistas en tu enojo. Ahora sabes que todo debe fluir –le dijo Laurita cuando se marcharon los policías–. Quiero que tú y el Pollo se den la mano, porque van a trabajar juntos –al estrecharse las palmas cada cual sintió lo que era aplaudir con una sola mano. Laurita llamó al mozo para que les sirviera el té, una infusión fortísima que los mantendría seis noches sin dormir–. Forman grupos de tres, de edades escalonadas, siempre debe haber uno maltrecho, a ése le dan el botecillo para recolectar la caridad. Otro manipula el acordeón y el tercero canta, sólo baladas de amor, nada de coplas revolucionarias. El jueves de cada semana me los juntan en el estacionamiento para que pase yo a recoger su cuota.

Llegado a este nudo del sueño no quedó duda de

que también en este cosmos combatían fuerzas antagónicas irreconciliables contrarias enemigas adversarias. El soñante participaba ciegamente de cada una de ellas porque se estaba mirando al espejo, atusándose el bigote, sacudiéndose el celeste uniforme tachonado de medallas a la infamia, comprobando la puntual sospecha de Emanuel y el presentimiento de Horacio. En un año Mono la jefatura de la policía pasará a un comandante antipático, que era este Gutiérrez que se acicalaba ante el espejo mientras muy orondamente se decía que había llegado la hora de prescindir de Laurita, que poco trabajo le costaría regentar a la panda de mendigos que peinaban el puerto. El soñante comenzó a babear porque no entendía la importancia que para el puerto tenían las diligencias de Laurita, ni lograría ver que lo había enriquecido al grado que de otras ciudades comenzaron a arribar mendigos para reclutarse en el grupo de becarios. Hacía casi una década que Laurita había comenzado a organizar a estos parias para echarlos del perímetro de su barrio, pues cada mañana aparecían regados en la calle los restos de los desperdicios que los restauranteros vaciaban en los contenedores, y no era raro que hacia el medio día cualquiera de estos niños rabiosos se atreviera a amagar transeúntes o arrebatarle el bolso a alguna dama. Laurita pensó en combatirlos con mastines, pero le pareció que entonces tendría que lidiar con dos jaurías. Tampoco le agradó la posibilidad de contratar guardias, porque eso sería como atraer a su barrio un quiste de la policía. Y matar indigentes era algo que rebasaba sus límites. Así que una noche se apostó, acompañada por tres o cuatro chinos, a esperar la aparición de la alimaña. Atrapó dos especímenes. Había colegido que para esos infantes el mejor sucedáneo del afecto que nunca tendrían era un plato de comida caliente. Esta vez también tuvo razón. Asumió el trabajo en lo echado a perder.

Es preciso ver al gran hombre, le dijo su oráculo. Como Laurita abominaba la suciedad, habló con el alcalde y le propuso controlar las actividades de los indigentes a cambio de un espacio en la ciudad. Al alcalde no le agradaba encontrarse a estas sabandijas en las plazas cuando salía a pasear con su familia: les cedió temporalmente un conjunto de edificios abandonados y en litigio. Para Laurita era claro que quien come y duerme puede trabajar, así que lanzó a los chicos a la mendicidad, que no es más que una forma de vida.

Gutiérrez, carroñero y cobarde, amenazó a Laurita con represalias contra su barrio si no le entregaba la mitad de lo que los chicos mendigaban en las calles. Laurita se decidió a enfrentarlo, pero debía esperar a que él diera el primer golpe para actuar en consecuencia. Entonces Gutiérrez excluyó al barrio chino de la ruta de los camiones recolectores de basura: calculando que antes del tercer día los desperdicios amontonados ahuyentarían a los clientes habituales de la comida china y atraerían hasta a las ratas ahítas de los muelles. Gutiérrez confiaba en someterla rápidamente, mas en secreto la deseaba, se le antojaba para sodomizarla. Y la verdad es que no quería la mitad de los ingresos de la mendicidad sino el total, y quería no sólo que Laurita se retirara del negocio sino convertirla en su amasia.

Entre Laurita y los cocineros de todos los restaurantes del barrio chino idearon una grácil operación para conseguir un equilibrio catabólico entre el frigorífico y la mesa, de tal manera que pudieran reducir al mínimo las partes de cada ingrediente de los platillos que fueran a dar a los cubos de basura. ¡Que los comensales se lleven en el estómago la mayor cantidad posible de alimentos! Esto lo conseguirían ajustando cada ración a cada comensal y reciclando lo canónicamente no comestible. Molieron entrañas de pescado, huesos de pato, nervios de res y crearon suculentas salsas que agregaron en sutiles proporciones a cada quimera servida. Inesperadamente, las bazofias significaron el auge de los restaurantes, que muy pronto tuvieron que encargar más arroz y camarones.

Aburrido de mecerse en su sillón de comandante, sin obtener lo que anhelaba, Gutiérrez convocó a sus lugartenientes para ordenarles emprender una razzia contra esos engendros de la calle. Dos contingentes de granaderos equipados con bastones y gases lacrimógenos llegaron a las madrigueras de los becarios detrás del Teatro Nacional. Aquí el soñante perdió la orientación, su consciencia se fragmentó en una mancha de brazos con piernas que nadaban en una luz espesa y blanquecina, en un río de semen chino, porque inexplicablemente Emanuel entró caminando por el callejón Lee sin apercibirse que iba leyendo los letreros de las tiendas, cuyos ideogramas revelaban el verdadero nombre de cada establecimiento, que ninguna relación guardaba con el letrero en la lengua local. Porque ¿qué tenía que ver Restaurant Cantón con Templo de la Rata?, ¿qué iba de Restaurant Río Amarillo, fundado en 1900, a El Corazón Recto de Yu-zi?, ¿y de Regalos Wong a El Hijo del Decapitado? Cuando leyó el verdadero nombre del callejón Lee, advirtió que entendía el idioma chino, porque los nombres de las máquinas de juego estaban en japonés. Entonces se acordó, y este recuerdo lo sacó del soñante, que Gutiérrez iba a ejecutar una redada. Corrió como perro a buscar a los becarios que a esa hora debían andar en la estación Martínez del Metro. No se crea que no estaban preparados para tal eventualidad: ése era el trabajo de Emanuel. Le prendieron fuego a los Almacenes Fierro. Mientras se desquiciaba la avenida que va del malecón al centro, logró distraer a una parte de la policía. Colocaron un contenedor de basura en medio de la calle por donde forzosamente tenían que entrar los bomberos. Les dio tiempo de ajustarse unas mascarillas que había ideado Laurita, recoger chacos y boxers. Azuzar a los perros para que ya en los sótanos el Pollo enfureciera a las ratas, que zurrarían de miedo a los granaderos cuando las vieran saltar como canguros.

No obstante la eficacia de sus movimientos, y precisamente por eso, Gutiérrez también traía su as bajo la manga. Como sus soplones lo tenían al tanto de que aquel chiquillo flaco y feo apodado el Pollo era el favorito de Laurita, por el soñante supo dónde podría atraparlo. En la televisión salió para decir que gracias a su pericia habían controlado el fuego de los Almacenes Fierro al tiempo que cumplían con la misión Limpieza Ciudadana, que consistía en retirar de las calles a los pobres huérfanos y parias para darles humana atención en las instituciones y clínicas estatales. La verdad es que al hospital fueron a dar 27 granaderos, un oficial, y a la morgue 12 víctimas del incendio. Agarraron a seis o siete niños sin nombre, a los que estaban drogados, a nadie más. La neblina viscosa de la madrugada había acordonado el barrio chino, Emanuel capitaneaba lúcidamente la resistencia, en su cocina particular Laurita preparaba una tintura. Había ordenado un alto al fuego, no por temor a salir perdiendo sino porque el Pollo había desaparecido. El soñante tuvo miedo, se recogió en una esquina de su desmembramiento a dirimir cuál era ahora el punto focal de su consciencia, quién era su Yo de todos esos rostros que se movían en la nada. Se paseó volando por el callejón Lee. Le preocupó darse cuenta que lo mismo podía favorecer a Gutiérrez que al Pollo... Vio el barrio como si hubieran pasado mil años. Quedaban unos cuantos letreros, todo estaba polvoso. Ya no había chinos... Nunca tiempo fracaso soledad erección. Como si de pronto una fórmula abstracta hallara su representación concreta en el mundo, volvió a erigirse el barrio chino, en su esplendor, que eran estos tiempos de la regencia de Laurita. Pero nada era fácil ni estaba claro. Se podía pertenecer al bando azul pero eso no significaba que tal bando mantuviera invariable ese color, ni que éste dependiera del nombre o del escudo. Podía uno llamarse azul y vivir como rojo o negro, o incluso ser adverso al azul sin dejar de llamarse azul. La senda de la rebelión, el terreno de la resistencia, las horas revolucionarias son difusos. Son necesarias la voluntad del asceta y la disciplina del guerrero para no claudicar, para no traicionarse uno mismo ni a los cofrades. Venerar siempre esa mínima luz de la consciencia que mantiene al combatiente en la cresta de la ola. Se dio vuelta en la cama.

Laurita, con más espíritu, le pidió una audiencia a Gutiérrez. Este abyecto, y hay que insultarlo porque parte de su razón de existir consiste en ser blanco de denuestos, le dijo que él nada sabía del Pollo, que sus hombres no le habían reportado dato al respecto.

–¿Qué quiere? –por única vez frente a un no chino se mostró molesta.

Gutiérrez, pese a su labia, jamás se atrevería a decirlo. Quería a Laurita. Nada le importaba que fuera china. Y aunque era capaz de establecer las relaciones más sórdidas, no lograba imaginarse la profunda causa de su atracción por ella. Su mente no pasaba de un bruto deseo sexual, cuya violencia iba en proporción al tamaño de lo que no podía ver.

Laurita quiso recurrir a los espíritus de sus antepasados. No les pedía un imposible, simplemente que el Pollo usara sus poderes telepáticos para comunicarse con ella, saber cómo se encontraba... Pero al espacio planetario de su alma lo cegó la polución nocturna del soñante. Laurita casi se desmaya. Su remedio fue lanzar una mancha negra: la mancha blanca con una negra se quita. Hubo un contraataque. Mancha negra sobre mancha blanca sobre mancha negra...

–Lo que ya sabe, señora Laurita –al fin respondió el comandante, nervioso por debajo de su fanfarrona seguridad–. Ya usted procuró durante mucho tiempo a esos niños. Ahora es justo que le toque a otro.

Se sintió maniatada. Tenía claro que no sacrificaría al Pollo, asimismo que sus becarios no se dejarían gobernar por Gutiérrez, y que si los vendía se volverían en su contra. Prefirió no insistir con Gutiérrez, ver qué curso tomaban los acontecimientos. Al creerla vencida, el comandante contempló proponerle una alianza, mas con la callada intención de aproximarse un poco a ella... hasta besarle el cuello tenso y dejar libre su olfato entre el pubis lampiño de Laurita.

–Los muchachos no son mercenarios, actúan por cuenta propia. No puedo hacer nada para ponerlos de su lado, comandante.

Mientras Laurita iba de regreso a casa, Gutiérrez ordenó clausurar el barrio chino, y en los periódicos de la mañana siguiente apareció una foto del marido de Laurita, que más parecía un adolescente nativo enfermo de mongolismo, sobre el amañado anuncio de que el barrio cerraría sus negocios temporalmente, para remodelarse.

–Aléjalos del barrio, que no roben en los muelles –le indicó Laurita a Emanuel, que se llevó a los becarios convertidos en gorilas a la selva que surgió en las montañas que crecieron en torno al puerto.

El soñante vio diez mil chinos dormidos de pie en la estepa. Ni el viento ni la nieve ni las ráfagas de odio perturbaban su sueño. Por dentro estaban despiertos conversando en su lengua sobre el Emperador Amarillo, paseaban lentamente en un bosque de cerezos, comían flores de milenrama. Una copa de vino inmortal sacia más que un río de mil leguas.

Laurita no cejó en buscar al Pollo, acudió a informantes, compró policías, descendió hasta la morgue: infructuosamente. Cuando casi aceptaba que Gutiérrez no le había mentido, comenzó a circular el rumor de que el Pollo había vuelto, que vagaba por las calles: muchos becarios lo habían visto en alguno de los indigentes deschavetados que merodeaban por los muelles o en un perro con cara de hombre o en algún vagabundo que pasaba por la ciudad. El soñante recorría sigilosamente las avenidas. Los muros lo miraban. Para que las construcciones no lo reconocieran se fue a una plaza donde se quedó petrificado como monumento. Por fin Laurita se soltó a llorar, imaginaba al Pollo acarreando basura, envuelto en mil trapos piojosos, rodeado de perros.

Cuando Laurita abrió los ojos se planteó sin ambages confiarle a Emanuel que se llegara con algunos de los becarios a la presa municipal que surtía de agua potable al puerto y vaciara allí un frasquillo de la tintura que había preparado. Poner a soñar a la población. Pero algo desde el fondo de su alma, tal vez la voz del soñante, le dijo no lo hagas. La gente no tiene la culpa. Decidió que debía actuar, manifestarse por sus actos, porque de lo contrario otros, menos aletargados, se asimilarían al flujo de tiempo. Presintió que Emanuel convertiría a la tropa en guerrilla, que accedería alucinadamente a propuestas venidas de otro lado. Al meditar en ello, Laurita intuyó que estaba padeciendo las consecuencias de la vida ininteligible del soñante. Yo no puedo guardar de este lado lo que él no atiende del suyo. Aunque se le ocurrían estas ideas, sabía que no podía comunicarse con él. Se levantó de la silla pensando que el Pollo sí...

Al principio sin saber la causa, Laurita bajó las escaleras. Ya en la calle desolada, al ver que el letrero de la Lavandería La Montaña estaba de cabeza, recordó que la había mandado llamar el coronel Hernández, que de oficial de aduanas había pasado a director. El almirante de una compañía naviera le había ofrecido unas mercancías muy baratas; estaba encandilado porque no se trataba de pornografía ni manufacturas prohibidas, podría hacer un negocio en grande con artículos de consumo popular, sin tener que esconderse. Si bien disponía de socios con un cierto capital propio para invertir, su problema estribaba en que no tenía quien las distribuyera.

–Yo soy su amigo, Laurita... Aunque usted no lo crea, siempre estoy al tanto de las tribulaciones que la cercan. Sus protegidos andan desbalagados, ¿no es cierto? Soy de la idea de que el nómada no sabe vivir en una ciudad. Vamos a hacerlos sedentarios, a darles una forma digna de vida. He estado pensando que a sus muchachos les haría bien dedicarse al comercio. Yo le proporciono la mercancía, usted la lleva al cliente, ¿qué opina?

No obstante la malicia de Laurita, y quizá por la verdadera tribulación que le causaba la desaparición del Pollo, se imaginó una magna tienda como los Almacenes Fierro, y sin pensar se lo dijo al coronel Hernández.

–Bueno, eso será más a futuro, Laurita. Por el momento nos conformaremos con pequeñas sucursales, distribuidas en cada esquina. A usted le conviene por todos lados... Alejo de usted al comandante Gutiérrez, un buen amigo mío aunque un poco atravesado... Se lo voy a decir honestamente, estamos en confianza, él quiere entrarle al negocio pero no quiere poner nada, o más bien quiere poner a sus muchachos.

De la naturaleza del trato que había hecho, Laurita vino a darse cuenta cabal cuando se sentó a comer la sopa y entre los dientes se le rompió la cuchara, al plato comenzó a derretirlo la sopa hirviente, el reloj de la pared caminaba hacia el pasado. Al coger la taza de té se le quedó la oreja en la mano. Mientras el líquido, también caliente, le mojaba el regazo, Laurita levantó la vista y vio que estaba en una enorme habitación atestada de cajas amarillas que con letras chinas y negras decían

Made in Taiwan. Salió a la calle y vio que todos los objetos que usaban los ciudadanos tenían la misma leyenda, con algunas variantes como *Made in Corea, Made in China, Made in Vietnam*. Todo se rompía. Ahora el dueño de Almacenes Fierro, el primer afectado por el contrabando, participaba soterradamente en la venta de mercancías falsas.

El barrio chino había vuelto a abrir, a Gutiérrez lo habían hecho procurador de justicia, ahora el jefe de la policía era el comandante López. Conforme Laurita caminaba por las calles mucha gente la saludaba, vagamente reconocía los rostros. No tuvo dudas cuando se encontró a Emanuel: eran los becarios, pero habían crecido, y al ver la superficie que ocupaban en las calles sus puestos de chucherías pensó en conejos pintos, chimuelos o sin cola. Los gobernantes del puerto no solamente no habían sabido eliminar sus propias excrecencias sino que habían traído a casa las de otros lares. Laurita comenzó a advertir que junto con la chatarra había bajado al puerto una multitud de verdaderos vándalos, viejos feos, lisiados, harapientos.

Como en las calles Emanuel era el líder, el comandante López hizo la finta de buscarlo, para crear momentáneamente una rivalidad entre él y Laurita, que no había dejado de ser el punto de cohesión de distintos intereses. Pero Emanuel no se destanteó, así que López recurrió a sus granaderos; sabía que la única forma de obligar a Hernández a compartir el negocio era apachurrar un poco a la gente de Laurita.

Al mismo tiempo Gutiérrez se le apareció con un ramo de flores, que para ella significaban muerte y refrendaban el acoso del soñante. Ante la mirada de Gutiérrez, por primera vez sospechó que ella era uno de los polos del mundo que veía. Laurita se sintió impotente porque reconoció que estaba sola, que no coincidía con nadie en el puerto. Sin saber a quién acudir, se fue a acostar a su cámara secreta con la esperanza de concebir un sueño que la pusiera en contacto con las raíces celestiales de donde brotaba su existencia. Se encontró a Emanuel en un cruce de caminos. A él le pareció que Laurita estaba muy cansada; su frágil figura se diluía en la humedad de sus ojos. Emanuel ya no era un niño, había formado con los becarios un sindicato.

–¿Qué has hecho?
–Organizar.

Laurita recordó que le había dado licencia de organizar a los lisiados, a los ex convictos, a los oprimidos de las calles. Se comienza por cuantificar los recursos vivos y económicos. Definir con claridad la meta, que invariablemente es espacio, estimar el avance dos puntos por debajo de las fuerzas reales, no demostrar miedo y saber vengarse, le había dicho.

–Pero ahora esto ya no va a salvar el puerto.
–Hago lo que tú me enseñaste.
–¿Crees que se pueda organizar a toda la gente para una empresa común y única?
–No... –Emanuel le dio la mano.

Juntos comenzaron a caminar de regreso. El parsimonioso descenso del atardecer era una gota de ámbar que envolvía los edificios como a insectos. Había sido una jornada calurosa. Del mar soplaba un viento dulce que facilitaba el trajín de los ciudadanos de vuelta a casa. Era imposible hallar un taxi libre. Los colectivos iban atestados. Mucha gente prefería caminar antes que soportar los bochornos del Metro. El cielo resinoso se dejaba vencer apaciblemente por las luces de los comercios y el alumbrado público. Los muelles estaban limpios, el último buque descargado se preparaba a zarpar. El Mercado Municipal había cerrado. Los cines y los teatros se llenaban de jóvenes y señoras emperifolladas. Los bomberos, en camiseta, descabezaban el tedio con dientes de dominó. El agua del drenaje se veía transparente. En los cafés no había sitio para un alma más... Laurita volvió a contemplar el recurso de la tintura, pero vislumbró que el sueño colectivo en vez de someter al soñante multiplicaría el puerto por el número de sus habitantes y con ello sus propias mortificaciones; el extravío crecería geométricamente y no habría nadie capaz de remontar ese laberinto de dimensiones... Entonces la despertó el timbre del teléfono.

–¿Dónde estás, Pollo?
–No sé.
–¿Desde dónde me hablas?
–No sé.
–No te creo. Tú no eres el Pollo. El Pollo es mudo.
–Pero ya no lo soy. Ahora soy Gallo.
–¿Adónde te fuiste?
–A ningún lado. Desaparecí hasta para mí mismo. Me duele la cabeza. Te extraño... Soy sólo un trozo del espacio por donde cruzan meteoritos, estoy aguardando que un recuerdo tuyo pase por donde yo estoy.

Por tratar de imaginar qué aspecto tendría ahora, Laurita no lograba elaborar la imagen del Pollo, no podía recordarlo con suficiente fuerza y el Pollo volvió a hundirse en el vacío. Desesperadamente llamó a Emanuel para pedirle que lo buscara.

—¿Al Pollo?
—Sí. ¿Te acuerdas de él?
—Sí.
—Volvió. Está en el puerto.

Emanuel recordó que él mismo le había conseguido un empleo como afanador en la Facultad. Salió a buscarlo pero el soñante no quería devolver al Pollo. Creía que se arriesgaba menos dejando el sueño al impulso de la inercia, a la lascivia de Gutiérrez. Temía volver al presente. Sin desearlo, imbuido de otras fuerzas del cosmos, Horacio rompió su inexistencia de piedra en la plaza. Se vio a sí mismo ante el espejo. Estaba demacrado por las aflicciones de la lucha que mantenían los varios bandos de su Yo. Ahora los más encarnizados eran Horacio y Gutiérrez. A Horacio la más mínima brisa lo echaba de la luz. Y el soñante no lo quería mucho porque para él Laurita era tabú. Moneda de mil caras, quiso apoyar a Gutiérrez. Sin saber quién era, sintió que le apretaban los zapatos al subir las escaleras hacia la cámara secreta de Laurita. Pero ya Horacio estaba allí: le produjo al comandante un dolor de muelas con sus poderes telepáticos y lo hizo desaparecer. Cuando volvió a la calle se topó con los perros de siempre. *Don't worry,* Horacio.

Efectivamente, el encuentro con Laurita había sido breve. Al salir del Restaurant Cantón compró un paquete completo de cigarrillos y se fue a su cuarto a fumar. El aspecto de Laurita era lo que más le había sorprendido. Se conservaba exactamente igual que hacía diez, quince, veinte años. El cabello negro, estirado hacia atrás; la piel amarilla, lustrosa, sin una sola arruga. Los ojos brillosos, sin pestañas, coronados por unas cejas que eran una línea pintada con lápiz.

—Desalentada, me detengo en la encrucijada de los cuatro caminos al vacío. Mis ojos han topado con la muralla infranqueable, no pueden ver lo que anhelan contemplar. Mis fuerzas se agotaron sin encontrar lo que ansiaba. Ya me es imposible alcanzarlo. Mi cuerpo ha quedado saturado del vacío, blando y débil. Los seres vivientes seguirán empujándose en confusa aglomeración. Tú también te has reblandecido... –Laurita hablaba sin entonación; se sirvió más té–. Muero y resucito cada día...

Horacio tenía miedo, como no lo había tenido cuando los granaderos embestían a los becarios en la calle, cuando se escondía con Emanuel en los túneles del Metro, cuando con un pensamiento convocaba a las ratas y los perros.

Para posponer el esfuerzo a que lo obligaba la tarea que le había encomendado Laurita, se dedicó a reconstruir el reencuentro con Emanuel hacía unas horas. Se convenció de que no había segundas intenciones en el hecho de que lo hubiera llevado a aquella repugnante fonda. Emanuel era glotón, inconsciente, incapacitado para las sutilezas o la crueldad refinada. Seguramente iba a comer a ese sitio porque le costaba muy poco y le servían mucho. Pero aun cuando a Horacio le resultara apetitoso el pollo, no podría ni siquiera tocar la comida preparada en un sitio donde las ratas asomaban sus ojillos ávidos desde cada rincón en penumbras. Por asco y debilidad se abandonó a elaborar morbosas imágenes de lo que se vería en el piso apenas saliera la gente de la fonda, de los ruidos ciegos que palparían el lugar durante las noches, de la infinidad de ratas gordas que con sus panzas empachadas barrerían el aserrín en la oscuridad.

Pensó que de esa manera el encargado se deshacía gratuitamente de la basura. Se imaginó la madriguera y la fuerza de las mandíbulas de esas carroñeras criadas con huesos...

Abandonó la cama para encender la televisión. Quería escuchar voces humanas desde el exterior, que la pantalla atenuara un poco las visiones y echara su mirada fuera de su mente. Contó los cigarrillos que le quedaban, luego los acomodó en la mesa. Sin tocarlos, los fue cambiando de posición hasta que nomás le quedó uno. Estaba a punto de amanecer cuando le empezaron los dolores de cabeza. Instintivamente salió a la calle, pensando que aún podía evitar la aparición de los colores vertiginosos que invadían su cerebro, las grecas, los rayos, las fulguraciones que aturdían los ojos de su mente, cuyo ángulo de visión era de 360 grados y no había manera de cerrarlos. El azar o el miedo lo empujó al café de chinos de la Plaza de Mayo. El olor del pan fue como un despertador. Salió de allí sintiendo que vomitaba. Tomó el colectivo hacia la Facultad. Aún era muy temprano. Se detuvo en una de las cafeterías de estudiantes. Recordó el pedazo de papel que traía en el bolsillo. De nueva cuenta se dejó fascinar por el recuerdo de la letra de Laurita. No sabía si era bella, sólo estaba seguro de que él jamás podría escribir así. No quiso abrirlo porque sintió tristeza de que la caligrafía no le revelara nada. Ordenó un café negro y una galleta de trigo con los que se demoraría hasta las once. El peligro de la migraña había pasado.

Decidió que no acudiría a sus labores. Se fue caminando por una calle que aparecía bajo sus pies conforme avanzaba. ¿A quién culpar del caos? ¿Al malandrín de la esquina? Pero a ese malandrín no lo gobierna su voluntad sino la de otro que está en aquella esquina; y a éste, un tercero desde aquella casa, a su vez gobernado por la voluntad del comandante, que tampoco se gobierna por sí mismo. ¿Al alcalde, que anda en una fiesta? Tampoco. ¿A quién culpar? ¿Quién está por encima del alcalde?... Entonces tiene que ser Dios. Pero como Horacio había crecido entre chinos no sabía a quién o a dónde o a qué dirigirse. Si fuera Emanuel iría al cielo a encarar a un padre violento y con la nariz abotargada de alcohol.

–Aunque él me está oyendo, y sabe que mis palabras no hubieran podido llegar a mis labios sin antes pasar por su albedrío, se aferra a mí creyendo que puedo asir los lazos que unen nuestras vidas con su soberanía –Horacio se esforzaba en revivir su encuentro con Laurita–. Ahora que está extraviado el mundo entero, aunque yo intente orientarme no lo lograré, y empeñarme en ello es también una aberración. Por eso lo mejor es abandonarlo y no imponerse sostenerlo. Sube o baja adonde él está, dile que se busque una mujer...

Fue a sentarse en una banca bajo la arboleda. Encendió un cigarrillo. Quiso leer el papelito que le había entregado Emanuel. Decía Nacer sin alborozo, morir sin resistencia, pero Horacio entendió Coma Arroz Fumanchú. Entonces del cielo se desprendió una estrella negra. Se escucharon truenos en las nubes porque el soñante había comenzado a mover planetas en busca de una piedra que tirar sobre la gente. Que se acaben de una vez si no me entregan a Laurita. La multitud empezó a concentrase en el malecón, clamaban por Laurita, querían ofrendarla a Gutiérrez. Laurita sabía que ni escondiéndose en su propio ombligo se libraría del acoso. El asteroide era un saco de arroz de diez leguas de diámetro. Horacio le rasgó con sus poderes un costado. Primero como arena que cae al otro lado del reloj, luego como sangre que mana de una puñalada, sintió que se derramaba... El ruido de la explosión lo despertó. Creyó que se había caído de la cama porque no quería darse cuenta que se había ido para adentro. Se vio enterrado en una montaña de arroz. ¿Quién es el señor de estos granos?, preguntó, sin saber a quién se dirigía.

Qualia

El primer turista espacial, Dennis Tito, millonario estadounidense de 60 años de edad, inició ayer una misión de siete días que lo llevará a la Estación Espacial Internacional (EEI). Desde el cosmódromo de Baikonur fue lanzado al espacio a bordo de la nave rusa *Soyuz TM-32*.

Partió a las 11:37 horas de Moscú en cumplimiento de su más anhelado sueño, por el cual tuvo que pagar 20 millones de dólares a las autoridades espaciales rusas. Va acompañado por los cosmonautas rusos Talgat Musabaiev, veterano del espacio que ya pasó 333 días en órbita, y Yuri Baturin, ex asesor del ex presidente Boris Yeltsin.

La nave *Soyuz* se separó del cohete-portador y entró en la órbita escogida, en la que permanecerá hasta el lunes 30 de abril, cuando se acoplará a la EEI. El objetivo de esta expedición es el cambio de la nave *Soyuz TM-31* –cuyo periodo seguro de utilización se vencerá próximamente– por la *Soyuz TM-32*.

Inicialmente Tito tenía previsto viajar a la estación espacial rusa Mir, y con ese objetivo firmó el contrato con Rusia por 20 millones de dólares, pero ante la desaparición de la Mir, decidieron enviarlo al módulo ruso Estrella, de la EEI.

El californiano, asegurado con una póliza de 100 mil dólares, tomó un curso intensivo de preparación para su viaje. Dedicará su estadía en la β a fotografiar y grabar en cintas de video toda la misión.

Rusia ya puso en marcha negociaciones para organizar un nuevo vuelo para otro «turista espacial» hacia la EEI. Yuri Koptev, el director de la Agencia Espacial rusa, se negó a proporcionar cualquier dato sobre la identidad del próximo pasajero pero dijo que tenía grandes dudas de que fuera un ruso.

AP, domingo 29 de abril de 2001

El caso del doctor G.

La otra tarde recibí un telefonema del doctor Mora, director de la policlínica estatal, donde tuvo que admitir a un hombre que había disparado contra la multitud, afortunadamente sin herir a nadie, pues su arma no lanzaba balas sino una espuma parecida a la crema de afeitar. Aquí se da una asociación fácil, pensé. Mi colega me contó que este hombre había pasado por la comandancia de policía antes de llegar a la policlínica. Intuí lo que se proponía, pues en aquel edificio las medidas de seguridad son escasas para atender a este tipo de pacientes.

–De acuerdo –le dije–, pero me invitas a cenar.

Al salir de los pabellones crucé por la sala de recreo de los pacientes porque me llamó la atención su inusitado silencio. Estaban concentrados debajo del televisor. Si no pensaba detenerme, definitivamente lo hice cuando uno de ellos se separó del grupo para subir el volumen del aparato. Iba a proseguir mi camino pero me intrigaron las imágenes: desde un helicóptero, al parecer, la cámara seguía innumerables, cientos, miles de tanques de guerra que avanzaban por un desierto. A pesar de su rapidez y de la tolvanera que levantaban a su paso, no rompían la formación. Apareció el comentarista para puntualizar que China desplegaba tropas en su frontera con Rusia y en Mongolia. No sé si por una falla técnica enmudeció la pantalla y en ella ondeó la bandera de China. Esto duró hasta que empezó un zumbido y muchas partículas como insectos chocaran contra el cinescopio. Enseguida apareció un anuncio de pomada para las hemorroides. Miré el reloj de la sala: apenas tenía tiempo para llegar a la cita con el doctor Mora, en nuestro restaurant favorito, nada cercano.

Habíamos pedido una botella de vino y mi colega no ocultó su molestia por el hecho de que yo atendiera al televisor con más interés que a él. Estuve a punto de explicarle que deseaba enterarme de lo que sucedía en China y preguntarle de paso qué sabía al respecto. La prudencia contuvo mis palabras porque en el rato que llevaba mirando el televisor nada habían informado del asunto, amén de que un hecho de tal magnitud forzosamente tendría que ser el tema principal de las conversaciones.

De cualquier forma, nuestro tema era otro. Repasamos los pormenores para el traslado del paciente en cuestión, ya que carecía de documentos y desconocíamos su identidad. El doctor Mora me comentó que en la policlínica sólo se habían ocupado de evitar que el paciente alterara el orden, es decir que lo tenían narcotizado. El caso le parecía aún más fastidioso porque el sujeto no había querido hablar. Se me ocurrió preguntarle por el arma que había disparado.

–No es tal –repuso–. La policía nos remitió al detenido acompañado del cachivache. Es un juguete. No hirió a nadie, sólo detuvo el tránsito y hubo más de una crisis nerviosa, alguna severa que llegó también a la policlínica...

A la mañana siguiente recibimos al sujeto. Aunque había antecedentes de que este hombre podía ser violento, decidí no someterlo ni al encierro ni a fármacos, sólo vigilancia, y esperar 24 horas para un primer acercamiento. Pasó buena parte del día sentado en el jardín, sin rehuir el contacto con otros pacientes. No pude escuchar de qué hablaban pero me di cuenta que no era mudo. Estuvo un rato frente al estanque; había juntado más o menos una docena de hojas de chopo y las dispuso como embarcaciones en el agua. Con esto consiguió, y creo que eso buscaba, que los enfermos que estaban a su lado lo secundaran. Su gesto mostraba complacencia, sin emocionarse demasiado. No tuvo accesos de melancolía ni ausencias. Caminaba con naturalidad, sus movimientos eran voluntarios, sin tics.

Cuando por fin lo invité a una de las salas terapéuticas, su silencio, la posición de las manos y el hecho de que trajera muy ajustada la cintilla del pantalón me sugirieron que por debajo de su aura cínica estaba asustado.

–¿Sabe usted por qué está aquí?

No sólo no respondía, ni siquiera me miraba. El rechazo infantil a la atención se considera una señal de carencia afectiva agudizada por la renuencia a reconocerlo. Probé mostrarle el recorte de la noticia publicada en el diario de lo que él había hecho en la calle.

–¿Es usted el que aparece en la foto? –su mirada siguió flotando allá por la ventana–. ¿Se da cuenta de que ahora es usted famoso?, ¿eso es lo que quería?

Hice venir a dos residentes para que le practicaran al sujeto los exámenes de rutina. Eran mujeres jóvenes, y mi intención incluía observar la actitud del paciente ante ellas. Este hombre, no mayor de 40 años, fingió no comprender lo que se le pedía para realizar las pruebas de reconocimiento de color, forma y volumen. Sin embargo quedó claro que le funcionaban normalmente la audición y el tacto. No mostró aversión a las mujeres pero tampoco interés.

Lo puse en manos de mis colegas el par de días que dediqué a tratar de averiguar su identidad en el departamento de policía y buscarlo en las listas de la oficina de personas desaparecidas. No obstante mi pesimismo en cuanto a este tipo de pesquisas, y gracias a la ayuda de mi amigo el detective Álster, di con dos fotografías de hombres que se parecían a mi paciente. En la primera, el «extraviado» tenía 34 años, usaba barba, era arquitecto, y ya hacía dos años que su madre no sabía de él; ella había abierto el expediente de búsqueda. La otra fotografía, un tanto fuera de foco, mostraba a un sujeto con abrigo y bufanda, el rostro afeitado, con anteojos de armadura metálica; la habían remitido de una oficina foránea: el expediente no tenía referencias, no especificaba a quién notificar en caso de hallar al sujeto, ni encontré más datos que el nombre abreviado de éste: Alejandro C.

Del mismo despacho de mi amigo Álster marqué el número de la señora Valentina Míler. Me contestó una sirvienta, a quien no quise decirle el motivo de mi llamada. Me explicó que la señora había salido de viaje, que volvería mañana por la noche, que intentara entonces. Álster me prometió que indagaría los datos omitidos en el otro expediente.

Antes de confrontar de nuevo al paciente, quise revisar su «arma». La doctora Francis me ayudó a desmontarla. Al parecer, las municiones, o lo que sea que disparara, se habían agotado. Como señaló la doctora, el objeto era similar a las «pistolas» que se utilizan para inyectar pastas aislantes o selladores de ventanas. Pese a que por todos lados parecía un juguete, porque estaba hecho de plástico muy ligero y, sobre todo, por sus colores fosforescentes o psiquedélicos, tanto la doctora como yo mantuvimos cierta reserva. No éramos especialistas en juguetes, ciertamente, pero nunca habíamos visto uno así. Su aparente inofensividad la contradecía el arduo ensamblado de sus piezas, lo cual consideramos que exigía demasiado a la paciencia de un niño.

–Creo que su madre vendrá a verlo muy pronto –para mi sorpresa el hombre se rió, no como un retrasado sino con malicia–. Qué bueno que me entiende. Ahora dígame algo, porque usted no es mudo, lo he visto conversar con los otros enfermos...

–No estoy enfermo. No había hablado porque te estaba observando. Quería ver cómo te comportas aquí. Tienes un bonito caso de amnesia. Además hace siglos que murió mi madre.

–Eso quería saber. Pero independientemente de estas noticias, estará de acuerdo conmigo en que se encontraría más a gusto en su casa que aquí. Me he informado de que no hay cargos judiciales en su contra, así que será más fácil abrirle la puerta.

–Te advierto que me autorizaron a ser rudo.

Por alguna razón me resultaba casi simpática y conocida la desfachatez con que me tuteaba, y supongo que esto guardaba alguna relación con el ligerísimo acento que noté en su pronunciación.

–Podemos empezar por presentarnos... –le dije.

De un salto se puso en pie; no diré que no me

atemorizó. Enseguida se volvió de espaldas, se bajó los pantalones para mostrar el trasero e hizo la onomatopeya de una ventosidad.

–Supongo que su descortesía no está en realidad originada por mí, y no va dirigida a mí. ¿Es posible que usted se sienta molesto, o enojado, con alguien? Si podemos, así sea durante unos pocos minutos, poner de lado su necesidad de agredir, hablará alguien más. Luego, sin duda, volverá esta actitud agresiva, mas entonces ya sabremos que usted no es sólo esa actitud, que usted quiere ser alguien que ya presiente. Piense por un momento que yo no soy yo, que soy sólo una presencia anónima que lo escucha.

–¿Ah, sí?, ¡pues yo soy un sueño público! –su risa no era fingida ni de demente sino de alguien que se estaba divirtiendo–. Veo que esto te mortifica... Está bien, vamos a hacerlo a tu modo.

El paciente volvió a sentarse y al punto adoptó la expresión de un ser desamparado. Entonces reparé en algo que debí de haber hecho desde el principio: indagar si en alguna otra clínica se había evadido algún enfermo; este sujeto ya tenía «experiencia». Amén de que era procedente solicitar un neurograma al doctor Manrique.

En el transcurso de la siguiente semana logró hacerse de un séquito de internos que celebraban sus bufonadas a costa de ellos mismos, o los embebía con alguna anécdota absurda. Algunos le tenían admiración, les había contado que venía de otro planeta, que era «extraterrestre». Buscaba desconcertar para producir avasallamiento. Percibí en el paciente ese vértigo llamado «de succión». Es como si mientras nadamos en una piscina en algún lugar del fondo se abriese un poderoso desagüe y nos succionara. Este vértigo de muerte aparece en la enorme mayoría de las personas sanas durante los instantes en que alcanzan a percibir el curso del tiempo, el flujo de algo que nos arrastra hacia la nada. Pero cuando en alguien este vértigo se hace constante, y pasa de síntoma a condición, esta persona puede arrastrar a otros. El tiempo que dure la caída será un ininterrumpido transcurrir de fantasías. No ha de subestimarse la «cualidad» de este tipo de sujetos porque de lo contrario se apoderan de la atmósfera y contaminan el diálogo terapéutico. Ya habría oportunidad de observar que este hombre, curiosamente, recobraba la seguridad en sí mismo en la medida en que se creía sus fantasías, o más exactamente en la medida en que creía haber hecho creer sus fantasías.

Temí que esta situación se fuera a prolongar demasiado porque no había ansiedad en él, no mostraba deseos de salir de la Clínica sino una sospechosa capacidad de adaptación, porque vivía sólo en el presente inmediato y era muy hábil para asimilar las convenciones sociales y de conducta de cada momento y escenario, y a partir de ello infería la manera más eficaz de perturbar el ambiente para «divertirse». Por ejemplo: con endiablada puntería halló la palabra para contrariar a la señorita Marián, la encargada del refectorio. Esperó su turno en la fila para recibir los alimentos; cuando Marián le preguntó qué platillo prefería, él contestó «serpiente». Marián no chistó pero abrió mucho los ojos: silenciosamente le sirvió uno de los dos que había. Cuando le preguntó qué bebida tomaría, él volvió a decir «serpiente, jugo de serpiente». Enseguida comenzó a hacer un sonido con la boca, imitando el cascabel de una serpiente. Pero el punto culminante, visionario, y en eso radica el *quid* de su habilidad, fue decir la palabra en inglés, la lengua materna de Marián. La mayoría de los mitómanos suelen ser muy sensitivos, aunque de manera inconsciente y por lo mismo no para bien, a las fobias del prójimo: este paciente deseaba no sólo perturbar a Marián sino atraerse la atención de los otros. En cuestión de unos segundos logró orquestar a los internos y todos al unísono, golpeando en las mesas, decían «*snake, snake, snake...*» El paciente deseaba ser reprendido, por eso permaneció cerca de mi consultorio toda la tarde. La contradicción anímica en que se debatía orbitaba de la inevitabilidad de causar daño a la necesidad de ser querido.

Esperé 24 horas para encontrarme frente a frente con él. Le pedí a la señorita Luisa el «arma» del paciente antes de salir a caminar por los jardines.

—Me rindo, doctor, le voy a decir la verdad... —levantó los brazos teatralmente en cuanto me vio.

—Mejor dígame su nombre —me colgué el «rifle» al hombro—. Venga, vamos a ver si cazamos algo, por aquel lado del jardín suelen llegar osos.

—¿Osos?

—Sí, ¿no ha notado el escándalo que montan? —lo arrastré en la inercia de mis pasos y comenzó a caminar a mi lado—. Y bien, ¿cuál es su nombre?

Casi pierde el paso, como en un intento de reacomodar la personalidad. Pero no me detuve y lo hice acelerar la marcha. Como él trató de recuperar su posición inaccesible rápidamente dijo mi nombre.

—¿Entonces quién soy yo? —dije sin mirarlo.

Me detuve y apunté el arma hacia los árboles. Se llevó las manos a la cadera, preparándose a adoptar el gesto arrogante, agresivo. Para obligarlo a cambiar la postura le tendí el juguete. En ese punto dudé de lanzarle una pregunta que se me acababa de ocurrir, porque no sabía si lograría avergonzarlo o reaccionaría violentamente:

–¿No le gustaría cazar una serpiente?

Calculé mal; no sucedió una cosa ni otra:

–Sabes muy bien que aquí no hay serpientes, Bórriz.

–¿Ese es su nombre?... ¿Bo...?, ¿cómo dijo?

–Bórriz. Con be labial y zeta al último. Bórriz, te lo voy a decir... en el plan que ahora te gusta: vengo de otro planeta...

Inmediatamente le pregunté de qué planeta venía, pensando que su respuesta me daría al menos una clave astrológica para empezar a hacerme una idea de su configuración anímica. Me desalentó un poco que respondiera, sin titubear, que venía del mismo planeta que yo.

Tomando en cuenta que siempre que alguien hace un viaje muy largo es a causa de algo importante, quise saber cuál era su objetivo en la Tierra.

–Tú... –creí que agregaría que venía a «salvarme», pues es el delirio más frecuente de los «enviados» –. Tu misión ha concluido.

Sin romper la atmósfera que él había creado, comencé a desplazarme hacia el invernadero. Valiéndome de un par de palabras que ya había notado que le gustaban, elaboré el camino para preguntarle, mirándolo a los ojos, dónde había dejado su nave.

–No he venido en ninguna nave –dijo.

–Pues no creo que haya usted venido caminando –repuse.
–No. Cerré los ojos muy fuerte y cuando los abrí ya estaba aquí –esto lo acompañó de la respectiva mímica.
–Imposible, yo no llegué así.
–Lo que pasa es que no te acuerdas...

Comenzó a mirar hacia las copas de los árboles, se terció su juguete, volvió a apretar los párpados, cuando abrió los ojos fingió que yo había desaparecido y se fue hacia el patio central. Entonces «Bórriz» –a falta de otro nombre, con éste lo registré en mis archivos, «con be labial y zeta al último»– se propuso que sus compañeros sacaran al jardín los sillones de la sala de recreo. Los acomodaron ante los ventanales del invernadero y comenzaron a «tripular» una nave dirigida al «Planeta Tierra». Todo fue diversión mientras duraron los «disparos» y Bórriz pudo mantener la atención de «sus hombres» en la «guerra interplanetaria». A los internos el entusiasmo por un juego no les dura mucho. El final de esta empresa comenzó cuando uno de ellos se levantó para irse a deambular por ahí. Lo siguió otro y otro... hasta que Bórriz se quedó solo a bordo de su nave. Testarudo, orgulloso –no hay que olvidar que el orgullo es el síntoma inequívoco de los que fracasan en sus maquinaciones–, continuó con la simulación hasta que llegó la hora de la cena. Nadie quiso ayudar a Bórriz a devolver los sillones a la sala de recreo. Y el indicador de que se percataba de su absurda situación fue que no intentó hacerse el loco cuando aparecieron los fornidos vigilantes. Mustiamente acarreó los sillones y se fue al dormitorio.

Por otra parte, ni para el menos despierto de los residentes había pasado inadvertido el insólito hecho de que los «locos» se pusieran de acuerdo en cuanto a tema. Más menos, la «preocupación» que manifestaban a los terapeutas se orientaba a «prevenirnos» de una «catástrofe», de un «gran ataque chino» –asegurando que comenzaría en breve– que consistiría en el aniquilamiento de las «bacterias». La «bacteriósfera», según ellos, está conformada por la totalidad de los microbios –incluidos polen, esporas y plancton– y es la condición básica para la existencia de cuerpos superiores en donde sea posible «el acomodo de las almas».

No sé por qué razón la señora Valentina Míler no acudió de inmediato cuando finalmente pude notificarle la presunta aparición de su hijo. No era joven pero había sido una mujer bella. Y de lo más curioso fue su prolongado titubeo para decirme que mi paciente no era su hijo. Desde luego, no los encaré; ella vio a Bórriz desde una cámara de Gesell. Durante el tiempo que estuve con la señora Míler me sentí inquieto, distraído, porque mientras observábamos a los pacientes en la sala de recreo, sentados como muy a nuestro propósito, habían subido el volumen del televisor. Y entre que no quería perder de vista las reacciones de la señora Míler y lo que alcanzaba a oír procedente de la sala, no lograba concentrarme en una cosa ni en la otra. Una vez que la señora Míler me dio su respuesta, salí apresuradamente hacia la sala de recreo, con la intención de descubrir qué programa miraban los internos, pues se me ocurrió que en éste se encontraba el origen de su tema colectivo. Los parlamentos que había alcanzado a entender se referían a un «ataque», a que «los chinos habían iniciado discretamente una invasión». Alcancé a ver el último minuto del programa, que era uno de esos *shows* sensacionalistas conducidos de manera muy enfática: «El dragón rojo está esperando que el número de sus habitantes equivalga al número de los habitantes del resto del mundo, incluidos Vietnam y Corea. Los mandarines comunistas han decidido que cada ciudadano chino, además de estar forzosamente entrenado en el manejo de armas blancas y de fuego, reciba instrucción sobre artes mágicas utilizando el I Ching. Cada chino tendrá en sus manos el destino de algún ciudadano de Occidente. Mediante la manipulación de los hexagramas, el chino podrá trazarle el destino al otro, su desconocido enemigo occidental. Basta con saber el nombre y el día de nacimiento de este enemigo –mediante bases de datos absolutamente disponibles en el ciberespacio– para construir una versión 'pervertida' de lo que en Occidente se conoce como 'carta astral'. Resultará un 'destino nefando' de dar una secuencia desequilibrada y estridente a los 64 hexagramas en los que se cumple la vida de un hombre. Nuestra información al respecto no va más allá del señalamiento de que la mejor manera de corromper la vida de un hombre es mediante una secuencia de hexagramas en que un hexagrama y el siguiente se anulen sus líneas completas con sus líneas quebradas, además se debe buscar que en la secuencia total haya el número más reducido posible de líneas mutantes, para impedir los cambios, la posibilidad de toma de conciencia», esta fue la conclusión de uno de los «expertos» que hablaban en el estudio.

Luego se lo comenté a mi querida doctora Francis.

«¿Pues qué quería, doctor?, es la televisión de un manicomio», me dijo. Entonces la invité a almorzar. Cuando saboreábamos al postre me hizo ver que no podía yo relacionar tan fácilmente la llegada de Bórriz a la Clínica con el fenómeno del tema colectivo de los internos. Me recordó que el asunto de la invasión china lo había yo visto en la televisión el mismo día que me llamó el doctor Mora, pero antes de conocer a Bórriz. Se trataba sólo de una coincidencia. Y otra coincidencia fue que el mismo día en que el doctor Manrique me envió los resultados de los exámenes neurológicos de Bórriz, el doctor Mora, también presidente de la Sociedad Médica, me confirmó que no se le había perdido ningún interno a las otras clínicas, y mi amigo el detective Álster me dejó la noticia de que ya había localizado a la esposa de Alejandro C., y esperaba mi autorización para remitirla a la Clínica.

Manrique no encontró nada relevante pero, muy en su estilo, sugería un tratamiento con haloperidol, una droga que «controla» las obsesiones y pone de «buen humor». Le llamé a Álster para agradecerle su diligencia y pedirle que enviara cuanto antes a esa mujer a la Clínica. Mientras tanto, le mostré al «extraterrestre», entre muchas otras, un par de fotografías de la señora Míler. Le pedí que separara las imágenes que más le gustaran del montón.

—Llámame Bórriz, si eso te complace —me pareció lúcido, cerebral, adulto. Juntó las fotografías y las puso a un lado—. Vamos a jugar un juego más divertido. Te va a servir para recordar por qué te convertiste en quien eres ahora. Nada de esto que tú ves es real. Además el tiempo se te está acabando —enseguida deslizó su mano por debajo de la ropa, en busca de algo; el movimiento no fue brusco aunque decidido–. Cuando yo salga de aquí, tú te irás y yo me quedaré –preferí no indagar el sentido de su afirmación, en espera de ver qué ocurría. Me tendió un objeto blanco, muy parecido a una pelota de golf, incluso en la textura.

–¿Sabes qué es esto? –dijo, refiriéndose a la pelota–. Esto es lo que produce la espuma que disparé en la plaza...

Mientras sostuve la pelota en mis manos se me ocurrió pensar por un momento en la posibilidad de que este hombre estuviese diciendo la verdad. No hay fantasía que sea sólo eso. Cuando le devolví la pelota, él ya tenía otra en la mano. Entonces comencé a sentir que el aire, el espacio de la sala, lo estructuraban una infinidad de cordones: los hilos innumerables de un entramado. No era precisamente una percepción táctil: era más bien como si las propiedades de mis retinas se me hubieran extendido por toda la piel, e incluso con las axilas y la superficie entre los dedos de los pies podía *ver* los nudos del tejido. Todas mis facultades perceptivas de congregaron en un solo y poderoso sentido que comenzó a granularse en partículas microscópicas y aun más pequeñas que pudieron ser olidas, percibidas, por un olfato que era el espacio mismo. Las partículas que al principio conformaban mis sentidos comenzaron a mezclarse con las de otras criaturas –ascendiendo o descendiendo–, en un movimiento en el cual ya no era posible orientación alguna. El color, la forma y el sabor de aquello que era percibido eran un solo atributo. Y el percibidor, carente de peso, se degustaba a sí mismo. Entonces aumentó la distancia entre una partícula y otra.

Sobrevino un silencio asfixiante. Las partículas se distanciaron aún más, y esto quiere decir que siguieron fragmentándose en partes más pequeñas hasta que el vacío llenó la infinitud del espacio. Una poderosa luz venida de todos lados nos permitía ver la oscuridad en donde comenzaron a surgir las imágenes del fundamento de las cosas concretas: mas no eran precisamente de objetos sino de secuencias, puntos, números: no su escritura sino su presencia. Los infinitos puntos empezaron a acelerarse y a dejar una estela tras de sí: una forma, un color, unas manos, un encéfalo, mis ojos, que abrí en el momento en que entró la doctora Francis acompañada de una mujer que me recordó mucho a mi madre. Bórriz permaneció sentado, haciendo girar sus pelotas de golf en una mano, a la manera de esas esferas chinas usadas para la relajación o contra el estrés. Sus dientes descubiertos por la sonrisa irradiaban una luz que llenaba la sala, que incluso era la causa de la sombra que proyectaban en el piso los cuerpos de estas dos hermosas mujeres. Su imagen me orilló a intuir que Bórriz era una mente sin identidad. Creemos en lo que percibimos porque nuestra mente le construye el espacio. Pero la mente es intangible, no sólo carece de contorno sino de confirmación sensorial. La mujer me abrazó. Por primera vez me sentí verdaderamente solo en la vida, en mi carne. Pensé que si yo no fuera yo nadie lo sabría, ni yo.

Qualia

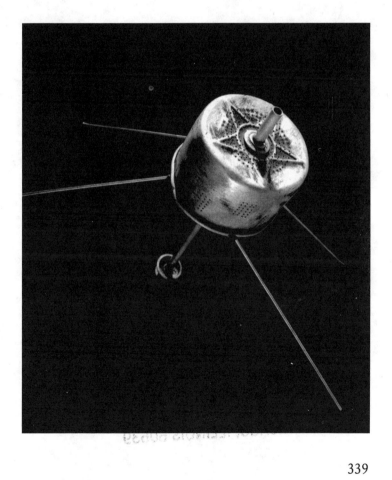

Del mundo no quedará nada, ni los elementos, ni el firmamento, ni nada de lo que hay en ellos, sino que un día se hará verdad que el mundo será consumido por el fuego, igual que el fuego consumirá el agua, las piedras y todos los metales... Y no hay nada que pueda defenderse del fuego o resistirle. Así todo volverá a ser como fue un día, como se dice en la Sagrada Escritura: «El espíritu de Dios flotaba sobre las aguas»... Entonces no habrá nada más que pueda perecer, porque todo será como el espíritu de Dios. Theophrastus Bombastus von Hohenheim, 1536